연결

연성중학교 **결**대로자람학교

| 스토리 | 소소하지만 열정적인 당신의 일상을 공감과 위안, 힐링을 담아 응원합니다. |
| 인시리즈 | 어떤 말들보다 큰 힘이 되어주고 당신만의 이야기를 마음껏 펼칠 수 있도록, 당신의 스토리와 함께합니다. |

연결

연성중학교 결대로자람학교

초판 1쇄 발행 2024년 11월 26일

지음. 연성중학교 교육공동체
엮음. 연성중학교 백서출판 전문적학습공동체
펴낸이. 김태영

씽크스마트 책 짓는 집
경기도 고양시 덕양구 청초로66
덕은리버워크 지식산업센터 B-1403호
전화. 02-323-5609
홈페이지. www.tsbook.co.kr
인스타그램. @thinksmart.official
이메일. thinksmart@kakao.com

연성중학교
인천광역시 연수구 원인재로 105
전화. 032-815-4128
홈페이지. http://yeonsung.icems.kr/main.do

ISBN 978-89-6529-067-4 (03810)
© 2024 연성중학교 교육공동체

•씽크스마트 더 큰 생각으로 통하는 길
'더 큰 생각으로 통하는 길' 위에서 삶의 지혜를 모아 '인문교양, 자기계발, 자녀교육, 어린이 교양·학습, 정치사회, 취미생활' 등 다양한 분야의 도서를 출간합니다. 바람직한 교육관을 세우고 나다움의 힘을 기르며, 세상에서 소외된 부분을 바라봅니다. 첫 원고부터 책의 완성까지 늘 시대를 읽는 기획으로 책을 만들어, 넓고 깊은 생각으로 세상을 살아갈 수 있는 힘을 드리고자 합니다.

•도서출판 큐 더 쓸모 있는 책을 만나다
도서출판 큐는 울퉁불퉁한 현실에서 만나는 다양한 질문과 고민에 답하고자 만든 실용교양 임프린트입니다. 새로운 작가와 독자를 개척하며, 변화하는 세상 속에서 책의 쓸모를 키워갑니다. 흥겹게 춤추듯 시대의 변화에 맞는 '더 쓸모 있는 책'을 만들겠습니다.

자신만의 생각이나 이야기를 펼치고 싶은 당신.
책으로 사람들에게 전하고 싶은 아이디어나 원고를 메일(thinksmart@kakao.com)로 보내주세요.
씽크스마트는 당신의 소중한 원고를 기다리고 있습니다.

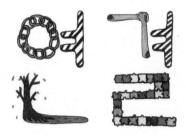

연**성중학교** 결**대로자람학교**

연결을 통해
함께 배우고 성장하는 학교

최용필 연성중학교 교장

연결의 힘

10여 년 전 미국에서 교사 전문성 연수에 참가하면서 수업을 참관했는데 그곳 학생들은 배움에 대한 기대감으로 하나같이 활기차고 즐거워하는 모습을 보였지만 배움에 지친 우리 학생들의 무기력하고 무표정한 모습이 떠올라서 큰 충격을 받은 적이 있었습니다. '나는 왜 이런 수업을 하지 못할까?', '어떻게 하면 이런 수업을 할 수 있을까?' 고민하기 시작했고 그런 고민은 전임 학교에서 결대로자람학교를 운영하면서 소극적이고 타율적이던 학생들이 적극적이고 자신감이 넘치는 모습으로 변해가는 것을 보면서 우리 교육에 희망을 보았습니다. 그 당시는 학생들에게 왜 그런 변화가 나타났는지 알 수 없었지만 지금에 와서 돌이켜보면 결대로자람학교 공동체 구성원들의 '연결의 힘' 때문이지 않았을까 생각합니다.

헤츠키 아리엘리는 연결의 중요성을 그가 쓴 『유대인의 성공 코드 Excellence 』에서 '우리가 살고 있는 시대는 서로의 지혜를 공유하고, 개개인의 지능과 뇌가 고립된 상태가 아닌, 집단적으로 지혜를 나눌 수 있는 세계화된 뇌의 구조를 가진 새로운 종족이 탄생하고 있는데 그것은 바로 호모 커넥티쿠스다. 호모 커넥티쿠스는 상호 연결하여 새로움을 창출하는 인류다. 국경과 인종, 성, 종교와 같은 물리적 경계를 뛰어넘어 서로의 지혜를 공유하는 세계화된 인재가 미래사회를 이끈다.'라고 말하고 있습니다.

포스트 코로나 시대에 미래 교육이 나아가야 할 방향을 고민하던 중에 지난 8월 사토마나부 교수와 함께하는 배움의 공동체 전국 세미나가 인천에서 개최 되었습니다.

세미나에서 사토 교수는 코로나 이후 최근 일본 어느 학교에서 일어난 놀라운 변화를 소개하였습니다. 그 학교는 일본 가와구치 사이타마현에 있는 재학생이 약 600명 정도 되며 코로나 이전부터 교내 폭력과 기물 파손이 심해서 복도에 있는 창문을 모두 막아버릴 정도로 교육 환경은 열악했다고 합니다. 또한 매일 부등교(특별한 이유 없이 학교에 등교하지 않음) 학생이 150명 이상이었고, 학업성적은 사이타마현에 있는 430개 학교 중 최하위 수준이었으며 교사들은 퇴근 후 경찰서, 소년원, 지역 아동 상담소, 가정 방문 등으로 소진되어 있어서 전근 오기를 희망하는 교사가 단 한 명도 없는 절망적인 학교였습니다. 그러나 지난 1년간 학생들을 4명씩 모둠으로 배치하고 배움의 공동체 수업을 진행한 결과 학생들은 밝은 모습으로 학습에 적극적으로 참여하고 있으며 매년 150건 이상이던 학교폭력과 학부모 민원은 거의 없어졌고, 부등교 학생수도 30명 이하로 급격히 줄었으며 학업성취수준도 모든 과목에서 현내 학교 중 평균 이상으로 향상됨을 보였다고 합니다. 그런 성과는 이 학교가 위치한 가미네 지역으로 확산되는 계기가 되었으며 매스컴에서도 주목을 받았다고 합니다. 많은 사람들은 사토 교수를 금손(Gold Hands)

이라고 부르는데 정작 사토 교수는 이런 변화가 자신이 금손이라서가 아니라 수업을 통해 학생 간, 교사와 학생 간 연결이 일어났기 때문이었다고 분석합니다.

공동체 수업의 힘

배움의 공동체 수업이 짧은 기간 이렇게 놀라운 변화를 일으킬 수 있었던 것은 교사와 학생이 연결되고 학생과 학생이 연결된 모둠 수업을 통해서 학생들이 서로 존중하는 마음을 갖게 되었고 교실 내 상호 존중의 분위기가 피해의식과 열등감에 쌓여 있었던 학생들에게 자존감을 높여주어 학습뿐만 아니라 정서적인 안정감과 생활면에서도 주도성을 심어 주었기 때문이라고 생각합니다.

잠을 자고 일어나면 세상을 바꿀 수 있는 지식이 넘쳐나는 지식과 정보의 홍수 속에서 미래를 열어갈 핵심 역량은 지식을 많이 아는 것이 아니라 협동적인 사고를 바탕으로 사람과 사람을 서로 연결시키는 것이라고 생각하며 미래 인재 양성을 위한 교육은 학생들의 연결하는 힘을 기를 수 있도록 추진되어야 한다고 생각합니다.

연성중 결대로자람학교

결대로자람학교는 학교자치와 학생주도 교육과정을 통해 학생들에게 앎과 삶의 주도성을 길러주어 불확실성의 시대를 살아갈 수 있는 역량을 길러주기 위해서 행복배움학교라는 이름으로 2015년 시작해서 2024년 현재 10년째 운영되어 오고 있습니다. 우리 학교는 결대로자람학교를 2021년 3월 코로나19 감염병의 위협 속에서 한 학생도 배움으로부터 소외되지 않는 학교를 만들어 보자는 마음을 모아 시작하였으며 올해 4년째 운영하고 있습니다. 코로나19는 정치, 경제, 사회, 문화, 교육 등 우리 삶의 거의 모든 영역에 큰 영향을 끼쳤고, 특히 공동체의 연결을 바탕으로 하는 결대로자람학교의 교육활동에 큰 어려움을 주었다고 생각합니다. 우리 학교도 많은 어려움이 있었지만 교직원들이 합심하여 민주적인 학교 문화 속에서 수업을 바꾸어서 학교와 교육을 바꾸어 보려고 부단한 노력을 해 오고 있으며 수업 혁신을 위한 교사 전문적학습공동체 운영을 통해서 모둠수업, 협력학습, 배움중심수업을 밀도 있게 운영해 오고 있습니다.

얼마 전 지난 학교에서 함께 근무했던 '깊은 샘' 선생님의 사진 전시회가 있어서 다녀왔습니다. 작가는 주로 '잊혀져 가는 것들에 대한 아쉬움'을 표현하는 작품을 많이 발표해서 평소에도 공감하는 부분이 많았는데 이번 전시회에서 유독 나의 이목을 끈 것은 '인천 서구'라는 작품이었습니다.

이 작품은 안개가 자욱한 아침 아이들이 횡단보도를 한 줄로 줄지어 등교하는 모습을 찍은 것인데 작가는 설명글에서 '인생의 앞날이 보이지 않는다고 외치는 아이들, 본인의 의지와 상관없이 주어진 환경에 의해 자신의 삶을 결정해 버리는 아이들에게' 무슨 답을 해 주어야 할까요? 라고 묻고 있었습니다.

이 사진을 보면서 꿈과 희망을 포기하고 배움으로부터 멀어져 가고 있는 학생들과 무력감을 느끼고 학교를 떠나고 있는 교사들의 모습이 떠 올랐습니다.

그럼 우리는 지금 무엇을 해야 할까요?

학생들에는 배움의 즐거움, 교사들에게는 가르치는 보람

우리 학교는 결대로자람학교 운영과 서로 연결하는 배움중심수업을 통해서 학생들에는 배움의 즐거움을, 교사들에게는 가르치는 보람을 느낄 수 있도록 노력하고 있습니다. 또한 수업과 평가의 불일치를 줄여 깊이 있는 배움을 지원하고자 올해부터는 탐구 기반 수업·평가 실천 학교와 IB 관심 학교를 운영하고 있습니다. 이 또한 가보지 않은 새로운 길이라 앞이 보이지 않아 답답함과 두려움이 있지만 해가 뜨고 안개가 걷히면 조심스럽게 내딛던 답답함을 던져 버리고 힘차게 달려 나갈 수 있는 날이 오기를 기대하면서 오늘 하루도 교육공동체가 손을 맞잡고 한발 한발 나아가고 있다고 생각합니다.

지난 4년간 결대로자람학교를 운영해 오면서 겪은 우리들의 이야기를 담은 백서가 안개 자욱한 캄캄한 길을 가는데 희미한 이정표 역할을 해 주기를 기대합니다.

존경하는 연성중학교 학생 및 교직원 여러분

이재호 인천광역시 연수구청장

연성중학교의 개교 30주년을 진심으로 축하드립니다. 여러분이 힘차게 외치는 교가의 한 소절과 같이 "연수에 우뚝 솟은 배움의 전당"인 연성중학교는 연수구에서도 으뜸가는 명문 학교로서 지난 30년간 인재들을 배출하였고, 어엿한 어른으로 성장한 졸업생들은 각자의 위치에서 최선을 다하며 우리 사회에 따뜻한 온기를 더하고 있을 것입니다.

긴 세월 연성중학교가 명문 학교로서의 위상을 이어올 수 있었던 이유는 학생들의 배움에 대한 열정과 교장 선생님 이하 선생님들의 열의, 그리고 학부모님들의 관심이 뒷받침되었기 때문이며, 이는 앞으로도 연성중학교의 무궁한 발전을 책임질 동력이라고 생각합니다.

또한 현실에 안주하지 않고 급변하는 환경에 발맞추어 가는 연성중학교는 인천혁신학교 모델인 "결대로자람학교"에 선정되어 지난 4년간 학생들이 스스로 잠재력을 발휘할 수 있는 학생 주도적 배움을 성공적으로 추진한 모범학교이기에, 연성중학교 학생들의 전인적 성장이 더욱 기대되는 바입니다.

연수구청과 연성중학교가 나란히 자리 잡은 덕분에, 등하굣길의 학생들을 우연히 볼 때마다 학생들의 밝고 생기 넘치는 표정을 보며 연수구청장인 저 또한 하루를 시작할 수 있는 큰 힘을 얻습니다. 동시에 구청장으로서 우리 학생들이 꿈을 이룰 수 있는 행복한 교육 환경을 만들겠다는 포부로 가슴이 벅차오르기도 합니다.

이를 실현하기 위해 우리 연수구는 창의력과 인성을 겸비한 글로벌 인재를 양성하는 것을 목표로 차별화된 장학사업을 운영함은 물론, 맞춤형 교육 지원 사업을 추진하고 있습니다. 연수구의 모든 학생이 사회를 변화시키고 문화를 선도하는 글로벌 미래 인재로 거듭날 수 있도록 저 또한 최선의 노력을 다해 돕겠습니다.

마지막으로 학생과 교직원, 그리고 학부모 간 돈독한 정을 나누고 서로에게 끝없는 지지와 응원을 보내주시길 바랍니다. 학교의 무궁한 발전은 구성원들 스스로가 학교를 사랑하는 마음을 가질 때 비로소 가능하기 때문이며, 발전된 연성중학교의 모습은 여러분의 자랑스러운 자산이 될 것입니다.

다시 한번 개교 30주년을 축하하며, 연성중학교의 무한한 발전을 기원합니다. 감사합니다.

목차

제1장 수업으로 연결

제2장 배움으로 연결

제3장 성장으로 연결

제4장 행복으로 연결

제5장 삶으로 연결

제6장 교육공동체로 연결

▼ 1학년 오지석 학생 작품

삶이 탐구가 되는 우리의 수업

교사 권윤정

1. 과학은 어려워? 하지만 재밌어!

과학은 자연 현상과 사물에 대한 호기심과 의문을 가지고 탐구하여 자연의 원리와 방법을 찾아내고 지식체계를 만드는 교과라고 생각한다. 우리 주변에서 볼 수 있는 현상과 많은 부분 관련되어 있지만 추상적인 개념과 교과에서 다루는 지식의 양이 적지 않다 보니 이해를 바탕으로 한 암기가 필요하기에 많은 학생들은 과학이 어렵다고 생각한다. 그래서 일상의 사례를 통해 관심을 높이고 탐구하는 활동을 통해 원리를 이해하도록 해서 과학이 어렵지만은 않은, 할만한, 더 나아가 재미있는 교과라는 인식을 하게 하는 것이 나의 수업관이다.

2. 일상이 탐구가 되는 수업을 꿈꾸며

22년도에 중학교 2학년 과학 수업 공개를 준비하면서 어느 단원을 선정해야 하나 고민이 많았다. 학생들이 생활 속에서 볼 수 있는 현상들을 스스로 관찰하고 탐구 결과를 도출하는데 가장 적합한 내용이 'Ⅲ.태양계'에서 '3.가려지는 태양과 달'이라는 소단원이라고 생각되었다. 수업 공개 날짜는 시기상 학생들이 야외에서 하늘을 관찰하기에 무리가 없고 시간상 초저녁부터 관찰이 가능한 5월 중순 쯤으로 잡고 수업 디자인에 들어갔다.

교육 과정에는 지구와 달의 크기를 측정하는 방법을 학습하고, 지구와 달의 운동으로 나타나는 현상을 이해한 후, 더 나아가 태양계를 구성하는 태양과 행성의 특징을 알고, 태양의 활동이 지구에 미치는 영향을 탐구하는 과정으로 제시되어 있다. 수업 공개 주제는 지구를 중심으로 달이 공전하기 때문에 생기는 달의 위상 변화에 대해 탐구하는 차시로 정했다. 매일 밤하늘에서 볼 수 있는 달의 모양 변화의 원리를 모형을 이용한 모둠 탐구 활동을 통해 이해하고, 달이 지구를 공전하고 있다는 사실과 태양-지구-달의 위치 관계에 따른 위상 변화에 대한 이해를 바탕으로 후속 차시에 이어지는 일식과 월식이 지구-태양-달의 위치 변화와 연관되어 나타나는 현상임을 종합적으로 이해할 수 있도록 초점을 두어 수업을 구성하였다.

2학년 전문적학습공동체 선생님들과의 두 차례의 수업디자인을 통해 구성된 수업의 전체적인 흐름은 다음과 같다.

〈수업의 흐름〉
모둠 활동 : 생각 열기 – 달의 모양 변화와 달의 공전 인지하기
모둠 활동 : 탐구1 – 달의 모양 변화 원리 알아보기

모둠 활동 & 전체공유 : 탐구2 – 달의 위상과 태양, 지구, 달의 위치 관계 이해하기

모둠 활동 : 탐구3(점프과제) – 달의 모양 예측하기

　45분이라는 시간 안에서 동기유발로 관련 내용을 시작하고, 학생들이 모둠 활동을 하고, 발표로 모둠 활동의 내용을 전체 공유하고, 관련 내용을 교사가 설명하고, 점프 과제를 수행해야하는데 생각보다 45분이라는 시간은 길지 않다. 하지만 수업을 구상하다 보면 관련 내용을 조금이라도 더 많이 가르치고 싶어지는 욕심이 생기기 마련이다. 평소 수업에도 투머치하게 내용을 설명하는 경향이 있었던 터라 이 수업을 구상하면서도 적절한 학습 분량을 정하는 것이 어려웠는데, 아니나 다를까 1차 수업디자인에서 분량이 많아 45분을 넘길 것 같다는 지적을 제일 먼저 해주셨다. 그래서 수업 디자인을 통해 가장 크게 변화된 부분은

[생각 열기] 연수구에서 저녁 9시30분경 달을 관찰한 모습이다.

🔅 자료를 보고 알 수 있는 사실을 이야기해보자.

(생각 열기 활동) 학생들이 직접 2주 동안 찍은 사진들로 달의 위상 변화 관찰

전체적인 수업 내용의 분량이었고 [생각 열기]활동도 달의 모양 변화를 학생들이 직접 관찰을 통해 인지하는 것으로 수정을 하게 되었다.

하늘에 매일 달이 뜨고 있지만 달의 모양과 위치가 매일 얼마나 변하고 있는지 꾸준하게 관찰을 해본 사람은 많지 않다. 수업 공개 3주 전쯤 음력 1일부터 15일 정도까지 약 2주 동안 일정한 장소에서 일정한 시간대에 달이 떠오른 모습을 사진으로 찍어 비교할 수 있도록 탐구 과제를 내주었고, 수업에 쓸 만한 사진이 나오지 않을 만약의 상황을 대비해 나도 학생들에게 과제로 제시한 2주의 기간 동안 매일 근처 공원에 나가 달 사진을 찍었다. 그런데 다행히 수업 공개를 하는 우리 반에서 달의 모양과 위치 변화가 잘 나타나게 사진을 찍어온 학생들이 있어 [생각 열기]의 자료로 활용할 수 있었다. 음력 1일에서 15일을 탐구 기간으로 제시한 이유는 달이 뜨는 시간이 점점 늦어지는데 3주차에 달을 관찰하려면 자정이 넘어가는 경우가 생겨 늦은 시간이라 관찰이 어려워지기 때문이다. 인터넷에 떠도는 다른 사람의 자료가 아니라 같은 반 학생이 우리가 살고 있는 동네에 뜨는 달의 모습을 직접 찍은 사진으로 설명을 하니 수업에 대한 학생들의 몰입도가 훨씬 좋았다. 또한 달 사진 찍는 활동에 참여한 학생들도 직접 관찰한 내용인 달의 모양이 매일 변하고 매

(탐구1) 모형을 통한 달의 변화 원리 알기 활동   (탐구2) 모둠활동 내용 전체 공유

시간 '동→서'로 이동하며, 매일 떠오르는 위치가 '서→동'으로 변한다는 것을 직접 관찰했기에 이 학습 내용은 오랫동안 잊지 않을 것 같다.

수업 디자인 과정에서 여러 선생님들이 학생의 입장에서 설명을 들으시고 궁금증이나 이해가 안 가는 내용을 질문해 주셔서 모형을 이용한 탐구 활동에서 달의 위상 변화가 생기는 원리를 이해할 수 있도록 탐구 활동 단계를 세분화하는 것으로 수정하였다. 뿐만아니라 교사의 입장에서 학생들이 탐구 활동을 했을 때 나올 수 있는 오답의 경우도 같이 생각을 해주셔서 '이런 오답이 나온다면 이렇게 피드백을 해줘야지'라고 생각하고 대비를 하였는데, 마침 수업 디자인을 할 때 이야기 나누었던 오답 그대로 탐구 활동한 모둠이 나와서 미리 준비한 피드백을 할 수 있어 흐뭇했던 기억이 난다.

우리학교는 1, 2, 3학년 모든 교과 교사가 공개 수업을 참관할 수 있어 교실에 학생들 보다 교사의 수가 더 많을 때도 있기에 수업 공개를 준비하는 입장에서 부담이 상당했다. 하지만 학생들에게 유의미한 배움이 일어날 수 있도록 더 나은 수업을 위해 함께 고민해주시고 모둠 활동 자료를 만드는 과정에서도 도움의 손길을 주신 여러 선생님들이 계셨기에 이 수업은 나만의 수업이 아니라 여러 선생님들과 함께 만들어간 우리의 수업이었고, 그래서 더욱 뿌듯했고 오랜 시간 기억에 남을 수업이 될 것 같다.

정답이 없는 함께하는 수업

교사 양채간

1. 수업을 열다

혁신학교준비교 2년, 혁신학교인 결대로자람학교 4년 동안 수업을 개선하기 위한 공동체에 참여하면서 수업을 열기 시작했다. 배움의 공동체 수업을 2019년 처음 1학년부터 도입하면서 우리 학년 끼리 서로 배우면서 전문가 컨설팅이 아닌 서로 배워나가는 자세로 시작하게 되었다. 이전까지의 수업은 교사 개인의 영역이고, 같은 교과 선생님만이 교과에 대한 조언을 해주고 도움을 주는 관계라고 생각했었는데 확 바뀌는 계기가 되었다. 나 뿐만이 아니라 그때 같이했던 모든 선생님들의 마음이 그러했으리라 생각한다. 같은 교과도 아닌 여러 선생님께서 수업디자인을 같이하고 학생의 입장에서 수업을 봐 주셨다. 같은 학년 선생님들과 일 년에 6번의 수업 공개를 하면서 매번의 디자인과 공개는 배움의 연속이었다. 다른 교과 선생님의 반응은 학생들의 반응과 비슷했고, 학생들이 어디서 어려워하고 힘들어 할 지가 미리 예측이 되었고, 수업 디자인을 바꿀 수 있는 기회가 되었다. 수업에 관한 대화가 많

| 2018 지도안 | 2019 지도안 |

| 2021 지도안 | 2022 지도안 |

| 2023 지도안 | 2024 지도안 |

수업디자인, 협의회   수업공개

아질수록 수업은 더 풍부해지고 성장함을 느낄 수 있었다. 6년 동안 매
년 수업을 열면서 나의 수업과 수업 디자인을 할 수 있는 능력이 성장
하게 되었고, 또 수업을 여는 것이 나의 수업이 성장하고 되돌아 보는

계기가 되었다. 수업디자인 모임을 하다 보면 다른 교과가 무엇을 배우는지 알게 된다. 다른 교과의 교육과정을 이해하면 학생들의 배경지식을 파악할 수 있다. 다른 교과 교육과정에 대한 이해 없이 학생들이 어려워 한다고 탓할 수는 없다. 반대로 사회시간에 배운 위도, 경도, 그리니치천문대 등의 내용을 과학시간에 다시 설명하지 않아도 되는 이유가 되기도 한다. 물론 학생들은 언제나 모른다고 하지만 교사들끼리 어느정도 교과교육과정에 대해 공유가 이루어진다면 수업이 더 풍성해지고, 학생들도 교과와 교과가 연결된다는 것을 깨닫기도 한다.

2. 과학다운 과학수업

교과 융합을 준비하다 보면 다른 교과와 융합될 수 있는 요소는 모두 활동지에 반영하려고 애를 쓰지만 중학교에서 정말 쉬운 일은 아니라는 것을 매번 느낀다. 그러다 보니 수업의 양은 많아지고 이것이 과학수업인지 다른 교과 수업인지 본질을 잃어버리고 다시 헤매는 일을 반복하게 된다. 항상 공개수업을 하면서 느끼는 것은 제목만 봐도 매력적인 수업이어야 하지만 과학의 본질을 잃지 않는 수업을 만드는 것이 나의 과제였다. 수업의 중심을 잃지 않기 위해 수업 디자인 모임에서 동료선생님들의 조언을 듣고, 끊임없이 핵심 성취기준에 부합하는 활동인지 생각하며 수정한다.

수업내용을 정한뒤 학생들의 관심을 끌 수 있는 내용으로 수업을 시작한다. 올해는 어린왕자와 광합성을 연결지어 왕자와 장미의 입장에서 광합성을 생각해 보는 디자인을 해 보았다.

연성중학교 (2)학년 ( )반				수 업 자	양○○
수업 교과	과학	지도 단원	Ⅳ. 식물과 에너지 1. 광합성과 에너지	수업일시	2024. 06. 19.

주제	01. 양분을 만드는 광합성
성취 기준	[9과11-01] 식물이 생명활동에 필요한 에너지를 얻기 위해 양분을 만드는 광합성 과정을 이해하고, 광합성에 영향을 미치는 요인을 설명할 수 있다.
단원구성	1차시 : 양분을 만드는 광합성 1 **2차시 : 양분을 만드는 광합성 2** 3차시 : 양분을 만드는 광합성 3 4차시 : 광합성이 잘 일어나는 조건 1 5차시 : 광합성이 잘 일어나는 조건 2 6차시 : 물을 끌어올리는 증산작용 1 7차시 : 물을 끌어올리는 증산작용 2 8차시 : 식물이 에너지를 얻는 호흡 9차시 : 광합성으로 만드는 양분의 사용 1 10차시 : 광합성으로 만드는 양분의 사용 2
수업의 흐름	모둠활동 : 들어가기(1), (2), (3) 모둠활동 : 탐구1, 탐구2 전체 공유 : 더 나아가기

학습지에는 최소한의 내용만 적고 PPT를 이용해 어린왕자와 광합성을 연결지으며 서술해보는 활동으로 해보았다.

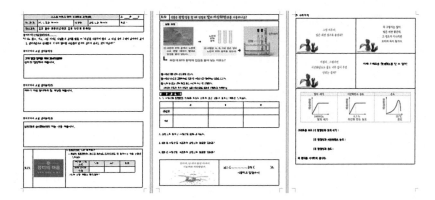

　　수업 중 활동이 교과의 본질을 잃지 않으려면 교육과정 해설서를 참고하며 과학과의 핵심역량인 과학적사고력, 문제해결력, 의사소통 능력을 키우는 수업인지를 계속 살피면서 디자인을 수정하는 것이 중요하다.

3. 삶과 연결된 과학수업

　　수업을 통해 아이들은 삶에서 무엇을 배울 수 있을까? 학생들이 삶을 살아가다가 어느 순간 나의 수업 장면을 떠올리며 긍정적인 영향을 미치기를 바란다. 중학교 내내 많은 교과와 많은 선생님들을 만나고 졸업하지만 매 순간을 기억하지 못하더라도 각각의 교과에서 다루었던 내용을 바탕으로 복잡한 문제를 분석하고, 탐구하고, 의논하고, 같이 이야기하는 의사결정을 주도하며 사고하는 사람이 되길 바란다. 그리고 도전하는 사람이 되어 먼 미래에 중학교 시절이, 과학 수업이, 과학 교사가 그들의 삶에 작은 보탬이 되기를 소망한다.

▲ 2학년 정윤서 학생 작품

배움을 통해 성장하는 나의 수업

교사 엄광옥

1. 생각이 먼저 바뀌기 시작하면서

수업은 나의 교직 생활의 가장 큰 부분을 차지하는 의미 있는 시간이었다. 더구나 학생들이 잘 따라와 주었고, 학생과 나의 공감대가 탄탄하게 유지되면서 나는 잘하고 있다고 믿고 싶었다. 내가 하는 수업에 자부심을 갖고 나름 자신 있게 생활한 것 같다. 그러다가 15년 전 학부모 공개수업에서 한 학부모님의 참관록 내용에 '제가 배울 때와 수업이 비슷하다'는 글을 보고 충격을 받았다. 그러나, 나름의 변명으로 그 상황을 모면하고자 했던 부끄러운 나의 모습이 떠오른다. 수업의 변화가 필요하다고 생각할 때 배움의공동체 수업을 만났고, 공부를 시작하게 되었다. 공부를 하면서 내 자신이 얼마나 어리석고 안일하게 살았는지 반성의 연속이있다. 배움중심수업으로 변화하려는 나의 수업 혁신은 시작되었고 결코 쉽지는 않았다. 하지만 욕심내지 않고 조금씩 조금씩 나의 수업을 변화시키려고 노력했고 지금도 계속 노력 중이다.

　예전에 근무했던 연성중에 나는 다시 근무하기를 희망하여 2016년에 발령을 받았고, 오랜만에 3학년담임, 1학년담임을 하면서 학생들과 즐거운 시간을 보냈다. 1학년 담임을 마무리할 즈음에 교장선생님께서 1학년부장을 권유하셨다. 연성중 발령 전에 6년의 학년부장 경력으로 별 부담없이 1학년부장을 수락했다. 그런데 다시 교장선생님께서 이런 부탁을 하셨다. '이제는 수업이 바뀌어야 한다고 생각한다. 1학년부터 점차 시작하려고 하는데 그 역할을 부탁한다' 라고… 엄청난 부담감이 나의 어깨를 강력하게 누르는 말씀이셨다. 수업의 변화에 대한 인식과 배움의공동체 공부를 하고 있을 때라 교장선생님의 말씀에 공감하지만, 그래도 막막했다. 어떻게? 누가? 무엇을? 그 시기에 잠도 제대로 못자고 고민에 고민을 거듭했다. 수업 혁신도 고민이지만 내게 가장 큰 고민은 선생님들이었다. 내성적이고 소심한 성격에 다른 사람의 이목을 많이 의식하는 나의 성격상, 선생님들의 반응은 어떨까? 누가 함께 할 수 있을까? 선생님들이 뭐라고 하시면 어쩌나…. 나의 고민은 끝이 없었다. 시간은 나를 기다려주지 않으니 나는 결단을 내렸다. 그리고 바로 실행에 옮기기 시작했다.

　업무분장과 1학년 담임이 발표되고, 반편성 자료를 받았을 때, 그 자리에서 2018학년도 1학년 학생배움중심의 수업 혁신에 대해 전달하였다.

① 좌석배치 ㄷ자
② 배움의공동체 수업 실시(배움의공동체 연수 참여 안내)

③ 1, 2차 공동수업디자인
④ 수업공개 및 나눔 협의회

대부분의 선생님들은 상황을 이해하시고 받아들여주셨다. 너무 너무 감사했다. 물론 나보다 경력이 많은 1학년 담임선생님 중 한 분은 내가 나가자마자 '내가 이 나이에 수업 공개를 해야 해?' 라고 화를 내셨다고 한다. 그러나 그 담임선생님도 학년도가 시작되면서 학생들이 한 눈에 들어오는 ㄷ자 좌석배치가 좋다고 하시면서 공동수업디자인 등 모든 협의회에 함께 해 주셨다.

ㄷ자 좌석 배치

모둠수업

수업 공개

수업 공개

먼저, 6명의 수업공개자를 선정해야 하는데…. 정말 떨렸다. 그러나, 내 마음을 알아주는 3명의 선생님들께서 수업공개를 먼저 하시겠다고 용기 내 주셨고, 다른 3명의 선생님들께서도 수업공개 권유에 흔쾌히 허락해 주셔서 정말 힘차게 시작할 수 있었다. 엄청나게 바쁜 일정 속에 1, 2차 공동수업디자인과 연 6회의 수업공개 및 나눔 협의회가 진행되는 한 해가 되었다. 선생님들이 가장 좋았던 시간은 학생의 입장에서 다른 교과 수업디자인에 참여하는 작업이라고 하셨고, 각자 배움의 시점을 공유하면서 힘을 얻는 기회가 되었다고 하셨다. 학생들은 수업공개 학급으로 선정된 자부심과 모둠학습의 중요성을 알게 되는 모습을 보면서 1년을 마무리할 수 있었다.

전문적학습공동체(전학공)의 시작과 중요성이 강조되던 시기와 연성중의 수업 혁신이 시작된 시기가 정확하게 연결되어 교육연구부장님이 1학년 수업 혁신 사례를 발표하면서 교육청까지 알려지게 되었다. 2019학년도부터 행복나눔학교로 선정되면서 1, 2학년으로 확대되어 수업 혁신은 이어질 수 있었다. 코로나19가 시작된 2020학년도에는 교육청과 교장선생님의 권유로 행복배움학교(결대로자람학교)를 신청하게 되어 보다 질높은 수업 혁신으로 도약하게 되었다. 수업에 집중할 수 있도록 업무분장을 조정할 수 있는 결대로자람학교와 더불어 전 학년 수업 공개를 통해 배움을 이어가고 있다.

3. 고민… 그리고 기대

배움중심수업의 방법으로 모둠수업을 통한 협동학습이 이루어지는

데 수학이라는 과목에 객관식 평가가 바람직한가라는 고민이 생겼다. 과정이 중요한 수학 과목에서 순간의 계산 실수로 오답을 내고, 그 문항에 대해 전부 모른다고 판단하는 것이 옳은 것인지…. 그래서 수학 교사는 서술형 평가에 대한 중요성을 인지하고 서·논술형 평가를 실시·운영하였다. 코로나19로 인하여 학생들의 정상등교가 어려워져 지필 평가(객관식 평가) 반영 비율이 높아졌으나, 현재는 서·논술형 평가 비율이 높아지고 있다. 2024학년도에 우리 학교는 수업과 함께 평가의 변화를 위해 탐구기반 수업·평가 실천 학교를 운영하면서 서·논술형 평가 증가의 바람이 일고 있다. 다양한 연수를 통해 배우고 이제 막 실천하고 있다. 미래 지향적 평가 방법이기를 한껏 기대하며 오늘도 난 배우고 있다.

새싹에서 열매로 Level up

교사 윤선미

1. 새싹처럼 여린 첫 번째 공개수업

연성 중학교에 발령을 받은지 두 번째 해인 2019년. 결대로자람학교가 되기 전인 공감 학교 시절, 당시 2학년 수업을 하고 있던 나는 공개수업을 제안받게 되었다. 사실 자신의 수업을 공개하는 것은 나의 모든 것을 보여주는 것이라는 불안감이 몰려왔지만, 어찌 어찌 하기로 했다.

수업은 담임하는 반인 2학년 3반 학생들을 대상으로, 호흡과 배설 단원에서 수업하기로 정하였다. 마침 노폐물을 배설하는 과정에 대한 교수학습 방법에 관해 연구하고 있었고 이론적으로 연구한 내용이 실제 수업에 적용이 잘 될지 궁금했던 차였다. 전체 단원중 13번째 차시로 '몸속 노폐물을 배설하는 과정'이라는 주제로 수업을 구성하였다.

사구체에서 보면주머니로 물질이 이동하는 원리를 알아보기 위한 간단한 실험활동, 세뇨관과 모세혈관 사이에서의 물질의 이동을 주어진 자료를 해석하여 추론하기. 전체적인 노폐물 배설 과정을 정리해 보는 것으로 본 학습을 구성했다. 그리고 마지막 탐구로는 '소변검사 결과'

를 해석하여 콩팥의 어느 부분에 이상이 있는지를 학습한 내용을 적용하여 해결할 수 있는 문제를 포함했다. '소변검사 결과 해석하기'는 지도안에서 가장 심혈을 기울인 부분인데, 수업할 당시 2학년 학생들이 소변검사를 하고 있었고, 소변검사로 이렇게 중요한 것을 알 수 있다는 것! 그리고 과학시간에 배운 것이 실제 생활에서 활용이 된다는 것을 알려 주기 위해 고안한 활동이었다.

수업은 과연 성공했을까? 내 나름대로는 정말 잘~~ 구성한 활동이라고 생각했고, 아이들도 담임선생님의 수업이고, 다른 선생님들이 두 눈을 뜨고 지켜보고 있으니 잘 따라와 주었던 것 같다. 하지만!!! 나는 아이들이 어떤 이야기를 나누었고, 어떤 부분에서 머뭇거림이 있었는지, 어떻게 해결해 나갔는지를 자세히 볼… 겨를이… 없었다. 그저 내가 계획한 대로 시간에 맞추어 진행하기 바빴다. 여러 선생님이 지켜보는 눈이 없다고 생각하고 수업을 진행할 만큼 용기가 있지도 않았다. 그렇게 나의 새싹 같은 공개수업은 마무리되었다.

2. 이번에는 좀 더 풍성하게, 두 번째 공개수업

첫 번째 공개수업이 지나고 두 번째 공개수업은 2021년에 하게 되었다. 이번 수업에서 나는 배움의 공동체 기초연수, 심화 연수에서 들은 주옥같은 내용들을 수업에 녹여 넣기로 하였다. 연수에서 들었던 내용 중에 가장 기억에 남았던 것은 '교과'의 특성이 드러나도록 수업을 구성해야 한다는 것이었다. '과학 교과의 특성이라… 과학은 역시 탐구 아니었던가! 그래! 학생들이 과학을 탐구하는 과정을 경험하도록 구성하는 거야!'라고 생각하고 수업 디자인을 시작했다.

이번에도 2학년 담임인데, 지난번과 같은 주제로 하기는 좀 그렇고 해서, 식물과 에너지 단원에서 '광합성에 필요한 물질은 무엇일까?'라는 주제로 수업을 구성했다. 도입 단계에서는 두 가지 상황을 제시하여 식물이 자라려면 무엇이 필요할지를 학생들이 스스로 찾아낼 수 있도록 구성했다. 본 학습에서는 여러 단계를 제공하면서 광합성에 필요한 물질이 무엇인지를 알아보는 실험을 학생들이 직접 설계하고, 실험 도구를 제공하여 세팅하는 것으로 마무리하였다.

두 번째 공개수업을 준비하면서 느꼈던 점은, 학년 단위로 구성된 전문적학습공동체에서의 디자인 회의가 많이 도움이 되었다는 것이다. 과학 교사끼리만 디자인 회의를 했다면 많이 설명할 필요 없이 회의가 빠르고, 도움이 되는 이야기를 들을 수 있었을 것이다. 그러나 중학교 과학 내용을 오랜만에 보시는 다른 과목 선생님들은 아이들과 비슷한 시각으로 학습지를 분석해 주셨다. 내 생각에 학생들이 당연히 알아들으리라 생각했던 발문은, 실상 나만 이해하는 발문이었다. 즉, 내가 개떡같이 말하면 아이들은 찰떡같이 알아듣는 것이 아니었다. 두 번의 디자인 회의를 통해 나의 발문이 더욱 찰떡같이 변해갔으며, 활동지는 더욱 날개를 달게 되었다. 이 기회를 빌려서 선생님들 감사합니다.^^

TV 속의 선생님, 집중도 최고!

두 번째 공개수업에서는 아이들의 말을 더 들으려고 노력하였다. 아무래도 실험설계는 많이 겪어본 활동은 아니어서 아이들은 여러 지점에서 어려움을 겪고 있었다. 예를 들어 '검정말이 광합성을 하는데 이산화탄소가 필요한지'를 확인하는 실험을 설계하려면, 두 시험관에 검정말을 넣고, 한 시험관에

설계한 실험대로 세팅 중

는 이산화탄소를 넣어주고 다른 시험관에는 이산화탄소를 안 넣어주면 된다. 그리고 나머지 광합성에 영향을 미치는 다른 요인은 같게 해주면 되는 것이다. 이렇게 쉽다고 생각한 활동에서 아이들은 버벅대고 있었고, 아이들에게 쉬운 예시를 들어줄 필요가 있었다. 이에 '식물에 음악을 들려주면 잘 자랄까?'라는 상황을 주고, 이 실험을 어떻게 하면 좋을지를 물었더니 아이들은 금세 이해하고 과제로 돌아올 수 있었다.

3. 열매가 될 수 있을까? 세 번째 공개수업

올해 2024년 드디어 세 번째 공개수업을 앞두고 있다. 여름방학 때 배움의 공동체 전국 세미나를 들으며 또 고민에 빠졌다. 아~~ 생각해야 할 것이 왜 이리 많은지…. 도대체 수업 디자인은 할 수 있을지? 다른 선생님들은 어떻게 저렇게 디자인을 잘한 것일까…? 그러나 이내 생각했다. 그래! 난 완벽할 수 없다! 그냥 조금 더 나아지기를 바랄 뿐. 그리고 수업 공개에서 선생님들은 나를 보러 오시는 것이 아니다. 학생들이 어떤 부분에서 머뭇거리고, 어떻게 도우며 해결해 나가는지, 그 과

정에서 교사는 어떻게 도울 수 있을지를 보는 것임을 잊지 말고 디자인하자! 이렇게 생각하니 조금, 아주 조금 마음이 편해지는 것 같다. 이제 슬슬 준비해 나가야 한다. 이번에는 3학년 전학공 선생님들께서 많은 조언을 해주시겠지? 몇 가지만 염두에 두자. 과학 교과의 특성을 살릴 것! 모둠활동은 수업 시작 5분 내로 들어가기. 점프 과제는 너무 쉽지 않고 서로 물으면서 해결해 나갈 수 있도록 구성하기. 학생들의 말에 귀를 기울여 적절한 시기에 도와주기! 이것만 해도 성공이겠지?

연성 중학교에 7년째 근무 중인 현재, 나는 아직 열매를 맺지 않았다. 아마도 열매를 맺지 못할지도 모른다. 하지만 다른 학교로 전근을 가더라도 나는 배움 중심 수업을 놓지 못할 것이고, 그 학교에서 어떻게든 모둠수업을 이어갈 것이다. 마치 씨앗이 다른 곳에서 싹을 틔우듯이….

법정에 오신 여러분, 환영합니다!

교사 이정선

연성중에서 1학년 사회를 담당하면서 제안 수업을 두 번 했다. 2019년은 1학기에 '지리' 영역, 2022년에는 2학기에 '법' 영역이었다. 2019년은 '행복나눔학교'로 '행복배움학교'('결대로자람학교'의 이전 명칭) 전 단계였고, 연성중은 이 시기부터 '수업 혁신'과 '학생 자치'에 대한 고민을 해왔다.

2022년 연성중은 '결대로자람학교' 2년차를 맞이했고, 1학년 담임과 사회 교과를 지도하며 제안 수업을 다시 한번 하게 되었다. 2월 수업자를 정할 때, "제가 하겠습니다." 해놓고, 제안 수업일이 다가올수록 심장이 콩닥거렸던 기억이 난다.

사회 교과의 성격은 학생들이 사회생활에 필요한 지식과 기능을 익혀 이를 토대로 사회현상을 정확하게 인식하고, 민주 사회 구성원에게 요구되는 가치와 태도를 지님으로써 민주 시민으로서의 자질을 갖추도록 하는 데 있다. 매번 수업을 준비하며 사회 교과의 성격을 상기하고, 이를 반영한 수업디자인을 해야 하지만, 업무에 생활 지도에 갖가지 학교 및 학급 행사에 수업은 뒷전이었다.

그래서 제안 수업 준비는 사회 교과의 본질을 다시 생각하고, 수업을 디자인하고, 자료를 찾고, 뉴스 기사를 검색하는 등 나를 움직이게 하는 동력이 되었다.

1. 수업 시기 정하기

2월말 제안 수업자가 정해지면, 제안 수업자들끼리 몇 월에 수업을 할 것인지 논의한다. 각 교과별로 수업자가 유의미하게 여기는 단원을 가르치는 시기로 제안 수업일을 정하기도 하고, 제안 수업일을 먼저 정하고 단원을 탐색하기도 한다. 나는 11월에 제안 수업을 하기로 하고 '정치 → 법'의 단원 구성을 '법 → 정치'로 조정하였다. 이는 1학년 사회 수업을 함께 하는 동료 교사와 협의가 가능했기 때문이다. 제안 수업 시기와 수업 단원이 정해졌다.

2. 수업디자인 협의 준비하기

2학기가 시작되었다. 벌써 10월이다. 수업디자인 1차 협의 날짜가 정해졌다. 제안수업지도안을 작성하기 시작한다. 수업 주제는 '형사 재판에 참여해 보기'이다. 사건을 제시하고, 모의재판을 할지, 법적 판단을 내려보게 할지 고민중이다. 다시 사회 교과 성격을 살펴본다. '필요한 지식과 기능'을 익혀 '사회현상을 정확하게 인식'하고, 민주 사회 구성원에게 요구되는 '가치와 태도'를 기른다. 형사 재판 관련 지식(어떤 사

주제	형사 재판에 참여해 보기
성취 기준	[9사(일사)05-03]재판의 의미와 종류(민사 재판, 형사 재판)를 이해하고, 공정한 재판을 위한 제도를 분석한다.
단원구성	1차시 : 법이란 무엇일까? 2차시 : 법의 목적은 무엇일까? 3차시 : 공법과 사법의 특징은 무엇일까? 4차시 : 사회법의 특징은 무엇일까? 5차시 : 재판이란 무엇일까? 6차시 : 민사 재판과 형사 재판 **7차시 : 형사 재판에 참여해 보기(본시)** 8차시 : 공정한 재판을 위한 제도에는 무엇이 있을까? 9차시 : 단원 마무리

수업지도안1

수업의 흐름	활동1. 관련 재판 되돌아보기 활동2. 언론이나 기타 미디어를 통해 이 사건을 접하였다면, 형량은? 활동3. (재판영상 시청 후) 우리가 판사라면 활동4. 참여 소감 쓰기
수업자의 수업관	사회과는 학생들이 사회생활에 필요한 지식과 기능을 익혀 사회현상을 정확하게 인식하고, 민주 사회 구성원에게 요구되는 가치와 태도를 지님으로써 민주 시민으로 서의 자질을 갖추도록 하는 교과이다. 민주 시민은 '지식'만을 습득해서는 길러지지 않는다. 지식과 함께 '가치·태도'의 정의적 영역을 함께 배워야 한다. 　11단원은 법 단원으로 이 단원에서 법의 의미와 특성, 법의 종류와 재판, 공정한 재판을 위한 제도를 공부하는 단원이다. 제안 수업을 준비하면서 교과서를 참고하며 성취기준에 맞는 적절한 수업 자료를 찾는 데 시간을 많이 할애했다. 　이번 차시에서는 일상생활에서 발생할 수 있는 범죄 사건을 사례로 들어 형사 재 판의 절차를 이해하고, 이에 대한 법적 판단을 판사가 되어 해보려고 한다.

수업지도안2

건을 다루는지, 재판 참여자는 누구인지, 재판의 절차는 어떻게 되는지)을 익히고, 사
회현상(우리 사회에서 일어난 실제 사건)을 인식하고, 국민의 시각과 판사의
시각에서 법적인 판단을 해보는 수업을 하기로 정한다.

▣ 사건영상 시청

> 믿는 도끼에 찍힌 발등… 종업원의 절도 행각 덜미
>
> 서부경찰서는 영업이 끝난 음식점에 침입해 금고에 보관 중인 현금 26만원과 식재료를 훔친 혐의(야간주거침입절도)로 A(29)씨를 입건 조사하고 있다고 밝혔다. 경찰에 따르면 A씨는 지난 20일 오후 10시 37분쯤 경기도 소재 모 음식점에 침입해 소형 금고에 보관 중이던 현금 26만원과 식재료를 훔쳐 달아난 혐의를 받고 있다. 경찰 조사 결과 A씨는 자신이 종업원으로 일하였던 이 음식점의 화장실이 평소 열려있다는 사실을 알고 이 같은 범행을 저지른 것으로 드러났다.

사건영상 시청

▣ 활동2. 언론이나 기타 미디어를 통해 이 사건을 접하였다면
위 사건에 어떤 형량을 부과할 것인가요? 이유는?

	※참고
① 징역형 집행유예 ② 징역 1년 이하(실형) ③ 징역 1년 초과 2년 이하(실형) ④ 징역 2년 초과 3년 이하(실형) ⑤ 징역 3년 초과(실형)	1. 적용할 규정(형법) 제330조(야간주거침입절도) 야간에 사람의 주거, 간수하는, 저택, 건조물이나 선박 또는 점유하는 방실에 침입하여 타인의 재물을 절취한 자는 10년 이하의 징역에 처한다. (※간수하다 : 어떤 대상을 보살펴 지킴 ※건조물 : 만들어 지은 물건이나 건물 따위를 통틀어 이르는 말 ※방실 : 방) 2. 집행유예 : 선고형이 벌금 500만 원 이하, 징역 3년 이하인 경우, 형의 집행을 유예할 수 있다.(형법 제62조) (예시) 징역 1년에 집행유예 2년 　　　 징역 1년 살고 집행유예기간 2년☒ 　　　 징역 1년의 집행을 2년동안 유예☑

국민의 시각에서 판단하기

▣ 활동3. (재판영상 시청 후) 최종 선고, 우리가 판사라면
이제 최종 선고를 내려야 합니다. 우리가 판사라면 어떤 판결을 내릴 것인가요?
※판결

□ 징역 　(　　　)년 □ 집행유예 (　　　)년

※선고에 영향을 준 요소(최대 2개까지 선택)

□ (가중) 상습범인 경우 □ (가중) 야간에 물건을 부순 후 건물 침입 □ (가중) 피고인이 같은 종류의 전과가 있음. □ (감경) 피해자의 처벌불원(피해자가 피고인의 처벌을 원하지 않음.) □ (감경) 생계형 범죄 □ (감경) 실제 주거공간 이외의 장소에 침입

최종 선고, 형량은?

위와 같은 형량을 부과한 이유는?

사법적인 판단하기

수업디자인 협의회 날이다. 숙제 검사를 받는 떨림도 있지만, 이 협의회는 함께 만들어 가는 공동디자인의 성격이 크기 때문에 동료 교사들이 학생의 입장이 되어 제시된 문제의 의도를 파악할 수 있는지, 학생들의 수준에 너무 쉬운지 또는 너무 어려운지, 좀 더 나은 활동을 위해 어떤 것을 보완해야 하는지 협의를 한다. 수업디자인 공동 협의를 거치며 활동을 좀 더 짜임새 있고, 간결하게 수정했다.

4. 제안 수업 그리고 성찰

수업장면1

수업장면2

제안 수업이 끝났다. 당시 우리 반이 반응 없기로 소문난 반이기는 했지만 차분하게 문제를 해결해 가는 것이 인상 깊었고, 제안 수업에서 동료 교사의 모둠별 관찰을 통해 아이들이 사건을 어떻게 해석하고 어떤 근거로 사법적인 판단을 했는지 알 수 있어서 좋았다.

배움의 공동체 모델로 수업 혁신을 고민하며 가장 크게 다가왔던 지점은 두 가지이다. 교사의 불필요한 말 줄이기, 화려하고 현란한 자료보다는 교과 본질에 충실한 자료 찾기. 그래서 사회 교사이지만 다양한 교과에 기웃거리고, 세상사에 관심을 가지려고 노력한다. 사회 교과의 본질을 실현할 참신하고, 몰입감 높은 자료가 다양한 곳에 있을 수도 있으니 말이다. 점점 발달하는 온라인 세상 속에서 오프라인에서의 인간적인 만남이 중요하다고 생각하기에 교실에서 아이들과 내가, 아이들끼리 부대끼며 우리 아이들이 '냉철한 이성과 따뜻한 마음을 갖춘 아이들'로 성장하도록 지도하고자 한다. 나의 성장도 함께!

▲ 2학년 김채영 학생 작품

Before and After

1. Before

2021년 초 연성중학교에 발령을 받은 후, 연성중학교 교사로서 내가 받은 첫 지령은 교직원 연수 참여였다. 개학 전 2월에 진행되는 연수였고, 코로나가 기승이던 시절이므로 줌으로 진행했다. 강의식, 그러니까 이전에 이미 충분히 경험했던, 내용을 전달받는 수동적 연수를 예상했던 나는 연성중학교의 첫 교직원 연수에 상당한 충격과 신선함을 느낄 수 있었다. 연수 내내 학년, 부서, 혹은 공동체에 걸맞는 카테고리에 묶여 결대로자람학교를 운영하며 필요한 학년, 과목, 혹은 학교 전반에 걸친 아이디어를 자유롭게 나누는 자리였다. 연수 내내 선생님들이 화면 안에서 끊임없이 다양한 의견을 제시하고, 경청하고, 그 아이디어를 묶어 정리해 나가며 새로운 아이디어를 만들어내는 그 과정이 꽤나 신선했고, 이 학교는 대체 어떤 곳인지 궁금해졌다. 그리고 개학 준비를 하기 위해 간 교실 또한 처음 보는 광경이었다. 'ㄷ'자로 좌석이 배치된 교실이라니? 모둠학습을 언제든 할 수 있게 배열이 되었다니? 모둠수업을

제1장 수업으로 연결 — 47

꽤 진행해 보았지만, 그런 배치 자체는 말 그대로 처음이었다. 수업이 과연 어떻게 진행되는지가 사뭇 궁금했다. 그렇게 수업을 적응해 가던 중, 또 하나의 충격이 다가왔다. '전문적학습공동체'를 운영하며 수업을 함께 계획하고, 수업을 전교사에게 공개하고, 함께 수업에 대해 고민해 보고, 함께 성찰해 나간다고 했다. 과연 어떤 모습일까 하며 이른바 전학공(전문적학습공동체)에 참여하기 시작했다. 전과목 선생님이 모여 한 과목 수업을 고민하다니. 이렇게나 진지하고 치열하게, 수업 의도와 학생들의 특성에 대해서 생각해 보고, 수업을 계획하고 모두가 머리를 맞대고 수업에 대한 아이디어를 제공하다니. 1, 2차에 걸쳐 수업을 계획하고 학생들을 잘 아는, 같은 학년, 전과목 선생님들이 모여 아이디어를 덧붙여 나가는 과정, 수업을 실제적으로 하며 이루어지는 그 모든 과정, 학생들의 반응, 수업이 끝난 후에 본래의 의도, 계획과 비교하고 좋았던 점을 나누는 과정에 적극적으로 참여하기 시작했다. 특히 해당 수업을 준비한 교사가 수업의 방향과 진짜 의도를 설명해 주시고, 그걸 인지한 상태에서 수업 활동을 살피고 같이 성찰해 보는 과정이 교육자의 흥미와 호기심을 자극하기에 충분했다. 수업 성찰과정에서 또한 전학공 모두가 함께 준비한 수업이었기에, 학생들이 어떤 부분에서 배움이 일어났는지, 어떤 부

수업지도안 내 수업관 설명

Thank you for your DM.
①It is sweet to say that you like me so much.

②To admit that I was very pleased about your DM would be natural.

③It was necessary to answer you right back. Otherwise, you would be very stressed.

인스타그램 DM을 활용한 문장 제시

분에서는 의도와 달랐는지를 모두가 정확하게 이해하고 있었다.

2. After

전학공에 참여하며 자유롭게 수업에 대해 이야기할 수 있었던 많은 기회는 또한 나의 수업에도 직·간접적으로 도움이 되기 시작했다. 어떤 활동을, 어떻게 진행해야, 모둠 안에서 학생들이 의견을 자유롭게 나누며 유의미하고 자율적인 배움이 일어날 수 있는지를 교사로서 깊이 탐구할 수 있었다. 한 달에 거의 한 번꼴로 수업 공개가 이루어졌기 때문에 다양한 과목의 수업으로부터 여러 가지 수업팁과 수업의 자아성찰 또한 자주 일어났다. 그러한 과정을 바탕으로 내 수업에 '스스로 배움'이 일어날 수 있는 활동을 더 과감하게 제시할 수 있었다. 특히 입학과 동시에 이러한 결대로자람학교 안에서 활동했던 학생들은 내 생각보다도 이미 더 많이 모둠활동과 적극적, 자율적 학습을 할 준비가 되어 있었다. 모둠학습의 중요성과 학습 내용에 대한 깊은 성찰을 다양한 방법으로 하는 것의 중요성을 학생들이 이미 인지하고 있었고, 모둠활동 또한 익숙했기 때문에 활동의 필요성을 인식시키고, 활동을 이해시키는 물리적 시간을 훨씬 많이 줄이고 활동에 집중할 수 있었다. 2023년도에는 내 수업을 공개할 기회가 있었고, 'It~to 부정사' 구문을 학습하는 데에 있어 두 차례의 사전 디자인을 통해 학생들이 평상시에 많이 사용하는 SNS의 DM 메시지 형태를 활용하기로 했다. 수업지도안 또한 기존의 공개수업과는 사뭇 달랐는데, 활동과 목표만을 제시하는 것이 아니고, 수업관을 자세하게 쓰는 점이 인상적이었다. 내 수업을 통해 학생들이 어떤 부분에서 배움이 일어났으면 하는지를 정확하게 제시하고 그에 맞추어 목표와 활동 등을 준비해 나가기 시작했다. 전학공에서 공동수업디자인을 통해 미리 준비한 수업지도안을 여러 선생님의 도움을 받아 메시지 내용과 길이감 등을 조절했고, 후에 수업을 하면서 조절한 양이 훨씬 더 적합했다는 것을 알았다. Action Game(주어진 어휘를 활용해 조별로 동작을 선보여 맞추는 게임)을 준비하면서도 다양한 Action 표현이 필요했는데 선생님들이 주신 의견을 적극적으로 반영해 내가 준비했던 것 보다 좀 더 다채롭고, 학생들에게 유의미한 표현으로 수정할 수 있었다. 전학공을 통해 받은 다양한 아이디어와 자극이 실제적으로 수업에 도움이 되는 것을 몸소 겪은 후부터는 전학공 수업디자인에서 좀 더 적극적으로 의견을 제시했다. 내 수업에 대해서 자유롭게 이야기를 나눌 동료교사들이 있고, 특히 학교의 시스템 안에서 적극적으로 그런 활동들을 지지한다는 점이 자유롭게 수업을 개진해 나가는 점에 있어 분명히 도움이 된다고 믿는다. 여러 도움이 있어 가능했던 수업을 경험하고 나니, 나도 다른 선생님의 수업에 도움이 되었으면 하는 마음이 강하게 든다. 또한 학생들 간의 의미있는 모둠 활동과 배움이 일어나는지를 살피고자 하는 교육자로서의 자세를 교직 내내 유지하고자 한다.

Action Game

Action Game 하기 전 모둠 활동

함께해서 같이 성장하는 수업

교사 전영란

1. 시작

"거기 행복○○학교인 것 알아?" 2020년 연성중학교로 발령 나고 주위 선생님들께 들은 몇 가지 말 중 하나였다. "뭐 행복 뭐요? 그게 뭐예요?" 그 당시에는 관심 없이 연성중으로 전근을 왔고, 오자마자 코로나를 직격으로 맞아서 학교 적응과 방역, 학생 건강 관리에만 힘을 쓰면서 한 해를 보냈다. 그러다가 2021학년도 연성은 행복배움학교가 되었고, 나는 일명 혁신학교의 일원이 되었다. 사실 내가 혁신학교에 근무하고 있을 것이라는 생각은 해 보지도 않았다. 이곳은 앞으로 어떻게 운영되는 학교이며, 나는 그 안에서 어떤 교사가 되어야 하나 생각이 많아졌었던 때였다.

연성중학교에서 학생들을 가르치는 경험을 통해 교육에 대한 새로운 시각을 얻게 되었다. 교사는 학생들이 주도적으로 학습할 수 있도록 지원하는 촉진자 역할을 한다. 학생들이 스스로 질문을 던지고, 문제를 해결해 나가는 과정을 통해 학습의 주체가 되는 것을 지켜보며, 교육이란 단순히 지식을 쌓는 것이 아니라, 스스로 생각하고 판단할 수 있는 능력을 기르는 과정이라는 것을 깊이 깨달았다. 이러한 변화는 교사로서 나에게도 큰 도전이자 성장의 기회였다.

또 다른 중요한 특징은 협력 학습의 강조이다. 학생들이 서로 협력하여 문제를 해결하고, 함께 프로젝트를 완성해 나가는 과정이 중요하게 다루어진다. 이러한 협력 학습을 통해 학생들은 다른 사람의 의견을 존중하고, 공동의 목표를 위해 협력하는 방법을 배우게 된다. 실제로 모둠학습에서 서로의 아이디어를 존중하며, 다양한 시각에서 학습 과제를 바라보는 과정을 통해 함께 하는 모습을 많이 보았고 이러한 점을 많이 칭찬해 주었다. 이러한 경험은 학생들뿐만 아니라 나에게도 의미 있는 경험이었다.

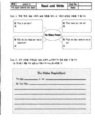

주변에서 찾을 수 있는 영웅(hero)을 주제로 함께 글쓰기

3. 영어 수업에서의 모둠학습 : 학생 중심 수업의 구현

　결대로 자람을 추구하는 연성중학교에서 학생들을 가르치는 경험을 통해 교육에 대한 새로운 시각을 얻게 되었다. 나 역시 처음에는 이러한 변화에 적응하는 데 두려움과 걱정이 앞섰고, 어떻게 접근하고 수업을 어떻게 개선해야 하는지 고민이 많았다. 학교에서 수요일마다 진행하는 전문적학습공동체는 그 출발점이 되었고, 다른 선생님들과 아이디어 교류를 통해서 다양한 시각을 가지고 다가갈 수 있었다. 각자 다른 과목 교사이지만 학생 중심 수업을 구현하고자 하는 같은 생각으로 모여서 의견 공유를 통해 지도안을 짜고, 수업 실연을 해 나가는 과정을 통해 서로 배우는 게 많았다. 나 또한 배움이 일어나는 수업에 대한 생각과 학생들의 성장을 돕는다는 생각으로 수업을 계획하고, 모둠학습을 통해 학생들이 생각을 적극적으로 나누며 활동하는 장면을 지켜보게 되었다. 이를 통해 학생들은 성장하고, 그로 인해 나는 가끔 감동하였다.

　모둠학습은 학습의 주체를 교사에서 학생으로 이동시킨다. 나는 영어 수업에서 학생들을 소규모 모둠으로 나누어 다양한 과제에 함께 참여하게 하였다. 학생들은 더 이상 수동적으로 정보를 받아들이는 것이 아니라, 적극적으로 내용을 탐구하고 모둠 구성원들과 상호작용하며 학습에 참여하였다. 이러한 과정은 학생들의 이해도를 높일 뿐만 아니라, 사고력과 의사소통 능력도 함께 향상시킨다고 생각한다. 예를 들어, 텍스트 과제를 분석하거나, 발표를 준비하거나, 특정 주제로 함께 의견을 나누고 글을 쓰는 과정에서 학생들은 각자의 생각을 나누고, 서로의 관점을 도전하며 더 깊이 있는 이해를 얻는 경험을 하였다. 실제로 몇 학생들은 학년 말에 이와 같은 후기를 적은 편지로 나를 한 번 더 감동하게 하기도 했다.

4. 스스로 주제도 정하는 수업

올해도 학생들이 스스로 주제를 정하고 학습 활동을 주체적으로 이끌어 가는 자유학기 주제선택활동 수업을 기획해서 실현했다. 아직 1학년이라서 처음 수업을 시작할 때, 학생들은 영어로 된 글을 읽거나 쓰는 것에 대해 막연한 두려움과 부담감을 가지고 있었다. 당연하다. 하지만 매거진이라는 형식을 통해 학생들 스스로 원하는 친숙한 주제를 선택하여 자유롭게 글을 쓸 기회를 제공했다. 학생들은 요즘 IT 기술을 열심히 활용하면서 자신의 관심사나 경험을 주제로 삼아 기사, 인터뷰 등의 다양한 형식으로 글을 작성하려고 노력했다. 예를 들어, 학생들은 자신이 좋아하는 스포츠, 연예계에 대한 기사를 작성했고, 또 학교생활을 주제로 선생님과 친구들 인터뷰를 진행했다. 이러한 주제들은 학생들이 흥미를 가지고 영어를 좀 더 가까이 접하도록 도왔고, 영어에 대한 자신감을 높이는 계기가 되었다.

또한, 매거진 제작 과정에서 학생들은 협력의 중요성도 배울 수 있었다. 매주 기사를 완성하기 위해 학생들은 서로 협력하여 글을 영어로 쓰고, 디자인을 구상하며, 최종 결과물을 만들어냈다. 이 과정에서 학생들은 자신의 역할을 잘 수행하며 다른 팀원들의 의견을 존중하고 서로 협력하는 법과 소통의 중요성도 함께 배울 수 있도록 도왔다. 이후 다른 학생들이나 선생님들이 관심 있게 보는 학년 게시판에 모둠이 쓴

모둠에서 기사 쓰기　　　　　　　　　매거진으로 엮기

게시

과학 관련 주제나 학교생활을 주제로 한 기사를 게시하여 뿌듯함과 성취감을 느끼는 경험을 제공하기도 했다. 자신들이 직접 쓴 글이 한 권의 매거진으로 엮이는 이 과정을 통해 영어에 대한 흥미와 도전 의식이 심어졌을 것으로 믿는다. 나 또한 수업이 영어를 단순히 가르치는 것을 넘어 학생들이 창의적으로 협력하여 목표를 함께 이루어갈 수 있는 곳이라는 것을 배우는 의미 있는 시간이었다.

공동체를 위한 가치실현 프로젝트

교사 정두리

    연성중학교에서 6년째 근무 중 세 번째 공개수업을 하게 되었다. 공개수업은 매번 할 때마다 부담스럽지만, 이를 통해 정말 많이 배우고 성장할 수 있기에 기대감을 가지고 준비하였다. 보여주기식으로 무리한 수업을 하지 않아도 된다는 것을 잘 알고 있지만, 오랜만에 자유학기제로 평가의 부담이 다소 적은 1학년 학생들과 수업을 하게 되었기에 재미있고 의미 있는 수업을 하고 싶었다.

    도덕 과목을 가르치며 가장 고민되는 부분은 도덕 교과서 내용을 학생들이 너무 당연하게 느낀다는

[사진1] 1-5, 4조의 게시물

것, 그 당연한 것이 삶 속에서 실천으로 잘 연결되지 않는다는 것이다. 하여 학생들이 항상 당연하게 생각해 왔던 도덕적 가치들의 소중함을 제대로 깨닫고, 삶과 연계하여 직접 실천할 수 있는 활동을 진행하였다.

1. 프로젝트 활동 준비 "너희의 열정이 있어서 선생님도 즐겁게 준비할 수 있었어!"

〈공동체를 위한 가치 실현 프로젝트〉의 주요 주제인 '공동체'와 '가치'는 둘 다 눈에 보이지 않는 추상적 개념이기 때문에 아이들에게 닿기까지 많은 노력이 필요하다. '공동체'보다는 '자기 자신'을, '정신적 가치'보다는 '물질적 가치'를 중시하는 우리 아이들이 이 프로젝트를 통해 즐겁게, 의미 있게 두 개념에 익숙해질 수 있다고 생각했다.

배려, 존중, 꿈, 사랑, 희망, 관심, 자신감, 나눔, 건강, 우정 등 40개의 소중한 가치 중 하나씩을 모둠별 대표 가치로 선정하였다. 선정한 가치는 모둠의 '수호 가치'로 부르기로 하였다. 학생들이 모둠원들과 함께 선정한 가치의 소중함을 항상 생각하며, 실천하는 데 있어 책임감을 가질 수 있도록 하기 위함이었다. 이제 학생들은 모둠별 수호 가치를 우리 학급이나 학년에서 실현하는 임무를 맡게 되었다. 1학년 한 반에 7개 모둠, 9개 학급의 63개 모둠이 서로 다른 방식으로 소중한 가치를 실천하기 위한 계획안을 작성하였다.

계획안은 구체적으로 작성하는 것이 중요했고, 특별한 것은 모둠별로 1만 원의 예산이 주어진 것이다. 학생들이 예산을 가지고 필요한 물품을 구입하고 활용하여, 더욱 풍부한 아이디어로 가치를 실현할 수 있도록 하였다. 예산이 사용되는 만큼 철저한 준비 과정이 필요했기에, 모둠별 교차 검토를

[사진2] 학년형 활동 게시물

[사진3] 활동에 참여하는 학생들

통해 상호 피드백을 반영하여 프로젝트 계획을 체계적으로 하였다. 학생들은 자신들이 주도하고, 예산을 활용하는 활동을 굉장히 흥미로워했고 잘 해내고 싶어 했다.

1학년 전체 9개 학급, 63개 모둠이 모둠별로 5~6가지 물품을 신청하였기에 나는 300개가 넘는 물품을 품의하고 구입해야 했지만, 하나도 힘들지 않았다. 왜냐하면 학생들이 정말이지 진지하게, 즐겁게 참여하는 모습을 보여주었기 때문이다. 그러한 학생들의 모습은 나에게 열띤 응원이 되었고, 학생들과 함께 즐겁게 연구하며 우리의 프로젝트 활동을 준비하였다.

2. 프로젝트 활동 진행 "진심을 다해 즐겁게 활동하는 너희들, 정말 감동이었어!"

학생들은 모둠의 수호 가치를 기발하게, 그러면서도 의미 있게 학급과 학년에서 실현하는 활동을 진행하였다. 활동을 계획할 때 각 반의 한 두 모둠은 가치 실현 활동을 학년 전체를 대상으로 하기로 하였고, 나머지 모둠은 학급 학생들을 대상으로 하였다. [사진1]은 1학년 5반의 4조 학생들이 〈우리 동네 나눔 전파〉라는 활동을 통해 모둠의 수호 가치인 '나눔'을 실현한 결과물이다. 학교 안팎에서 일어나는 나눔 사례를 학급의 친구들이 조사하여 4조 학생들이 준비해 둔 게시판에 부착하고, 해당 사례에 대한 느낀 점을 다른 친구들이 포스트잇에 적어 게시하는 활동이었다.

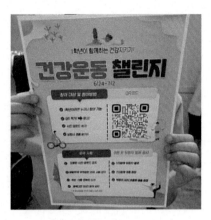

[사진4] 활동 홍보 포스터

학년형으로 활동을 진행하는 모둠은 [사진2]처럼 학년 게시판 근처 책상에 자기 모둠의 게시물 및 제작물을 두고 관리하며 활동을 진행하였다. 1학년 학생들은 쉬는 시간이나 점심시간에 같은 학년 친구들이 준비해 둔 활동에 [사진3]처럼 자발적으로 참여하였다. '자신감'을 수호 가치로 정한 모둠은 〈우리 학년 자신감 챌린지〉라는 활동을 통해 학년 친구들로부터 자신감을 올려줄 수 있는 글귀를 받아 게시하고, 좋은 글귀를 적어준 친구들에게 간식을 증정하였다. '도움과 지지'를 수호 가치로 정한 모둠은 〈학교폭력, 너의 생각이 궁금해〉라는 활동을 통해 '학교폭력의 피해자, 가해자, 방관자 학생들은 어떤 생각을 하고 있을까?'를 조사하여 그들에게 도움을 줄 수 있는 방법을 제시하였다.

[사진5] 1-8, 4조의 활동 사진

[사진6] 1-9, 2조의 활동 사진

[사진4]와 같이 학생들은 모둠의 활동을 홍보하는 포스터를 자발적으로 제작하여 학급과 학년 게시판에 부착하였는데, 포스터가 너무 많아져서 학급 게시판에 홍보 포스터 전용 보드판을 만들기도 하였다. 그만큼 학생들은 열정적으로 활동에 참여하였다. [사진5]는 1학년 8반 4조 학생들이 점심시간에 학급에 부스를 설치해 놓고 '성취'라는 수호 가치를 〈우리반 성취왕은?〉이라는 활동으로 실현한 모습이다. 학급 친구들이 최근 이룬 크고 작은 성취를 이야기하고 뽑기판을 뽑아 상품을 받는 활동이었는데, 점심시간마다 이 부스 앞은 인산인해였다. [사진6]의 1학년 9반 2조 학생들은 '보람'이라는 수호 가치를 가지고 〈보람을 찾아서〉라는 활동을 진행하였는데, 점심시간에 급식을 먹고 나오는 친구들이 텀블러를 준비해 오면 직접 만든 음료수를 나눠줌으로써 친구들이 환경을 지켰다는 보람을 느끼게 해주는 활동이었다. 학년형 활동이어서 기존에 배정된 1만 원보다 예산을 더 배정했음에도 자신들의 사비를 털어 많은 음료를 준비하고, 얼음을 잔뜩 얼려오기까지 하였다. 이들의 열정에 정말 많은 1학년 학생들이 텀블러를 들고 와서 긴 줄을 서가며 활동에 참여하였다.

3. 프로젝트 활동 평가 "너희들 덕분에 선생님은 정말 행복했고, 더 성장할 수 있었어!"

내가 프로젝트를 처음 기획할 당시에 기대와 함께 우려도 많이 되었다. '1학년 학생들이 눈에 보이지 않는 '가치'를 삶 속에서 실현하는 활동을 할 수 있을까?', '1만 원이라는 예산을 활동과 연계하여 적절하게 사용할 수 있을까?' 모든 활동을 마무리한 후 이러한 나의 생각들이 절대적으로 기우였다는 것을 깨닫게 되었다. 9개 학급의 63개 모둠 학생들은 저마다의 방식으로, 진심으로 즐겁게 가치 실현 활동을 진행하였고, 또한 다른 모둠의 활동에 관심을 가지고 적극적으로 참여하는 모습을 보여주었다.

[사진7] 1-2, 4조의 활동 사진

[사진7]은 1학년 2반 4조 학생들이 모둠의 수호 가치인 '도움과 지지'를 〈얘들아 기다려라, 우리가 간다!〉라는 활동으로 실현한 활동사진이다. 이 모둠 학생들은 반 친구들의 응원과 격려를 담은 편지를 준비하여 지역사회 보육원에 직접 방문, 전달하는 활동을 진행하였다. 학생들의 활동을 피드백하며 나는 먼저 학교에서 가까운 곳에 있는 장애아동 보육시설인 '동심원'을 추천해 주었고, 기관과 연락하여 방문 일정을 잡아두었다. 다음으로 학급 학생들이 쓰는 편지에 지나치게 시혜적이거나 동정하는 내용이 들어가지 않도록 조언하였다. 그리고 학생들의 예쁜 마음을 담은 간식 박스를 여러 개 준비하였다. 여름방학이 얼마 남지 않은 여름날, 4모둠 학생들과 함께 기관에 방문하여 동심원의 어린 천사들을 직접

[사진8] 동심원 방문

[사진9] 프로젝트 활동 평가회

만나 편지와 간식을 전달하였다[사진8].

프로젝트 활동을 준비하고 진행하는 내내 1학년 아이들이 정말 예쁘고 사랑스러웠다. 나의 기대를 뛰어넘어 진심을 다해 활동하는 아이들의 모습이, 즐겁게 웃으며 적극적으로 참여하는 아이들의 모습이. 정말 열심히 해준 아이들에게 나도 격려와 축하를 해주고 싶어서 직접 제조한 시원한 아이스티를 1학년 아이들 모두에게 한 잔씩 건넸다. 아이들 앞에서 마스크와 요리 장갑을 착용하고 사뭇 비장한 모습으로 아이스티를 제조하였다. 이는 내 나름대로 아이들에게 고마운 마음을 표현하기 위한 퍼포먼스였고, 아이들은 정말 좋아했다. 잔을 들고 파이팅을 외치며 열정을 다한 우리들을 칭찬하는 건배를 하였고, 우리의 활동사진들을 함께 보며 소회를 나누었다[사진9].

〈공동체를 위한 가치 실현 프로젝트〉를 진행하며 나는 정말 많이 배웠고, 성장하였다. 행복한 성장을 하게 해준 아이들에게 정말 고마운 마음이 든다. 아이들도 알고만 있던 도덕적 가치들을 가슴으로 느끼고 몸소 실천하며 많은 것을 배우고, 또 성장하였을 것이라고 믿는다. '이렇게 열정적이고 사랑스러운 아이들과 2학기에는 어떤 활동을 또 해볼까?' 하는 생각에 벌써 가슴이 설렌다.

함께 하는 우리, 거듭 나는 수업

교사 정은주

1. 시작하며

2019년에 처음 연성중학교에 왔는데 수업 개선을 목표로 하는 행복 배움학교를 운영 중이라고 했다. 이에 기반이 되는 배움의 공동체 철학은 학생들이 수업의 주체가 되어 스스로 배움을 탐구하고, 이를 통해 자기 주도적 학습 능력을 기르는 것을 목표로 하며, 학생 간의 상호작용과 협력을 통해 깊이 있는 학습 경험을 제공하되, 단순한 지식 전달이 아닌 학생들이 함께 성장하는 교육 환경을 조성하는 데 중점을 두는 것이라는 소개도 들었다.

이에 학년별로 전문적학습공동체 활동을 하면서 공동으로 디자인한 수업을 공개하는 것을 교과에서 돌아가면서 하는데 이번엔 한문 교과에서 해보면 어떻겠냐고 제안하기에 우선은 시스템을 잘 모르니 1년간 먼저 배워보겠다고 하며 거절했었다. 이후 전학공에서 공동수업디자인을 하면서 매우 놀라웠던 점은 수업을 공개하는 선생님이 가지고 오신 지도안에 대해 타 교과임에도 매우 적절하고 센스 있는 제안을 하시는 내공 있는 선생님들이 많았다는 점이다. 학생들 입장에서 수업 전체를 조망하며 의견을 내시는 그분들 덕에 스스로의 부족함을 돌아볼 수 있어서 자극도 되고 유익한 시간이었다. 하지만 내가 의견을 직접 내는 것은 비전공자가 전공자인 담당 선생님께 무례를 범하는 것은 아닐까 하는 마음에 소극적으로 되는 것도 있었다.

아무튼 1년간 전학공에 참여하며 다음 해에는 수업 공개를 해야 하지 않을까 하는 각오(?)를 하고 있었는데 코로나가 창궐하고, 개인적으로 파견 및 복귀의 시간을 가지면서 공개수업은 2023학년도에야 하게 되었다.

2. 한문 문장 구조의 탐구와 이해

시기가 9월로 정해지면서 짧은 한문 문장을 학습하는 단원으로 수업을 하게 되었다. 한자라는 새로운 문자 체계를 접한 지 반년 만에 하게 되는 문장 수업을 학생들이 어려워하진 않을까 우려가 되기도 했지만 진도의 흐름상 어쩔 수 없는 부분이었다. 이에 중학교 1학년 한문 수업에서 학생들이 우리말과 어순이 다른 한문 문장의 구조를 이해하고, 이를 활용해 한문 문장을 바르게 풀이할 수 있도록 지도안을 구성했다. 늘 하듯이 우리말과 한문의 어순이 다르고. 한문은 영어와 어순이 같기에 좀 더 익숙한 짧은 영어 문장으로 구조를 이해시키는 데 중점을 둔 구성이었다.

공동수업디자인을 통해 여러 선생님의 의견을 들어본 결과, 한자 카드를 이용하여 우리말의 어순과 한문의 어순으로 문장 순서를 직접 나

열해 보게 하면 그 차이를 잘 이해하고 배움이 더 일어날 것 같다고 하셔서 이에 맞게 지도안을 수정하여 다음과 같이 수업을 진행하였다.

공개수업 지도안 및 학습지

수업 공개의 장면

학생들의 흥미를 유발하는 간단한 도입 활동으로 시작했다. 일상에서 쉽게 접할 수 있는 한자어를 제시하고, 학생들에게 이 단어들이 어떻게 구성되었는지 질문을 던지는 과정에서 학생들은 자연스럽게 한문 문장 구조에 대한 호기심을 가지고 이후의 학습 활동으로 이어질 수 있었다.

본격적인 학습 단계에서는 학생들이 소모둠으로 나뉘어 한문 문장 구조를 분석하는 활동이 진행되었다. 각 모둠은 한문 문장의 기본 구조(주어-술어-목적어)를 분석하고, 주어진 문장을 올바르게 풀이하는 과제를 받았다. 이 과정에서 학생들은 교사의 지시보다는 서로의 의견을 교환하여 한자 카드를 이리저리 배치해 보며 답을 찾아가는 협력적 학습을 경험했다. 또한, 학생들은 자신들이 해석한 문장을 다시 한글로 풀이하거나, 주어진 한글 문장을 한문으로 변환하는 활동도 진행했다. 이러한 활동을 통해 학생들은 한문 문장의 구조를 보다 심층적으로 이해할 수 있었으며, 이를 실제로 적용하는 경험을 할 수 있었다고 생각한다.

마무리 단계에서는 학생들이 배운 내용을 바탕으로 창의적인 문장을 만들어 보는 시간이 주어졌다. 각 모둠은 자신들이 선택한 주제에 맞는 한문 문장을 만들고, 이를 다른 모둠과 공유하는 발표 시간을 가졌다. 이 과정에서 학생들은 자신들의 학습 결과를 다른 친구들과 공유하며 피드백을 주고받았고, 이는 학습 내용을 더욱 강화하는 계기가 되었다.

수업 전반에서 교사는 학생들의 학습을 지원하는 가이드로서의 역할을 수행했다. 학생들이 문제를 스스로 해결할 수 있도록 격려하고, 필요할 때만 개입하여 추가적인 설명이나 도움을 제공했으며, 학생들이 발표하는 동안 교사는 학생들이 표현하고자 하는 내용을 경청하고, 피드백을 제공했다. 이를 통해 학생들은 자신들의 생각을 더욱 발전시키고, 학습에 대한 자신감을 키울 수 있었다고 생각한다.

3. 마치며

지난 5년간 연성중학교에서 근무하며 수업 방법이 다소 바뀌었다. 학생들이 기초 지식을 많이 갖고 있지 않은 교과라 교사의 설명이 주를 이루는 강의식 수업이 아직 많은 부분을 차지하고는 있지만, 가능한 부분에서는 교사가 최소한으로 개입하더라도 학생들이 서로 협력하고 탐구하는 모둠 활동을 통해서 학습을 경험하고 배움이 일어날 수 있다는 것을 경험했다. 특히 이러한 모둠 활동은 학생들이 단순히 지식을 습득하는 데 그치지 않고, 이를 실생활에 적용하며, 타인과의 상호작용을 통해 학습을 심화할 수 있는 환경을 조성한다는 점에서 더욱 의미가 있다고 생각한다. 이는 궁극적으로 학생들이 스스로 학습의 주체가 되어 자기 주도적 학습자로 성장하는 데 중요한 밑거름이 될 것이며, 그들의 전인적 성장에 긍정적인 영향을 미칠 것이다.

'같이의 가치'가 있는 배움이 즐거운 국어 수업 만들기

교사 조민영

1. 놀기 좋아하는 선생님과 '국어'로 놀자!

난 내 배움의 공간에 소외되는 학생 없이 학생들이 배움의 즐거움을 느낄 수 있도록 하는 것이 가장 중요한 수업 목표 중 하나였다. 이전 학교에서는 학급 인원수가 많아서 모둠활동을 제대로 할 수 없었지만, 연성중학교가 '결대로자람 학교'라는 걸 알고 여러 가지 수업 형태를 실현해 볼 생각에 가슴이 두근거렸다. 수업의 설계자로서 어떻게 하면 아이들이 국어 수업을 기다리며 좀 더 즐겁게 국어를 배울 수 있을까를 고민하며 수업을 준비한다. 그렇게 수업을 설계하고 속된 말로 판을 깔아주었을 때 그 판 안에서 자신의 잠재력을 발휘하며 즐겁게 국어를 배우는 학생들을 보는 것이 국어 교사인 나의 기쁨이자 보람이다.

2. 그럼 국어로 어떻게 놀까?

– 부제 : 재미로 시작해서 감동으로 끝나는 '잇기' 수업

1] 동기와 잇기

칭찬은 고래도 춤추게 한다는데 학생들에게 동기 부여를 위해 나는 칭찬 도장판을 활용한다. "발표해 볼 사람?" 하고 물으면 손을 번쩍번쩍 드는데 여러 가지 방식으로 발표자를 지목해 많은 학생에게 기회가 가게 한다. 도장도 다양하게 준비해 발표뿐만 아니라 모둠활동, 숙제 검사 등 모든 과정 평가를 이 칭찬 도장판으로 일원화한다, 평소에 까부는 남학생들

[자료 1] 칭찬도장판

도 서로 "너 국어 도장 개수 몇 개야?"하고 물으며 자기가 더 많다고 으스대며 좋아한다. 그날 눈에 보이는 보상은 내 수업에 학생들의 말이 많을 수밖에 없는 숨은 원동력이다.

2) 흥미로 잇기

[문법] 한글의 창제 원리와 특성

문법은 언제나 그렇듯 학생들이 가장 어려워한다. 게다가 한글의 창제 원리라니… 이체자, 병서, 연서… 설명하고 있으면 영혼이 점점 빠

모둠별 국어 카드

문제 출제 학습지

져나가는 아이들의 모습이 보인다. 그래서 배운 내용을 잘 이해했는지 서로 묻고 답하는 것을 게임 형태로 만들어보았다. 일명 카드 뺏고 뺏기 게임! 이 수업은 1학기에 다른 교과 선생님의 공개 수업을 보고 힌트를 얻을 수 있었다.

즐겁게 노는 아이들

질문을 만들기 위해 책을 뒤적이고 상대에 따라 질문을 고르고 모둠 대항이다 보니 모둠원들끼리 전략을 짜야 하니 눈과 귀가 쉴 틈이 없다. 눈을 반짝이며 재미있게 노는 아이들의 모습을 보니 준비 과정은 힘들었지만 가장 보람 있고 뿌듯했던 수업이었다.

③ 다른 영역과 잇기

[읽기·쓰기] 읽고 쓰는 즐거움

미술과의 융합 수업 : 독서 명언 벽보 만들기

- 학습 목표 : 읽기의 가치와 중요성을 알고 자신의 읽기 경험을 성찰할 수 있다.

[듣기·말하기] 핵심이 드러나는 발표

● 학습 목표 : 핵심이 잘 드러나도록 내용을 구성하여 발표할 수 있다.
매체 자료의 효과를 판단하며 들을 수 있다.

차시	학습 주제	상세 내용
1차시	발표 계획하기	예상 청중, 발표 목적, 주제를 고려하여 발표 계획을 세운다.
2차시	내용 선정하기	역할을 분담하여 발표 세부 내용을 정하고 여러 가지 조사 방법을 활용하여 자료를 조사하고 선정한다.
3차시	개요 작성 및 매체 자료 만들기	발표 내용을 구성하여 개요를 작성하고 매체 자료를 만든다.
4차시	발표문 작성 및 발표 연습	개요를 바탕으로 발표문을 작성하고 준·비언어적 표현을 고려해 실제 발표 연습을 한다.
5차시	모둠 발표 및 평가	실제 발표 진행 및 발표 평가지를 통해 동료 평가를 한다.

일단 모둠 구성은 랜덤으로 하였다. 국어사랑, 훈민정음, 연성중 등 다양한 모둠명을 만들고 학생들이 각각 한 글자씩 뽑아 글자가 완성된

매체 자료를 활용하여 협력적으로 발표하기

예상 청중을 고려하여 설정한 다양한 발표 주제

4인이 한 조가 되었다. 이렇게 구성된 조는 역할을 분담해서 발표를 준비하고 모든 것은 수업 시간에 이루어질 수 있도록 했다. 예상 청중의 흥미와 요구를 고려해 발표 주제를 함께 정하는 것을 시작으로 설문조사를 하기 위해 질문을 만들고 반 단체 대화방에 링크를 걸어 다른 친구들에게 설문에 참여하도록 독려하고 "여기서는 원그래프가 나을 것 같은데?", "좀 더 글씨 포인트를 키우는 것은 어때?" 서로 의견을 모아 매체 자료를 만들어 가도록 했다. 그리고 4차시가 되었을 때 발표자는 랜덤으로 정하니 모두 발표문을 숙지해야 한다고 하는 순간 아이들의 표정이 굳었다. 발표자가 내가 될 수도 있다는 생각에 서로 가르치고 연습하는 진풍경이 펼쳐졌다. 그러나 말하기 불안증이 있는 학생들의 입장을 고려하지 않을 수 없기에 또 다른 선택지를 주었다. 발표자를 랜덤으로 정하기가 싫은 모둠은 모든 모둠원이 돌아가며 함께 발표해야 한다고 했다. 그랬더니 대부분의 모둠이 모둠원들 모두 나와 각각 파트를 분담하여 발표를 진행하였다.

매체 자료를 만들고 발표를 준비하는 과정이 쉽지 않았을 텐데 결과물은 내가 생각했던 것 이상이었다. 그리고 발표 포트폴리오를 걷었을 때 여기저기 첨삭하고 손때가 묻은 발표문을 보며 학생들이 준비 과정에 얼마나 공을 들였는지 뭉클했다.

3. 오늘도 아이들과 국어로 놀 궁리하며 함께 성장중

나는 재미있게 국어를 배우라고 판을 깔아줬을 뿐인데 오히려 학생들은 그들이 가지고 있는 무한한 잠재력을 발휘해 나에게 그 이상의 감동을 준다. 매일 시행착오를 거치는 부족함 많은 교사이지만 눈빛을 반짝이며 국어 수업이 재미있다고 하는 아이들, 늘 내 생각보다 그 이상의 결과로 나를 감동시키는 아이들 덕분에 오늘도 국어로 어떻게 재미있게 놀아볼까 궁리한다.

지식을 전달하고 주입하는 교육으로는 더 이상 미래 사회가 요구하는 인재상을 기를 수 없다. 학생이 주체가 되어 참여하는 수업이 결국은 단순한 지식 전달을 넘어, 학생들의 마음에 깊은 인상을 남기고, 앞으로 펼쳐진 그들의 삶에 긍정적인 영향을 미칠 수 있게 될 것이라 믿는다. 이러한 믿음이 있기에 배움이 즐거운 수업, 감동이 있는 수업을 만들지 않을 수가 없다.

학생들이 국어로 놀 수 있는 판을 깔 수 있었던 것은 연성중학교가 결대로 자람학교이기에 가능하지 않았나 하는 생각이 든다. 그리고 배움의 공동체 속에서 오늘도 함께 일하는 동료 선생님과 배움이 즐거운 수업을 만들기 위해 고민하며 함께 나아간다. 혼자가 아니기에 가능한 일이다. 학생들과 '같이의 가치'를 실현하며 오늘도 나는 성장하는 교사이다.

보건실의 일상, 그리고 건강 프로젝트 수업

보건교사 조화정

1. 두 번째 연성에서의 나의 다짐

연성중학교는 나에게는 친정 같은 곳이다. 2009년 연성중학교에 발령받으면서 5년간 행복하게 지냈던 학교였는데 올해 다시 근무하게 되었다. 첫 근무를 하는 날 설렘과 긴장된 마음으로 선생님들과 학생들을 만났다. 예의 바른 학생들과 다정한 선생님들이 환영해 주셔서 긴장했던 마음이 기대감으로 바뀌게 되었고, 보건실은 따뜻함과 안정감을 주는 곳, 보건 수업은 실생활에 도움이 될 수 있는 배움이 있는 수업을 만들어 가야겠다고 다짐했다.

2. 따뜻함과 안정감을 주는 보건실

보건실은 학교에서 아픈 학생들이 제일 먼저 방문하는 곳이다. 심지어 주말 동안 아픔을 견디고 월요일 등교할 때 보건실을 방문하기도 한다. 학생들은 하교 후에도 학원 스케줄로 바쁜 일상을 보내야 해서 병원 갈 시간도 없다고 말한다. 보건실에는 외상, 염좌 등으로 다쳐서 오기도 하고, 두통이나 복통, 감기, 알레르기 등 다양한 건강 문제들로 방문한다. 심각한 건강 문제를 제외하고는 아프거나 다친 학생들에게 처치해 주면서 "괜찮아, 괜찮아질 거야." "파이팅해 봐!"라고 말해 주려고 한다. 이 말을 들으면 아파서 스트레스받던 학생들이 안정감을 찾고, 수업을 잘 들을 수 있기 때문이다.

평소 불안감이 높거나 걱정이 많은 학생들도 있고, 학생마다 느끼는 통증의 강도도 다르다. 거의 매일 보건실에 오는 학생도 있는데 보건실을 자주 오는 학생들은 기분을 먼저 파악하곤 한다. 특히 표정을 살피고, 수업 시간 또는 쉬는 시간에 불편한 점이 있었는지 물어보고, 특별한 변화나 문제가 없다고 판단되면 괜찮다고, 수업을 들을 수 있다고 안심시킨 후 수업을 듣게 한다. 사춘기는 신체적, 정신적, 사회적 변화가 참 많은 시기라 아무래도 학생들의 컨디션도 들쑥날쑥하다. 오전에 아프다고 보건실에 왔다가도 점심시간 때는 친구들과 싱글벙글이다. 이런 모습을 보면 '다 나았구나!' 하고 안심한다. 학생들과 교직원들이 아프고 힘들 때 보건실에서 잠시나마 치유 받고 갔으면 좋겠다.

3. 실천이 있는 수업, 성인까지 건강관리 능력 키우기

보건 과목은 건강의 소중한 가치를 알고 몸과 마음의 발달 과정을 이해하며, 건강한 생활 습관을 형성하고 건강관리 능력을 키워 삶의 질을 향상하기 위한 교과이다. 학생들이 유해한 환경으로부터 스스로 건강을 지키며, 건강 지식을 아는 것에 그치지 않고 실제로 적용하면서 평생 건강하게 살아갈 수 있는 기초를 마련해 주는 것이 나의 수업 목표이다. 건강 증진, 약물 오·남용, 성 건강, 정신건강, 안전과 응급처치, 건강권 등을 주제로 수업을 하는데, 수업했던 내용 중 몇 가지를 공유해 보려고 한다.

1️⃣ 나의 건강 실천을 위한 2주 프로젝트

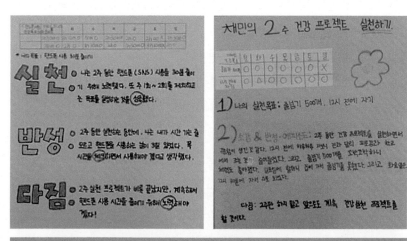

2주간 건강 실천 프로젝트 실천기

자신의 건강 문제를 파악한 후 건강 목표를 정해서 2주간 실천해 보는 수업이다. 핸드폰 사용 줄이기, 줄넘기 1,000개 하기, 12시 이전에 취침하기, 아침밥 먹기 등 다양한 건강 목표를 정해서 실천해 보는 수업을 진행하였다. 2주간의 짧은 프로젝트였지만 자신들의 건강 문제를 파악할 수 있었고, 건강 목표를 실천하면서 내 몸의 좋은 변화를 느꼈던 학생들도 많았다.

2) 학교 내 안전 위험 요인과 해결 방안을 찾고 안전표지판 만들기

2024년 보건실 이용 통계를 보면, 3월~7월간 약 4,000명의 학생이 보건실을 이용했다. 그중 근·골격계 질환과 외상이 가장 많았다. 이 통계를 통해 학생들이 학교 내·외에서 다치는 경우가 많다는 사실을 알게 되었고, 수업과 연결해서 학교 내 안전 위험 요인과 해결 방안에 대해 알아보고, 안전 표지판도 직접 만들어 보는 수업을 진행했다. 이 수업을 통해 학생들이 학교 내 위험 요인과 해결 방안을 잘 찾고, 안전 표지판도 만들었다. 학교 내에서 안전 수칙을 잘 지켜서 건강하게 학교생활

학교 내 안전 위험 요인 해결 방안 4. 운동장/강당 안전 위험 요인	학교 내 안전 위험 요인 해결 방안 3. 과학실[특별실] 안전 위험 요인
- 위험 요인 1. 각종 조형물로 인한 타박상 2. 위험한 놀이로 인한 부상 - 해결 방안 1. 조형물 밟지 않도록 주위 살피며 놀기 2. 위험한 놀이는 자제하기	- 위험 요인 1. 화학약품으로 인한 화상 2. 위험한 장난으로 인한 부상 - 해결 방안 1. 화학약품 조심하여 다루기 2. 위험한 장난은 자제하기

안전 위험 요인과 해결 방안 모색하기

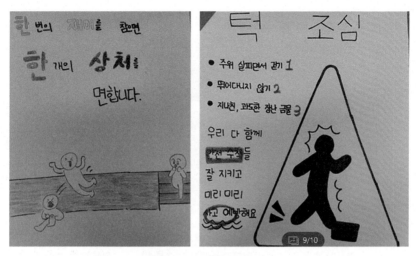

안전표지만 만들기 활동

을 했으면 좋겠다.

3) 감염병 예방을 위한 나만의 손 씻기 SONG 프로젝트

코로나19, 인플루엔자, 백일해는 올해 학교에서 유행했던 감염병이다. 학교는 단체생활하는 곳이기 때문에 감염병이 유행하기 쉬운 환경이다. 감염병 차단을 위한 수칙 중 손 씻기가 중요한데 많은 학생이 학교에 와서 손 씻기를 잘 하지 않는다. 손 씻기를 하더라고 물만 묻히는 경우를 많이 봤다. 30초 손 씻기 song을 만들고, 직접 손 씻기를 하면서 평생 나만의 올바른 손 씻기 방법을 익히면 좋겠다. 중학생들이 손 씻기 수업에 잘 참여할까? 고민했지만 이 수업을 하면서 얻는 것이 있었다. 2인 1조로 친구와의 협동심을 기르고, 영상 제작하는 과정에서 즐거움을 느끼기도 했으며, 동영상 편집 능력도 기를 수 있었다. '올바른

● 나만의 손씻기 SONG 프로젝트

단계	❶ 손바닥과 손바닥을 마주 대고 문질러 줍니다.	❸ 손등과 손바닥을 마주 대고 문질러 줍니다.	❺ 손바닥을 마주 대고 손깍지를 끼고 문질러 줍니다.
단계 및 손부위	● 손목까지	● 손등을 확실하게 [오른손, 왼손]	
노래 가사	반짝반짝 작은별 아름답게 비치네	동쪽하늘에서도[왼손] 서쪽하늘에서도[오른손]	반짝반짝 작은별 아름답게 비치네

손 씻기 활동지

손 씻기 영상

손 씻기 영상 제작하기'라는 단순한 과제 속에 자신만의 개성을 담아서 영상을 만든 학생들도 꽤 많았다. 또한 완성된 손 씻기 영상을 함께 보면서 학생들이 즐거워하며 웃는 모습을 보았다. 비누로, 30초 이상, 올바른 손 씻기 순서대로 해야 감염병을 예방하는 데 도움이 된다. 올바른 손 씻기 잘 실천해서 평생 건강에 도움이 되길 바란다.

연성중학교 보건실 이용 현황　　　　기간 : 2024-03-02 ~ 2024-08-14

학년	외상	두통	호흡기계	소화기계	순환기계	정신신경계	근골격계	피부피하계	비뇨생식계	구강치아계	이비인후계	안과계	감염병	기타	계
1	328	147	61	105	8	0	386	50	46	26	85	62	4	46	1354
2	304	144	62	193	9	0	373	40	49	7	84	54	7	49	1375
3	239	175	80	137	11	2	433	36	73	5	97	68	4	29	1389
계	871	466	203	435	28	2	1192	126	168	38	266	184	15	124	4118

유능감을 키워주는 말하기 수업

교사 주서영

1. 중국어는 왜 배워야 하나?

　처음 수업을 시작하는 학기 초에는 이런 질문을 던지는 학생들이 매년 꼭 있다. 중국어라는 과목이 생소한 중학생들에게 새로운 외국어가 추가된다는 것이 부담이 아닐 수 없다. 진부한 대답만 하기에 바빴던 나는 어느 날 갑자기 이런 생각이 들었다. 진짜 중국어를 꼭 배워야 하나? 중국어 교사가 이런 생각을 한다니 모두 놀랄 것이다. 중국어를 모른다고 살면서 불편한 점은 하나도 없기 때문이다. 하지만 영어와는 달리 중국어는 대부분의 학생이 중학교에서 처음 배운다. 시작점이 0인 것이다. 그래서 차근차근 기초를 함께 시작하다 보면 공부를 잘하는 학생이든 못하는 학생이든 노력한 만큼의 결과를 보다 쉽게 얻을 수 있다. 학습하면서 유능감(내가 생각하는 유능감이란 소소한 성공 경험을 통해 얻게 되는 자신감)을 느끼는 경험은 아주 중요하다. 내 생애 처음 접한 중국어 수업에서 얻은 자신감과 성취감은 다른 교과 공부를 하거나 나아가 입시와 같은 도전적인 과제에 직면했을 때 긍정적 에너지를 줄 수 있다고 생각한다. 즉, 학생들이 자신의 학습 성과와 능력에 대해 긍정적인 인식을 가지면, 학습 동기와 지속성이 높아지며, 새로운 도전에 대한 긍정적인 태도를 유지하게 된다. 이러한 경험을 중국어라는 처음 접하는 외국어 수업에서 학생들이 느낄 수 있다면 정말 성공한 수업이 아닐까?

2. 자신감을 북돋아 주는 말하기 수업

수업에서 늘 고민하는 부분이 어떻게 하면 배운 중국어 표현을 학생들이 입 밖으로 자연스럽게 내뱉게 할 수 있을까이다. 처음 접한 외국어인 중국어를 말로 표현하는 경험은 그 자체로 강한 유능감을 아이들에게 줄 수 있다고 생각한다. 이때 칭찬과 동기부여로 그들의 자신감을 끌어올리는 것이 중요하다. 역시 학생들을 참여하게 하는 데에는 활동 중심의 말하기 수업만한 것이 없다.

말하기 중심 수업으로 학생들의 참여를 유도하였던 활동 몇 가지를 소개해 보고자 한다. 주변의 훌륭하신 중국어 선생님들이 수업 자료와 창의적인 활동 사례를 공유하고 있다. 그중에서 내 수업에 적용해 본 사례들이다.

나의 명함	나의 명함
• 이름: [ ] • 국적: **Hánguó** • 소속: 연성중학교 2학년 [ ]반 ◎Ａ **연성중학교**	• 이름: [ ] • 국적: **Déguó** • 소속: 연성중학교 2학년 [ ]반 ◎Ａ **연성중학교**

나의 명함	나의 명함
• 이름: [ ] • 국적: **Zhōngguó** • 소속: 연성중학교 2학년 [ ]반 <div align="right">◎▲ **연성중학교**</div>	• 이름: [ ] • 국적: **Xīnjiāpō** • 소속: 연성중학교 2학년 [ ]반 <div align="right">◎▲ **연성중학교**</div>
나의 명함	나의 명함
• 이름: [ ] • 국적: **Měiguó** • 소속: 연성중학교 2학년 [ ]반 <div align="right">◎▲ **연성중학교**</div>	• 이름: [ ] • 국적: **Yīngguó** • 소속: 연성중학교 2학년 [ ]반 <div align="right">◎▲ **연성중학교**</div>
나의 명함	나의 명함
• 이름: [ ] • 국적: **Rìběn** • 소속: 연성중학교 2학년 [ ]반 <div align="right">◎▲ **연성중학교**</div>	• 이름: [ ] • 국적: **Yìndù** • 소속: 연성중학교 2학년 [ ]반 <div align="right">◎▲ **연성중학교**</div>

명함을 뺏아라!

　이름 그대로 상대방의 명함을 뺏는 게임이다. 이름과 국적 묻고 답하기를 배우는 단원에서 진행한 활동이다. 먼저 학생들이 각자 받은 6장 정도의 명함에는 국적이 다 다르게 적혀있다. 자신의 중국어 이름을 적고 소속 반도 숫자를 중국어로 적는다. 한자 이름을 중국어로 어떻게 발음하는지 사전에 조사하고 연습한 후에 할 수 있는 활동이다. 또한 국가 명칭도 사전에 배웠기에 뜻을 알고 있다. 모둠에서 순서를 정하고 한 명씩 옆 모둠으로 이동하여 앉아 있는 학생들과 차례대로 가위바위보를 한다. 이기면 상대방에게 이름과 국적을 묻고, 지면 질문에 대답한 후 명함을 이긴 학생에게 줘야 한다. 한 명도 빠짐없이 모든 학생이 같은 문장을 여러 번 연습할 수 있는 활동으로 최종적으로 명함을 많이 모은 모둠이 이긴다. 교실 안이 조금 시끄러워질 수가 있는데 말하기 수업에서는 감수해야 하는 부분이다. 나는 시장 바닥(?) 같은 수업 분위기를 선호하는 편이다.

이 또한 말하기에 중심을 둔 활동이다. 매주 짧고 간단한 중국어 표현을 배워 학습지에 작성한 후, 충분한 연습을 하게 한다. 수업이 끝날 무렵 '오늘의 한마디 합시다!' 하면 학생들이 열심히 문장을 중얼거리

오늘의 한마디

며 연습을 시작한다. 발음이 어색하고 틀리더라도 도전하기만 하면 아낌없이 칭찬(중국어로 '니쩐빵!'을 외친다.)하고 칭찬 도장을 찍어준다. 그들에게서 중국어 한마디를 내뱉게 하는 것이 내 목표이다. 처음에는 어색해하고 자신 없어 하던 학생들도 2, 3주만 지나면 기다렸다는 듯이 앞으로 나와 내 앞에서 서툰 중국어 문장을 말한다. 그러면 무조건 '니쩐빵!' 과 함께 무한 칭찬을 해야 한다.

*니쩐빵!(你真棒!): '최고야!'라는 뜻임.

　연성중에 와서 처음으로 경험해 본 공개수업은 내 교직 생활에 큰 전환점이 되었다. 수업 디자인을 통해 여러 선생님과 함께 수업을 고민해 보고 조언을 얻었던 경험은 신선하면서도 충격적이었다. 이러한 경험이 없었더라면 수업은 교과 고유의 영역이라고만 생각했던 이전 나의 모습에서 더 이상 발전은 없었을 것이다. 나의 시선으로만 준비하고 가르쳤던 수업에서 학생 중심의 학습 환경을 조성하고, 효과적인 평가와 피드백을 통해 학생들의 유능감을 극대화할 수 있는 수업으로 명확한 방향성을 정하게 되었다. 아직도 갈 길은 먼 초보 교사지만 열린 귀와 마음을 가지고 칭찬을 잘하는 선생님, 자신감을 심어주는 선생님, 유능감을 키워주는 중국어 수업이 되도록 계속해서 노력하겠다.

일상과 연결된 정보 수업

교사 진은영

1. 진정한 배움을 찾아서

정보 교사로서 그동안 '좋은 수업이란 무엇인가'에 대해 늘 고민해왔다. 정보 수업은 주로 실습과제를 중심으로 이루어지며, 대부분 학생이 주어진 과제를 완성하고 제출하는 방식으로 이루어진다. 이러한 이유로 학생들의 이해도와 수업 참여도가 높은 수업을 했다고 생각했다. 하지만 다음 수업에서 비슷한 실습과제를 제시했을 때 어려워하는 모습을 보며 아쉬움을 느꼈다.

그러던 중, 연성중학교로 발령받아 '배움의 공동체'를 접하면서 이러한 고민은 새로운 방향으로 나아갔다. 처음에는 서로 다른 교과 교사들이 모여 수업을 협의한다는 개념이 낯설었고, 타 교과 내용을 잘 모르는 상태에서 어떻게 논의가 가능할지 의문이 들기도 했다. 하지만 다양한 교과의 수업 디자인과 공개수업을 경험하면서 점차 생각이 바뀌었다. 수업 디자인 협의를 통해 타 교과 교사들이 아이들의 관점에서 수업을 바라보며, 학생들이 어려워할 부분을 찾아내는 것을 경험했다. 또한 학생들이 흥미를 느끼고 대화와 협력을 이끌어낼 수 있는 수업 활동을 함께 고민하고, 이를 해결하기 위해 아이디어를 활발히 공유하는 과정을 통해 '배움의 공동체' 수업이 교사와 학생 모두에게 진정한 배움을 제공하는 수업임을 깨달았다.

2. 일상과 연결된 수업 디자인

근접센서를 활용한 센서 기반 피지컬 컴퓨팅[1] 수업을 계획하면서, 수업이 끝났을 때 '아이들이 어떤 배움을 얻게 할 것인가'를 고민했고, 일상생활에서 정보 기술을 접했을 때, 이번 수업을 떠올리며 또 다른 배움으로 연결되기를 바랐다. 그래서 자율주행 자동차의 거리 유지 기능과 자동 주차 시스템 등 현재 사회에서 중요한 기술을 예로 들어 수업 내용이 일상생활과 연결되어 있음을 느낄 수 있도록 학습지를 제작했다. 이 학습지를 바탕으로 수업 디자인을 진행했고, 협의 과정에서 나온 의견들을 반영해 학습지를 수정했다. "로봇이 귀여워서 흥미를 느낄 것 같다.", "학습 내용이 다소 어렵게 느껴진다.", "한 시간에 해결해야 하는 활동이 너무 많다.", "컴퓨터실의 환경에 맞춰 모둠을 유연하게 구성하면 좋겠다."라는 피드백을 수렴해 활동 내용을 조정했다. 이에 따라 쉬운 난이도 과제는 짝 활동으로, 도전과제는 모둠 활동으로 수정하여 수업을 구성했다.

---

1) 피지컬 컴퓨팅은 센서로 주변 환경을 인식하고 다양한 출력 장치로 외부 세계와 상호작용하는 기술이다.

[활동2] 차량간 거리를 유지하는 자동차를 만들어 보자.

미션1) 장애물을 만나면 멈추고 아니면 전진하도록 코딩해보자. (왼쪽근접센값 사용)

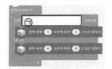

미션2) 완성된 미션1 코드에 블록을 추가하여 **앞차와 일정한 간격을 유지**하도록 코딩해보자.

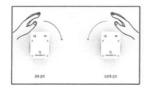
① 장애물이 없거나 앞차가 앞으로 가면 앞으로 전진
② 장애물을 만나거나 앞차와 거리가 가까워지면 멈추기
③ 앞차가 뒤로 이동하면 내 **햄스터봇도** 후진하기

미션3) 완성된 미션2 코드에 **장애물을 만나면 피하면서 앞으로 전진**하도록 코딩해보자.
- 왼쪽 바퀴는 (   )블록을 오른쪽 바퀴는(   )블록을 넣는다.

활동2: 차량간 거리 유지하기 코딩하기 학습지

[활동3] 자동 주차하는 로봇을 만들어 보자.

가. 반사판 사용하기 : 미로 커버가 전방을 가리키는 대신 측방을 반사 시켜 값을 받음

나. 알고리즘을 작성하고 주어진 블록을 참고하여 프로그램을 작성하세요.

① 주차장으로 한 칸 전진하기
②
③
④

활동3: 자동 주차 로봇 코딩하기 학습지

수업은 생각 열기와 개별 활동을 통해 근접센서의 개념을 이해하게 했고, 다양한 난이도의 활동과 도전과제를 통해 근접센서를 활용할 수 있도록 진행했다. 생각 열기 활동에서는 자율주행 자동차의 영상을 보여준 후, 근접센서와 관련된 소프트웨어를 찾아보게 했다. 아이들은 '앞차와 거리를 유지하기', '갑자기 나타난 자전거를 감지하고 멈추기' 등 중요한 요소들을 잘 찾아냈다. 그런 후 햄스터봇의 근접센서의 위치와 원리를 설명한 후, 개별 활동으로 햄스터봇과 장애물과의 거리에 따른 센서값의 변화를 실습하고 학습지에 작성하도록 했다. 개별 활동이었지만, 아이들은 자연스럽게 짝과 답을 비교하며 학습하는 모습을 보였다.

'활동 2'에서는 세 가지 단계의 코딩 활동을 통해 자율주행 자동차가 앞차와의 거리를 유지하며 움직이는 원리를 배우도록 했다. 첫 번째 단계는 장애물을 만나면 멈추기, 두 번째는 앞차의 움직임에 따라 전진과 후진하기, 세 번째는 장애물을 피해서 앞으로 전진하기 였다. 아이들은

활동3: 과제를 협력하여 해결하는 장면   모둠별 코딩 과정을 공유하는 장면

짝과 함께 한 대의 모니터를 보며 협력하여 코딩을 진행했고, 햄스터봇이 멈추거나 후진할 때의 센서값 설정과 장애물 발생 시 로봇 바퀴 움직임 제어 방법에 대해 활발하게 논의했다. 오류가 발생하면 함께 수정하며 자연스럽게 협력하고 배우는 모습을 보여주었다.

'활동 3'에서는 이전 차시에서 배운 바닥 센서와 근접센서를 활용해 빈 주차 공간을 찾아 자동으로 주차하는 로봇을 프로그래밍하는 도전 과제를 주었다. 이 활동은 이전 수업 내용을 충분히 이해하고, 센서값을 세밀하게 관찰해야 하는 난이도 높은 과제였다. 그런데 아이들이 서로가 자신의 생각을 설명하고, 궁금한 것을 적극적으로 질문하면서 몰입하는 모습을 보였다. 과제를 완성한 모둠들을 살펴보니 세 모둠 정도가 각기 다른 방법으로 코딩을 완료했다. 모둠별 코딩 과정을 공유하는 시간을 통해 문제를 해결하는 다양한 방법이 있음을 알도록 지도했다.

4. 공개 수업을 통한 성찰과 성장

수업을 준비하면서 학생들이 수업을 통해 단순히 학습 내용을 습득하는 것을 넘어 그 배움이 삶과 연결되길 바라는 마음으로 수업을 설계했다. 자율주행 자동차의 기술을 활용해 일상의 문제를 해결하는 능력을 키우고, 협력과 토론을 통해 스스로 생각을 정리하고 성장하는 모습을 보았다. 그러나 공개 수업 영상을 다시 보며 아쉬운 점들도 발견했다. '주어진 시간에 모든 학습을 마칠 수 있을까?'라는 부담감에 빠져 전체 모둠의 진행 상황을 충분히 파악하지 못하고 서둘러 다음 활동으로 넘어갔다. 그 결과, 일부 모둠은 배움을 위한 충분한 토론을 나누지 못했다는 점이 아쉬웠다. 또한, 학생들의 이해를 돕기 위해 제공한 힌트가 오히려 스스로 생각하고 토론하는 시간을 방해했다는 점도 깨달았다.

　이러한 성찰을 바탕으로, 앞으로는 학생들이 스스로 생각하고 깨우칠 수 있도록 더 많은 시간을 주고, 기다려 주는 방식으로 수업을 운영할 계획이다. 이번 수업은 나에게 진정한 배움의 의미를 다시 한번 되새기게 했으며, 학생과 함께 성장할 수 있었던 소중한 경험이었다.

제2장
배움으로 연결

▼ 2학년 김찬희 학생 작품

결대로 단상(斷想)

교감 안윤희

　내 교직 생활 마지막을 우리 연성중에서 할 수 있었던 것은 행운이고 기적이다.

　교단에 계셨던 아버지 영향으로 어려서부터 교사의 꿈을 가지고 있었던 나는 다른 일은 늘 서툴고 어려워하면서도 아이들 가르치는 일만큼은 잘하고 싶은 마음에 수업에 대해서도 욕심을 부리는 편이었다.

　하지만 학교 생활 어딘가에 늘 목마름이 존재했다. 연성중에서 근무하기 전까지 고등학교에서 오랜 기간 생활을 했기 때문에 그동안 내가 매일 반복적으로 했던 것은 수업, 야간 자율학습 지도, 그리고 대학을 잘 보내기 위한 상담이었다.

　Y여고로 전근 오던 첫 해 고3 담임을 맡았는데 유난히 보석같은 아이들을 만나 괜찮은 입시 결과를 낳았고, 이듬해 바로 고3 부장으로 추천되었다. 어찌 보면 회사에서 승진하는 사람들처럼 학교에서 능력을 인정받은 상황이었을 수도 있다. 그러나 나는 늘 무너지는 고3 교실을 붙잡으려 애를 쓰면서 교탁 앞에 외로이 서 있었고, 혼자서는 개선하기 어려운 거대한 입시 시스템을 어쩌지 못해 교육 철학의 절반은 포기

한 채 그나마 내 수업이라도 잘하자는 마음으로 배움의 공동체 수업을 기웃거리거나 타 지역 앞서가는 혁신학교를 방문하면서 어딘가에 있을 수업에 대한 해답을 찾아 헤매었다. 물론 내 주위엔 뜻을 같이하는 동교과 선생님들도 있었고 도움을 주는 동료들도 많은 편이었지만 교육은 이렇게 동아리 수준의 개별적인 노력을 통해 바뀌기엔 너무나 긴 세월 동안 고착화된 단단함이 있었다. 몇 명의 가슴 뜨거운 교사들이 깨뜨릴 수 없는 거대한 평가의 장벽, 공고한 입시 시스템은 교육공동체 모두가 고민하지 않고는 해결될 수 없는 문제들이었다.

그러다 교감이 되어 학교를 옮기게 되었고 운 좋게 나는 연성중으로 발령을 받게 되었다. 밖에서 연성중은 아이들이 순하고 선생님들이 좋아서 교감으로 근무하기에는 아주 좋은 학교라고 평가하고 있었다. 이러한 평가의 바탕에는 아무래도 과거의 학력관이 기준이 되었을 것이다. 이러한 전통적인 학력관은 지금도 많은 학교와 학생을 평가하는 잣대가 되기도 한다.

그러나 내가 막상 우리 학교에 와서 놀란 것은 학교 밖에서 평가되는 내용 때문이 아니었다. 꽤 긴 기간동안 외롭게 고민했던 수업과 평가에 대한 문제를 교장선생님부터 모든 선생님들이 함께 방향을 잡아 나아가고 있었고 그 안에서 아이들은 자기 색깔로 성장하고 있었다. 결대로자람학교의 수업 공개는 가르치는 교사 한 명을 바라보는 관점이 아니고 함께 하는 많은 교사들이 모둠 형태의 아이들 곁에서 같이 배우면서 어디서 아이들이 주춤거리는가 어느 지점이 우리가 같이 나아가야 하는 방향인가를 공감하는 수업으로 진행되고 있었다. 연중 11회에 걸쳐 월별로 선생님들이 수업을 디자인하고 그 수업을 통해 우리 아이들은 결대로 결대로 성장하고 있었던 것이다. 이런 수업은 교실에서 배운 내용을 자신의 삶에 연관지으면서 지혜로운 어른으로 성장하는 디딤돌 역할을 하게 될 것이다. 이는 지금도 진행형이고, 앞으로 우리 선생님들은 더 많은 수업을 함께 디자인하면서 아이들이 배운 내용을 자신의 삶으로 연결하도록 돕는 조력자가 되어 교육의 본질을 회복하는데 일조할 것으로 믿는다.

올해 우리는 바뀐 수업에 맞는 제대로 된 평가를 하기 위해 IB 관심학교와 탐구기반 수업·평가 실천 학교를 신청하여 전 교직원이 IB 수업과 평가 그리고 탐구기반 수업· 평가에 대해 공부하고 있는 중이다. IB는 우리가 만든 시스템이 아니기 때문에 우리에게 꼭 맞는 제도는 아니지만 적어도 아이들을 객관식 평가 문항으로 몰지 않고 삶과 연관된 학습과 그에 맞는 평가를 하는 방법이기 때문에 우리 학교가 그간 지속적으로 추구해 왔던 결대로자람학교의 수업 평가와 그 맥을 함께 한다. 빠르게 바뀌는 세상의 변화를 교육이 다 담아낼 수는 없다. 그래서 교육은 내용면에서 완성이라는 것은 없을 것이다. 다만 가치있는 방향으로의 변화와 노력은 중요하다. 그 선두에 우리 연성중이 있고, 그 연성중에서 내 교직의 마지막 근무를 하고 있다.

내가 40년 가까이 고민하던 문제를 다 같이 해결해 나가면서 시스템을 만들어가고 있는 우리 연성중의 노력은 아이들 하나 하나를 건강하게 성장하게 만드는 동력이 될 것이고, 아이들은 교실 안에서 삶을 담아내는 수업을 통해 자기주도성을 기르고, 교실 밖에서 텃밭을 가꾸고 꽹과리를 두드리면서 스스로의 역량을 키워갈 것이다. 이런 학교에 마지막 근무를 하고 있으니 나는 감히 '행운'이라고 쓰고, '감사'라고 읽을 수 밖에 없다.

원고 마지막에 선생님들과 함께 읽고 싶은 브라질 교육학자의 시 일부분을 적어 본다.

Would you describe what being a teacher means to you?
선생님이 된다는 것은 너에게 어떤 의미일까?

Paulo Freire(파울로 프레이리)

Rather, a teacher is a professional,
오히려 교사는 전문가야

One who must constantly seek to improve and to develop certain
qualities or virtues
전문가라는 건 지속적으로 자기가 가지고 있는 자질, 덕목 이런 것들
을 끊임없이 개발하고 향상시키기 위해서 노력하는 사람이야

Which are not received but must be created
이런 능력들은 하늘에서 그냥 떨어지는 게 아니야, 창조되는 것이에요.

The capacity renew ourselves every day is very important
매일 자신을 새롭게 하는 능력은 매우 중요합니다.

It prevents us from falling into what I call bureaucratization of mind
멈춰있는 마음 우리 자신을 그러한 구조 안에서 꺼내놓는데 큰 도움이 돼

I am a teacher

나는 선생님이야

배움과 삶을 연결 짓다.

교사 박현정

    나는 2022년 3월 연성중으로 전입하여 3년 차 근무 중이다. 이전 학교도 결대로자람학교였다. 나름 결대로자람학교의 철학을 갖고 학생들을 대하고 수업에 집중하려고 노력하고 있으나 배움의 끝은 없는 것 같다. 2월 말 새 학년 교육과정 준비 워크숍에서 학년별 전문적학습공동체를 구성하고, 학년 목표를 이루기 위해 교육과정 분석과 재구성을 하면서 '새 학년! 새 출발!'로 마음의 준비를 한다. 배움의 공동체, 전학공, 연수, 독서 등을 통해 배우고 실천하며 삶과 연계할 때 비로소 교사 성장과 학생 성장이 이루어지게 된다. 이때, 함께 배우고 성장할 수 있게 하는 데에는 전문적학습공동체만큼 좋은 건 없는 것 같다.

1. 우리학교 전문적학습공동체 활동은 어떻게 이루어지고 있나?

    우리 학교는 매해 연 12회 수업 공개를 하며, 함께 배우고 실천하기 위해 전체 교사가 참관할 수 있도록 학년별 전문적학습공동체를 열어

공동수업디자인(1차, 2차)　　　　　　　　수업 공개 참관

두고 있다. 학년과 과목 상관없이 수시로 참관하며 다양한 수업 방법과 모둠 활동, 학생들의 수업 참여와 반응을 살피며 각자 교과 수업에 적용할 수 있는 아이디어를 얻을 수 있도록 하고 있다. 매주 수요일을 '전문적학습공동체의 날'로 지정하고, 1차, 2차에 걸친 공동수업디자인 시간에 각기 다른 교과 선생님들은 학생 입장이 되어 학습지도 살펴보고, 다양한 아이디어를 더해 여러 번의 수정을 거치기도 한다. 또, 공개 학급 학생들의 특징도 고려하여 학생들이 수업에 참여할 수 있도록 함께 수업을 디자인해 나간다. 수업 공개하는 날에는 해당 학급만 7교시에 남고, 다른 학급 학생들은 빠르게 귀가한다. 그

수업나눔협의회(성찰과 나눔)

래야 전체 교사가 참관할 수 있기 때문이다. 수업 공개 후 그 학급 학생들에게는 간식을 주는 것도 잊지 않는다. 그리고 전문적학습공동체 선생님들은 수업

나눔협의회 시간을 가지며 수업에 대한 배움과 성찰을 통해 한 걸음 더 성장한 우리의 모습에 보람을 느끼게 된다. 이는 고스란히 다른 교과의 교실 수업으로 이어지게 되고, 경쟁이 아닌 배려와 존중, 협력하는 학생 성장으로까지 이어지게 된다. 이렇게 하나의 수업을 공개하기 위해서는 2차에 걸친 공동수업디자인과 수업공개, 수업나눔협의회(성찰과 나눔)까지 모두 4시간이 한 세트로 움직인다. 그리고 연수 참여 활성화를 위해 특수분야 직무연수로 지정받아 운영하고 있다. 학년별 교육과정형 전문적학습공동체 중심으로 수업을 변화하기 위해 배움중심수업과 미래형교육과정을 실천하면서 7년째 열심히 달리며 우리 학교 교사들은 성장하고 있다.

2. 수업공개 교사는 어떻게 정하지?

2022년 연성중에 전입하고 첫 전문적학습공동체 활동에서 나는 너무 놀랐다.

1학년은 연 5회의 수업 공개가 이루어졌는데 먼저 손들고 수업을 공개하시겠다는 선생님들로 5명이 바로 채워지는 것이었다. 수업을 공개한다는 것이 얼마나 큰 부담인지는 다들 알고 계신다. 순간, 전입교사인 내가 배려받고 있다는 생각이 들었고, 자연스럽게 다음 해에는 '나도 먼저 해야겠구나!'하는 생각이 들 수밖에 없었다. 아마도 처음에는 부담감이 있겠지만 수업나눔과 성찰을 통해 더욱 성장하는 자신의 모습에 뿌듯함을 느끼게 되는 것이 더 크다는 것을 선생님들은 이미 알고 계셨던 것 같다.

2023학년도에는 먼저 수업을 공개하겠다고 하였으나 부담이 되는 건 어쩔 수 없었다.

미래를 살아갈 우리 아이들이 기술·가정 수업을 통해 무엇을 배워야 할까? 기술·가정 교과는 실천적 문제해결능력을 기르는 성격을 가진 교과로, 다양한 경험을 바탕으로 생활 속에서 직면하는 문제를 해결하는 능력을 길러 삶과 연계할 수 있도록 해야 한다. 이에 맞추어, 6월 수업 공개로 '친환경적인 의생활 실천(나만의 특별한 에코백 디자인하기)'을 주제로 선정하였다. '2. 의복 관리와 재활용' 단원에서 다양한 재활용 방법을 모색하여 창의적이며 친환경적인 의생활을 실천할 수 있도록 하여 삶과 연계할 수 있도록 단원 내용을 통합하고 재구성하였다.

1차 공동수업디자인을 시작하면서 먼저, 선생님들께 이렇게 말씀드렸다. "기본 활동지 보시고 의견 많이 주세요. 모두 반영하여 수업에 적용해 보겠습니다. 저의 수업 스킬을 보시는 게 아니잖아요. 우리 전학공에서 공동수업디자인 한 것으로 아이들이 활동하는 모습들을 관찰하실 것이니 저는 부담 없이 수업해 보겠습니다."라고. 그 해 전입해 오신 선생님들은 수업 공개 및 참관 시 학생들의 배움이 어디서 일어나는지를 관찰하는 것에 중점을 두어야 한다는 것을 자연스레 받아들일 것이다. 그리고 다음 해 수업 공개를 준비해 주실 것이다.

2차 공동수업디자인 과정을 거치면서 수정된 부분이 있었다. 에코백 사용 시 불편한 점을 해결할 방법을 모둠원들과 토의하고 모둠 디자인하는 활동에 중점을 두었던 부분에서 모둠별로 토의한 것을 발표하는 시간을 더 갖는 것으로 수정하였다. 다음 활동인 '나만의 에코백 디자인하기'로 이어질 때 아이디어를 내지 못해 머뭇거리는 학생이 없도록 하기 위함이었다. 그렇다. 수업 과정에서 서로 협동하고 존중·배려를 배우고 실천하며 삶과 연결 짓는 것에 초점을 두고 수업을 디자인하고 있는 것이다.

이후, 공동수업디자인은 끝났지만, 학년 교무실에서는 불쑥불쑥 수업 공개 관련 이야기들이 수시로 나오고 또 서로 조언하기도 했다. 이게 학년 교무실의 장점 아닌가?

공동수업디자인 한 것으로 수업을 하면서 학생들은 우리 선생님들이 예상하지 못했던 다양한 해결 방법들까지 내놓으며 활발하게 의견을 주고받고 있었다. 주변의 재활용 가능한 재료를 활용하여 에코백의 불편한 부분을 해결하는 등 다양한 아이디어가 넘쳐났고, 다른 모둠의 발표 내용을 듣고 더 창의적이고 특별한 에코백을 디자인하고 있었다. 이후 그 특징을 발표할 때는 시간이 부족하여 수업을 빠르게 마무리하게 되었다. 흔히 말하는 주요 교과나 이론 중심 수업에서 위축되어 있던 아이들도 수업 내내 창의적인 다양한 해결방안 아이디어를 내며 모둠 활동에 참여하고 또 재미있어 하였다.

4. 서로 협동하고, 존중·배려를 배우고 실천하며 삶과 연결 짓는 것

수업이 끝난 후, 아이들은 어떤 것을 배우고, 느꼈을까? 배운다는 것이 그저 학교 수업이기 때문에 해야 하는 것으로 그치는 것이 아니라 배움이 내 삶과 연결되도록 하는 것이 더 중요하다는 것을 알게 하고 싶다. 이후 여러 시간에 걸쳐 '나만의 에코백'을 완성한 후 학생들이 잘 사용하고, 이를 계기로 앞으로 각 가정에서 친환경적인 의생활을 실천하기를 기대해 본다.

그리고, 수업나눔 협의를 하며 선생님들은 이번 수업을 통해 아이들이 서로 협력·존중·배려를 배우고 실천하며, 이런 활동들이 자신의 삶과 연결된다는 것을 느낄 수 있는 시간이었길 바란다고 의견을 모았다.

함께 미래교육 준비해 봐요.

교사 강전희

1. 우리에게 수업이란?

우리 학교가 '결대로자람' 자율학교를 진행한 지 올해로 4년 차이다. 혁신부를 중심으로 다양한 활동을 진행하고 있지만 무엇보다도 수업에 대한 관심과 노력이 가장 크다고 할 수 있다. 교사는 지식의 전달자가 아니라 학습의 안내자이자 촉진자로서, 학생은 수동적인 학습자가 아니라 능동적인 학습자로서 지식의 창조자가 되도록 우리 교실도 변화하려고 노력한다.

이에 대해 우리 학교는 수업 준비를 위한 학년별 전문적 학습 공동체를 운영하며, 수업 디자인과 수업 나눔을 통해 학생 활동 수업을 활성화하고 진정한 배움이 일어나는 수업이 될 수 있도록 아이디어를 공유하고 새로운 제안을 통해 공동 수업안을 완성하고 수업 공개를 진행하고 있다. 수업에 함께 참여하면서 학생과 학생들 간, 교사와 학생 간, 학생과 텍스트 간에 배움과 머뭇거림을 살피며 수업을 성찰하는 시간이다. 이러한 시간은 교사 개인적으로는 수업을 질적으로 향상하는 자양분이 될 것이며, 더 나아가 수업의 체질을 개선해 나갈 수 있는 훌륭한 시스템을 구축하는 계기이다.

2. 수업-평가의 일체화란?

배움의 공동체 수업은 모둠으로 나누어 함께 학습 활동을 수행하는 방식에서 공동의 목표를 달성하기 위해 서로 협력하고, 정보를 공유하며, 단순히 혼자만의 지식을 배우는 것이 아니라 모둠 내에서 상호작용을 통해 학습 내용을 깊이 이해하고, 다양한 관점을 받아들여 사고의 폭을 넓히는 수업이다. 학생들은 수업에서 배운 내용을 평가받고, 교사는 수업에서 가르친 내용을 평가해야 하는 것이다. 학생들이 배움 중심 수업에서 함께 만들어 낸 의미들은 선다형 문항으로 평가하기에는 제한적일 수밖에 없을 것이다.

그러나 아직도 수업은 학생의 탐구 위주보다는 단편적인 암기 위주이고, 창의적·비판적 능력을 키우기보다는 기본 학습 능력을 강조하고 있어 깊이 있는 이해가 부족한 형편에 있다. 평가도 시간상 진도의 문제, 수업 내용 구상을 위한 아이디어 부족, 학생·학부모의 평가에 대한 이해 부족으로 5지선다형 위주의 출제로 배움 수업에서 공부하는 내용을 평가에 반영하기 어려움이 있어 평가 개선이 시급한 상황이다. 결국 지금의 객관식 평가로는 우리가 길러내야 할 교육 목표와 교육 활동을 온전히 담아낼 수 없기 때문에 수업과 평가의 일체화를 이룰 수가 없다고 본다.

이에 대한 대책으로 수행 평가의 비중을 50% 이상 올리고, 그 중서·논술형으로 비중을 20%(논술형 10%) 확대하고 있다. 특히 평가 개선에 대한 노력으로 3년간(2024.3.1.~2027.2.28.)까지 교육청 지원을 받아 미래형 수업·평가 실천 학교에 공모하여 탐구 기반 수업·평가 실천 학교와 IB 기반 미래형 수업·평가 실천 학교(IB 관심 학교)를 진행하며 평가에 대한 변화를 도모하고 더 나아가 수업 전반에 대한 개선을 추진해 나가려고 한다.

3. 평가할 내용을 세우고 수업을 시작하면?

개념 기반 탐구 수업-평가 실천 학교란 교사의 수업-평가 전문성 신장 방안을 모색하는 미래형 수업-평가 실천 학교 유형으로 수업 변화 실천, 평가 변화 실천, 기록 변화 실천의 과제를 실천한다. 탐구 기반 쓰기 평가 비율과 논술형 평가 비율을 늘려 학생 성장을 지원하는 과정 중심 평가를 활성화하여 학생 평가 방법을 질적으로 개선하려는 모델 학교이다. IB 기반 미래형 수업·평가 실현 학교는 IB 프로그램을 공부하며 탐색하는 학교로, 그 중 IB 관심 학교는 IB의 철학이 녹아든 수업 설계와 이를 확대하여 탐구, 토론, 발표 중심의 학습자 주도 수업, 교사의 지속적 피드백, 과정 중심의 논·서술형 평가를 실천하는 학교이다.

이는 질문-탐구-성찰 중심의 수업-평가, 삶으로 전이되는 교수학습을 설계하는 교사의 역량 강화를 목표로 최종의 총괄 평가를 먼저 제시하고, 이에 도달하기 위해서 학생들이 해결해야 할 탐구 질문을 제시하고 이를 점검할 형성 평가를 먼저 안내한다. 수업하고 평가를 하는 것이 아니라 먼저 평가 목표를 알고 문제에 접근하는 방식이다. 아울러 평가 기준도 함께 수준별로 제시하여 탐구에 대한 집중력을 높이고 협력의 밀도를 끌어낼 수 있다. 그리고 자신이 공부한 내용의 잘한 점, 부족한 점을 스스로 평가할 시간을 가져서 수업에 대한 성찰의 시간을 가져 다음 수업에 대한 준비를 미리 하도록 한다.

그간 수업 전개가 낱낱의 사실 이해 위주였다면 보다 포괄적이고 일반화된 내용으로 사실과 사실의 나열이 아닌 관계 속에 숨겨진 맥락을 찾아 사고를 확대하고 다른 곳에도 적용하는 능력을 키울 수 있도록 수업을 진행한다. 이런 활동 속에서 학생들은 학습의 주체자로서 앞으로 다가올 미래 사회의 다양성과 변화에 적응해 살아갈 수 있으리라 생각한다.

4. 우리가 3년 동안 노력해 볼 것은?

일단은 배움 중심의 수업을 진행하면서 미래형 수업·평가 실천 학교로서 올해 1년 차 계획은 1학년을 중심으로 국어, 수학, 기술·가정, 도덕 4개 교과를 중심으로 개념 기반 탐구 학습에 기반한 서·논술형 평가 체계를 구축하고 이를 바탕으로 점차 다른 교과에 적용해 나가는 것이다. 평가 체

IB 교내 전문적학습동아리(2024.6.17.)

제의 개선은 수업 방법의 변화를 통해 이루어지므로 수업과 평가의 선순환 구조를 염두에 두면서 운영한다. 이를 바탕으로 다른 과목, 다른 학년의 점진적 확대를 통해 탐구 기반 학생 참여형 수업 운영을 위

IB 선진학교−표선중학교 방문(2024.8.6.)

한 수업·평가의 혁신을 도모하고자 한다.

　IB 관심 학교로서 낯선 내용에 대해 접근하기 위해 교장 선생님과 교감 선생님과 아홉 명의 선생님들이 모여서 IB 전문적학습공동체를 구성하여, 천천히 꾸준하게 독서, 연수, 컨설팅 등을 진행하여 평가 개선을 위해 노력을 하고 있다. 특히 이번 여름 방학을 이용해 제주의 IB 선진학교를 탐방하여 실제 학교를 운영하면서 변화된 점. 진행하면서 겪는 어려운 점, 학교가 준비해야 할 내용들, IB의 실제 평가 모습, 사례들을 접할 수 있는 계기를 마련하였다.

　아프리카 속담에 '빨리 가려면 혼자 가고, 멀리 가려면 함께 가라.'라는 속담이 있다. 결대로자람 학교에서 이루어지고 있는 수업 혁신 속에서 학생 주도성을 바탕으로 한 탐구 기반 방식 서·논술형 평가 확대는 당연한 연속성에서 이루어질 것이라고 본다. 미래를 살아갈 학생들에게 필요한 것이라면, 우리 연성중학교 선생님들은 기꺼이 준비하고 기회를 마련해 주실 수 있으리라 본다. 몇 사람의 열의로 변화하는 것이 아니라 4년 내내 공고하게 다져진 전문적 학습 공동체 속에서 교사 간 협력과 연대를 바탕으로 스며들며 진행되리라 기대해 본다.

나도 '도슨트'

교사 박사운

학년 중심의 전문적 학습 공동체, 과목에 상관없이 함께 고민하고 나누는 공개 수업, 연성중학교에 오기 전에는 동교과가 아닌 타교과 선생님들에게 수업을 공개해 본 적도 없고, 나 또한 다른 교과의 공개 수업은 거의 본적이 없었기에, 서로 다른 교과의 선생님들이, 서로 다른 시선으로 수업계획안을 검토하고 피드백을 나누는 모습은 매우 놀랍고 신선했다.

1. 수업 공개는 부담스러워

다른 교과의 수업이지만 학생의 시선에서 그리고 교사의 시선에서 바라보는 수업은 재미있었다. '이렇게 재미있는 수업을 아이들이 받고 있구나', '이렇게 어려운 것을 아이들이 어떻게 하는 걸까', '이렇게 모둠별로 수업을 하면서 학생들이 서로 배움을 주고 받는구나' 그렇게 수업을 보며 아이들과 함께 나 또한 배우고 있었지만, 그러면서 동시에

드는 생각은, '아, 공개 수업은 아무나 하는 것이 아니구나'였다. 되도록 피하고 싶었다. 하지만 연성중학교 3년째가 되자, 더 이상 피할 수가 없었다. 함께 전문적 학습 공동체를 하는 같은 학년 대다수의 선생님들께서 이미 공개수업을 하셨고 새로 오신 선생님들께서 바로 공개수업을 하실 수는 없었기에, 결국 어떻게든 피하고 싶었던 공개 수업을 나도 할 수 밖에 없었다. 부담스러웠지만, 공개수업을 준비하며 나의 수업을 점검할 수 있었고, 수업에 대해 더 많이 고민하며, 결과와 상관없이 스스로 배우고 깨닫는 것이 많았다. 그런 면에서 나름 의미가 있지 않았을까.

2. 딱딱한 조형 요소와 원리

중학교 1학년, 주당 1시간의 미술 시간. 수업재료와 도구를 나누어주고 정리하는 시간을 생각하면 최대한 쉽고 빠르게 작업할 수 있는 활동을 중심으로 수업을 설계해야 했다. 스케치나 채색 시간을 줄일 수 있도록 사진이나 색종이를 활용한 수업 활동을 준비하였다.

미술을 처음 배우는 중학교 1학년 학생들이니, 우선은 '아름다움'에 대하여 생각할 수 있는 시간을 주었다. 학생들이 아름답다고 생각되는 사진을 찍어 제출하고, 자연미, 조형미에 대하여 학습하였다. 이어, 아름다움을 느끼게 만드는 숨겨진 원리(조형원리)에 대하여 수업을 하고, 이를 자연스럽게 익힐 수 있도록 모둠별로 동작을 통해 조형원리를 표현하도록 하였다. 이어서, 조형요소와 원리로만 표현하는 예술사조, 추상미술을 학습하는 과정으로 단원의 흐름을 계획하였다.

3. Padlet으로 제출하기

'아름답다'를 주제로 한 학생 사진 작품

'조형원리를 표현해요' 모둠별 활동 사진

Padlet으로 활동 결과물을 수합하고, 발표시에 바로 Padlet 창을 띄워
발표가 용이하게 하였다. 교사의 입장에서 Padlet은 활동 결과물 관리

도 용이하였다. 이후 추상 미술 작품이나, 미술 관련 직업탐방 등 다른 수업 활동도 Padlet을 활용하였다.

4. 단순하지만 멋진 추상 미술

　미술 수업은 스케치 비중이 많은 편이라 그림을 그리는데 자신감이 부족한 학생들은 작품 표현에 어려움을 느끼곤 한다. 추상 미술은 조형 요소만으로 작품을 표현하기 때문에, 스케치에 대한 부담이 다소 적은 편이다. 처음엔 추상 미술에 대해 어려울 것이라며 주저함을 보이던 학생들도 자신있게 선을 그어가며 자유롭게 작품을 선보인다.

　앞서 활동했던 사진 자료들을 활용하여, 사진 작품을 추상으로 바꾸는 활동(차가운 추상)을 색종이로 작업하였고, 즉흥적인 감동과 인상을 표현(뜨거운 추상)하는 활동은 음악을 활용하였다.

사진1

사진2

사진3

사진1을 추상으로 표현한 작품

사진2을 추상으로 표현한 작품

사진3을 추상으로 표현한 작품

가끔씩 학생들의 작품을 보면서 좋은 전시회를 다녀온 듯 만족스러울 때가 있다. 학생들이 정성껏 애정을 쏟아 완성한 작품은 대가의 작품과는 다른 감동이 있는 듯 하다. 학생들의 작품은 주로 축제 때 전시되어 그 재능과 솜씨를 감상할 수 있지만, 특별히 우수한 소수의 작품만이 전시의 기회를 갖다보니 아쉬움이 있었다. 수업시간에 모두가 자신의 작품을 친구에게 소개할 수 있도록 모둠별로 작품을 감상하는 시간을 주었다. 그리고 모둠별로 가장 마음에 드는 대표 작품과 작품을 소개할 도슨트를 뽑아 학급 전체에 소개하는 '나도 도슨트' 활동을 계획하였다. 이후 미술 관련 직업을 탐방하고 각 분야별 대표 인물을 찾아 발표하는 수업을 이어 진행하였다.

정해진 답이 없는 미술 교과의 교사로서 '무엇을 가르쳐야 하며, 어떻게 미적 감수성을 키울 것인가'라는 질문에, 뚜렷한 답도 없이 생각만 많아지지만, 그러한 생각의 시간들이 아주 조금씩 수업을 발전시킬 수 있을 것이라 믿어본다.

▲ 1학년 한유정 학생 작품

결대로자람은 몰입이다.

교사 손유림

1. 센 녀석이 나타났다. 코로나19??!!

연성중학교에 근무한 지 5년 6개월.

연성중에서의 첫 해 11월, 코로나19가 생겨났고 그 해 겨울엔 감염자의 이동 경로가 뉴스에 공개되며 온 국민은 바이러스에 대한 두려움에 떨었다. 2020년에는 4월 개학이라는 이변이 일어났다! 늦은 개학을 했지만 원격수업이 진행되었던 터라 마스크로 얼굴의 반을 가린 모니터 속 얼굴과 증명 사진에 의존해 아이들 이름을 외우고, 완료하지 못한 온라인 수업에 대한 독려 연락을 하기 위해 메신저와 전화를 적극 활용하며(카카@톡이 이렇게 고마울 줄이야!!) 아이들을 파악해 나갔다. 2021년에도 3분의 1 등교 지침에 따라 학교가 예전과 같이 전교생으로 가득 찬 모습을 보기는 힘들었다.

코로나19 이전의 모습으로 학교생활이 재개된 것은 2022년이었다. 나는 2학년 담임을 맡았고, '올 것이 왔구나'하는 마음으로 학년부장님의 공개수업 제안을 겸허히(?) 받아들였다. 그 누구도 교사의 수업을 간

섭하거나 방해할 수 없고, 교사의 고유권한을 존중받을 수 있기에 교직이 전문직인 것이라고 강조하는 말을 신규 연수 때도 들은 기억이 나는데, 그만큼이나 수업을 다수에게 공개한다는 것은 큰 부담이 될 수 밖에 없다. 극 I의 나로서는 더 그랬던 것 같다.

2. 시작이 반이다

 수학교과는 1학기 교육과정이 대수 단원으로 구성되어 있어서 계산 위주의 학습이 많이 이루어지는데 (아무리 있는 그대로의 수업을 보여주자라는 생각을 하더라도)

Algoemath 사이트에서는 모둠(학급) 공간을 만들어 과제를 공유, 제출할 수 있다.

'순환소수를 분수로 바꾸시오', '연립방정식의 해를 구하시오' 등 반복 학습이 필요한 수업으로 공개 수업을 하기에는 너무 단조로운 느낌이고, 그렇다고 게임활동을 덧씌워서 수업의 본질이 변질될 만한 시도는 하고 싶지 않았다. 수업에 대한 고민을 하기 위해 시간도 벌고, 전과는 다른 수업을 시도하기 좋은 도형 단원을 택했고 수

삼각형의 외심의 작도, 활용을 통한 문제해결

업 공개는 가을로 계획했다. 그리고 수업에 활용할 만한 아이디어를 얻기 위해 친하지 않았던 프로그램도 익혔다. 이로써, 있는 그대로의 수업을 보여주자는 말은 모순이라는 게 밝혀졌고, (수업을 공개하신 대부분의 선생님들도 그러셨겠지만) 한 시간 수업을 위해 긴 시간동안 이런 저런 고민과 시도를 해보았다.

3. 새로운 시도, 무한한 가능성의 아이들

〈삼각형의 외심〉에 대한 탐구 수업을 진행하기 위해서 학급별 가상 공간을 만들고 아이들과 몇 시간에 걸쳐 알지오매스(Algeomath) 프로그램의 기본 기능을 익혔다. 원격수업을 했던 아이들이라 온라인 공간에 부여된 과제에 접속하고 제출하는 과정을 큰 혼돈 없이 이해했다. 다만, 지금처럼 1인 1노트북 보급 시기가 아니었기 때문에 수업 전에 태블릿을 교무실에서 교실로 옮기고, 배부하고, 전원을 켜서 로그인하고… 수업이 끝나면 전원을 끄고, 수합하고, 교무실로 옮기는 작업이 만만한 일은 아니었다. 새로운 시도나 경험을 하기 위해서는 어쩔 수 없이 감수해야 할 부분이 생기는구나 뼈저리게 느끼며 도형 단원에 대한 수업을 진행했다. 다행히 연성중학교 학생들이 성실하고 교사의 말을 잘 따르는 덕분에, 수업의 흐름을 잘 쫓아왔고 기기 활용에 있어서도 매너 있는 모습을 보였다.

수업 디자인 시간에는 학창 시절 가졌던 수학에 대한 반발심이 살짝 되살아나는 듯 '저게 무슨 이야기인가' 하는 표정의 선생님도 계셨지만, 열린 마음으로 수업 계획에 대한 이야기를 들어주시고 조언해 주시

삼각형의 외심 활용문제를 해결 중인 모둠원   발표를 통한 아이디어 공유

고 격려해 주시는 분들 덕분에 많이 긴장하지 않고 아이디어를 공유하고 수업을 보완해 나갔다.

수업 당일, 역시나 연성중학교 학생들답게, 우리반 학생들답게 차분하면서도 적극적으로, 반듯하면서도 웃음 섞인 발표로 수업을 완성해 주었다. 점프 문제에서는 해결책을 찾기 위해 헤맨 모둠도 있었지만, 발표로 공유하면서 아하! 하는 모습을 보여 교사로서 고마운 마음까지 들었다.

수업을 참관한 선생님들께서 어떤 학생이 문제 해결의 실마리를 제공했는지, 어떤 부분에서 학생들이 갈피를 잡지 못했는지 모둠활동 관찰 결과를 공유해주셨고, 수업을 공개하기까지 고생 많았다고 마음 고생을 헤아려주셨다. 협의회를 통해 수업자를 칭찬하고 격려하는 기회를 갖는다는 것은 동료애(또는 전우애?!)를 키울 수 있다는 점에서 전학공이 가지는 장점이다.

덧붙이자면, 알지오매스는 수업 공개를 계기로 익히게 된 프로그램인데 수업시간 뿐만 아니라 지필고사 문항지를 작성할 경우 그림을 깔끔하게 만들어내기에 유용한 저작도구이다. 공개수업 이후 어떤 명제를 밝혀내고자 했던 학생이 알지오매스를 활용하여 친구들에게 설명하는 모습을 보여, 수업공개용 일회성이 아니어서 참 다행이라는 생각을 했다. 진도상황에 쫓기지 않고 수업시간에도 다양한 단원의 학습에 활용해 볼 수 있기를 기대한다.

4. Grow(자람)=Flow(몰입)

나는 뼛속까지 이과인 사람이라서, 이번 여름방학에 할 일 중 제일 마음 무거운 것이 '결대로자람 백서에 담을 글쓰기'였다. 글쓰기 숙제를 외면하던 중 '몰입'에 대한 책을 읽게 되었는데, 두 음절의 단어가 어느 순간 탁! 하고 수업공개와 연결되었다. '아~ 그때 나 수업준비에 몰입했었구나!'

교사가 학생 수준과 환경에 맞추어 수업을 열심히 준비하지만, 업무가 몰리거나 생활 지도에 시간을 많이 쓰게 되면 한 차시의 수업을 진행하기 위해 긴 시간을 투자하지 못하는 경우도 많다. 그런데 결대로자람 수업공개를 계획하다 보면 더 좋은 수업을 만들기 위해 긴 시간 고민하고 실행하고 보완하는 과정에서 교사도 자라고 학생도 자란다. '몰입' 개념을 만든 미하이 칙센트미하이(백서 쓰기에 키워드를 제공하러 타이밍 맞춰 와주신 미하이님 감사합니다~!)가 말하기를, 몰입을 경험하기 위해서는 '노력을 해야만 달성할 수 있는 해결과제'와 그에 '적합한 기술'이 필요하다. 여기에서 해결과제≒수업공개, 적합한 기술≒수업방법으로 대응되지 않을까 싶다.

결대로자람학교 수업 공개가 교사와 학생에게 수업에 몰입할 수 있는 원동력을 제공하기도 했지만, 꼭 수업 공개가 전제되지 않더라도 교사들이 수업준비에 더욱 시간을 쏟아부을 수 있고 몸과 마음을 몰입할 수 있는 환경이 갖추어져 가기를 바래본다.

▲ 2학년 송채민 학생 작품

사제동행 동경 프로젝트

교사 최미선

2024 인천세계로배움학교 사제동행 글로벌 프로젝트 연구를 위해 1학년 학생 세 명과 일본 동경을 3박4일 다녀오게 되었다. 나는 우리학교 1학년 학생들과 함께 하게 되었다. 교사 한 명과 학생 세 명이 한 팀이 되어 탐구 주제를 정하고 탐구 과정을 설계해서 인천과 동경에서 탐구를 진행하였다. 4월 말부터 8월까지 프로젝트를 수행하면서 4개월 넘는 탐구 과정 중 일본에서의 탐구 일정을 통해 탐구한 내용을 작성해 보았다.

1. 일본에서의 탐구

2024년 7월 24일부터 27일까지 4일간 1학년 윤수민, 이재호, 정건우 학생과 함께 일본 도쿄를 방문했다. 우리의 탐구는 비행기를 타면서부터 시작되었다. 비행기 안에서 2시간 동안 고도와 방사능을 측정해본 결과 비행기가 가장 오랫동안 운항한 고도는 11,277m 였고, 이 고도에서 방사선의 수치는 최고 1.17μSv 였다. 이는 지표면의 자연 방사선 수치인 0.09μSv 값의 13배이다. 0.62μSv를 넘어서면 측정기 위험 경보음이 울리는데 11,277m에서 수십차례 위험 경보음이 울리면서 방사선이 노출되고 있음을 확인할 수 있었다. 약 10,000m가 넘어가면서 방사선 수치는 더 높은 수치를 보였고 대기권 내에서도 대류권보다 성층권에서 방사선 수치가 훨씬 높게 나타났다. 이는 지구 대기에 의해 우주에서 오는 방사선이 보호되고 있음을 알 수 있다.

이화학 연구소에서 중이온 가속기에 대한 설명을 듣고 입자가 가속될 때 방사능을 방출된다고 해서 우리는 그곳에서 담당자의 허락 하에 방사능을 측정해 보았지만 수치가 높게 나오지 않았다. 아마도 입자 가속기와 떨어진 곳에서 관찰해서 그런 것 같았다.

스카이트리에서 우리는 우리의 탐구 주제인 방사능 측정을 했다. 비행기에서 측정했을 때 고도가 올라갈 때 방사능 수치가 올라간 걸 확인한 우리는 높이 올라갈수록 방사능 수치가 올라갈거라 예측했다. 이곳에서 방사능 측정기를 사용하여 350미터 높이에서는 0.08 μSv, 450미터 높이에서는 0.09 μSv로 측정된 방사능 수치는 미세하지만 중요한 차이를 보여주었다. 방사능 수치에는 변화가 없었다. 대류권 내에서는 방사능 수치가 크게 변하지 않는다는 것을 다시 한번 확인하게 되었다.

과학미래관에서 우주선 내부에는 실제 우주 비행사들이 우주에서 어떻게 생활하는지, 먹는 음식, 자는 방식, 우주 탐험의 역사까지 자세히 설명하는 공간이었다. 이곳에서는 우주에 대한 탐구와 인간의 우주 항해에 대한 다양한 정보를 제공하고 있었고 로봇과 관련된 흥미로운 전시물들을 보며 일본의 로봇 공학 기술이 얼마나 발전해 있는지 느낄 수 있었다.

그 외 도쿄국립박물관에서 일본의 다양한 문화와 역사를 보고 센소지와 나카미세도리에서 일본 전통의 절과 상점에서 이색적인 분위기를 느꼈다. 스미다 수족관에서는 섬나라답게 다양한 어류와 아기자기한 바다 생물들, 과학미래관에서는 일본의 로봇 공학 기술을 보며 감탄했다.

2. 느낀점

학생들과 이렇게 여행을 해본 건 처음이라 새롭기도 하면서 즐거운 경험이었고, 우리는 배움의 과정을 통해 개인적으로 성장하는 기회가 되었다. 여행은 단순히 새로운 장소를 탐험하는 것이 아니라, 인생의 중요한 교훈을 얻는 과정이라는 것을 느꼈다. 경험을 돌아보며 얻은 통찰들은 앞으로의 삶에서도 큰 자산이 될 것이며, 우리의 성장을 지속적으로 도와줄 것이다. 이 과정에서 서로를 더 잘 이해하게 되었고, 인생의 다양한 상황에 더 잘 대처할 수 있는 방법을 배웠다.

3. 학생들의 소감

이재호: 연구를 통해 일본에까지 가서 원하는 탐구를 해 볼 수 있다는 것이 너무 재미있었고 인생에서의 아주 대단한 경험을 한 것이 만족스럽다. 연구를 도와주시고 현지에서도 많은 것들을 도와주신 모든 선생님과 가이드님, 연구원들께 감사드리고 싶다. 또한 연구를 떠나 첫 번째 일본 여행을 간 것이 좋았고 몸이 안

좋아서 제대로 하지 못한 3일차 일정이 아쉽지만 재미있는 경험이었다. 또 일본에서의 방사능 측정에서 일반적인 수치가 한국과 다르지 않은 것 등 기대하던 결과가 나오지 않아 아쉬운 점도 있었지만, 비행기에서 방사능이 나온다는 사실을 실질적으로 증명했고 1일차에 간 연구소도 방사는 수치가 꽤 높게 나와서 의미있었다

윤수민: 일본을 돌아다니면서 자율 여행을 한 것이 가장 좋았고, 스카이트리에서 엘리베이터를 탈 때 층이 높아질수록 방사능 수치가 높아지는 것이 흥미로웠다. 350m에서는 0.08이였지만 450m에서는 0.09라는 수치로 0.01이 높아졌다. 매우 적은 변화였지만 높이가 높아질수록 방사능의 수치가 높아진다는 연구 결과를 얻을 수 있어서 매우 유의미한 실험이었다. 또한 비행기에서 처음 탑승 했을때에는 0.08이라는 평범한 수치가 나왔는데 타고나서 점점 높아지면서 0.35, 그리고 더 높이 올라갔을 때는 5가 넘어가는 수치가 나와서 정말 놀랐다. 비행기에서 방사능이 많이 나온다는 사실은 평소에도 알고는 있었지만 이렇게 까지 높이 나올 줄은 정말 몰랐다. 이런 결과를 얻게 해주신 선생님, 가이드님, 그리고 옆에서 도와주신 장학사님께

센소지와 나카미세도리

정말 감사드리고 싶다.

정건우: 일본에서 탐구를 통해 한층더 성장한 것 같다. 혼자가 아닌 친구들과 선생님과 함께 도쿄 탐방을 하며 우리가 알지 못했던 사실을 배우고, 처음엔 어색했던 다른 팀 친구들에게도 짧다면 짧은 4일간의 도쿄 여행을 통해 서로 배울 수 있어서 너무 좋았다. 그중에서 가장 즐거웠던 것은 일본 리켄연구소에 가서 세계 제일의 연구원님들을 만나게 된 것이었다. 일본 과학 분야 노벨상을 배출해 낸 곳이어서 그런지 들어가자마자 엄숙하고 이 공간에 들어와있는 것 자체가 영광이라는 생각이 들었다. 이곳은 물리학, 화학, 생물학, 지구과학 및 천문학뿐만 아니라 분자학, 생물 세포학, 신경 과학분야를 연구하고, 이 외에도 중이온가속기를 연구하거나 슈퍼컴퓨터 연구 등도 하는 일본 제일 연구소라고 한다. 그곳에서 중이온가속기의 사용법이나 연구법을 배워서 나의 꿈인 과학자라는 진로적성에 많은 도움이 되었고, 더 인상깊었던 시간이었다. 함께 무사히 돌아와서 너무 다행이라고 생각하고 가이드님과 우리가 편하게 다닐 수 있게 지원해주신 장학사님과 선생님들께도 감사의 말씀을 전하고 싶다.

스카이트리 입구

스카이트리 전망대

전망대에서 방사선 측정

참여와 소통이 있는 연-결 수업

1. 학생들의 참여와 소통이 있는 수업

'좋은 수업'을 결정하는 것은 과연 무엇일까? 유용한 지식의 전달? 교사의 카리스마? 절대로 자람학교 운영교인 연성중학교에 근무하면서 나는 '티칭'보다는 '코칭'이야말로 좋은 수업이라는 것을 알게 되었다. 평소 교육이란 필요한 지식, 바람직한 인성과 체력을 갖도록 가르치는 수업이라고 생각해 왔지만, 최근 학생들의 참여와 소통이 없는 수업이야말로 우리가 교육을 마무리해야 하는 지점이라는 것을 느끼고 있었다.

연성중학교 첫 해 나는 학생들이 마주 보고 앉아 있는 ㄷ자형 책상 배치가 낯설게 다가왔다. 연성중학교에서는 책상을 마주 보게 하고 교탁 쪽은 열어두는 ㄷ자형 책상 배치를 하고 있어 학생들이 모둠 활동과 토론, 발표 수업을 많이 하고 있다. 나는 ㄷ자형 책상 배치와 모둠 수업에 대해 선입견이 있었다. '모둠 평가를 하면 무임승차 하는 학생들이 많겠지?, 잘하는 학생이 모든 자료 조사를 하고, 자기 의견만 내세우지

126— **연결** – **연**성중학교 **결**대로자람학교

않을까?' 이런 생각을 했었다. 결대로 자람 수업 디자인을 하면서 학생들은 모둠 토의 준비부터 함께 하였는데, 혼자 하는 것보다 모둠 활동을 했을 때 서로 의견을 주고받고 피드백 해 줄 수 있어 발표 자료의 완성도가 더 높았다. 모둠 수업을 진행하면서 가장 놀라웠던 것은, 연성중학교 학생들은 질문에 대한 교사의 대답을 기다리는 것이 아니라 직접 그 대답을 찾아 나서기 시작한다는 것이다.

6월에는 우리 반(3학년 3반) 아이들과 함께 〈가공식품의 영양분석 및 식품첨가물 탐구〉라는 주제로 결대로 자람 나눔 수업을 하게 되었다. 가공식품의 소비 기한, 보관 방법, 영양 성분, 원재료명, 원산지 등 식품 정보 표시를 조사하고, 가공식품에 부족한 영양소와 많이 들어있는 영양소를 분석하는 활동을 하였다. 건강 상태에 따라 가공식품을 선택할 수 있고, 가공식품에 사용된 식품첨가물의 기능과 부작용에 대해 탐구하는 수업이었다. 가공식품에 사용된 식품첨가물은 생각보다 방대해서 조사하는 시간이 많이 필요했고, 주제 탐구 내용은 깊이가 있고 과학적 지식과 전문성이 필요한 내용이라 걱정이 되었다. 하지만 학생들은 가공식품 포장지의 원재료 표시에서 식품첨가물을 찾을 때는 의논하며 함께 찾았고, 여러 가지 식품첨가물의 기능과 부작용 조사는 하나

모둠별 자료 조사

모둠 토의 활동

씩 맡아서 조사를 하였다. 이후 자신이 조사한 내용을 모둠 친구들과 함께 나누고 서로 의견을 교류하면서 주제 탐구 문제를 해결하였다. 수행평가 상황에서 모둠 친구들과 함께 해결하기 위해서 믿고 기다려 주고, 모든 조원의 참여와 소통으로 연-결된 수업이었다.

2. 배우고 가르친다는 것은 일방적인 것이 아니라 서로 협력하는 과정

'배우고 가르친다는 것은 일방적인 것이 아니라 서로 협력하는 과정'이다.

처음 〈주제 탐구〉 모둠 활동을 하였을 때 학생들은 10분 이상 집중해서 조사하고 토의하는 것을 힘들어했다. 강의식 수업에 적응된 나 역시 학생들의 활동을 믿고 기다려주는 것이 힘들었다. 학생들이 나에게 답을 물어도 결과를 바로 알려주려고 하지 않았고, 학생들을 믿고 기다려 주었다. 학생들의 모둠 활동 태도가 조금씩 나아졌고, 점점 집중력이 상승하여 10분이 아닌 30분 이상을 집중하여 〈주제 탐구〉 모둠 활동을 할 수 있게 되었다.

처음부터 완벽한 사람은 없으며 관심을 가지고 믿고 기다려 주었을 때 긍정적인 변화가 생긴다. 나는 그동안 학생들을 믿고 기다려 주지 못하고 바로 내가 답을 정확하게 가르치려고만 했다. 모둠 활동에서 학생들은 각자 찾은 자료를 공유하였는데, 친구들이 건넨 자료는 생각과 달리 서로 도움을 받을 수 있는 자료들이 많이 있었다. 오히려 친구가 제시한 자료가 다양하고 많아 학생들은 협력의 중요성을 알게 되었다.

모둠 활동을 하면서 앞으로 학생들이 사회생활을 하면서 가져야 할 태도에 대해서 생각해 보았다. '하나의 완성품은 뛰어난 한 명의 노력으로 만들어지지 않는다.'는 말처럼 서로 의견을 존중하고 협력하여 최선의 결과를 끌어낼 수 있다.

우리는 좋은 수업을 너무 거창하게 생각하는 경향이 있다. 하지만 좋은 수업은 대단한 것에서 나오는 게 아니다. 내 인생 역시 돌이켜보면, 유달리 독특하고 대단한 경험보다는 작고 일상적인 일들이 나를 행복하게 만들고는 했다. 문득 하늘을 올려 보았을 때 눈부시게 화창한 햇살과 길가에 수줍게 핀 들꽃이 나를 행복하게 만들기도 했다. 우리의 관점에 따라서 그것은 좋은 수업이 되기도 하고 아닌 것이 되기도 한다.

우리는 수업으로부터 완벽한 무언가를 기대하면 안 된다. 좋은 수업은 대단한 것에서 나오는 게 아니었다. 서로 협력하고 그 과정에서 배움과 성장이 있는 수업이 좋은 수업이다. 학생들은 단순히 제시된 방법들을 따라가기만 하는 '생각 없는 공부'를 하는 것이 아니라 스스로 방법을 찾아서 탐구하고, 친구들과 함께 답을 도출해 내는 '생각하는 공부'를 할 수 있게 되었다.

모둠 수업을 하면서 나는 학생들에게 인간다움을 느꼈고, 수업은 아

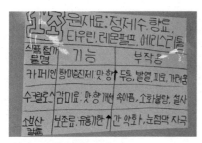

완성된 발표 자료

발표 준비

직 할만하다고 느꼈다. 학생들의 참여와 소통이 있는 수업은 자연스럽게 우리 학교가 운영하는 〈IB 탐구기반 과정 평가〉로 연-결되어 있었다. 〈IB 탐구기반 과정 평가〉의 목표는 유연하게 의사소통하고, 비판적인 사고를 바탕으로 창의적 문제 해결 역량을 갖춘 미래의 인재 양성이라고 한다. 지금 우리 학교에서 하는 결대로자람 수업을 통해 연성중학교 학생들은 〈IB 탐구기반 과정 평가〉가 목표로 하는 '배려하는 학생, 소통하는 학생, 지식이 풍부한 학생, 열린 마음을 지닌 학생'으로 무한 성장할 것이다.

미술 수업으로 찾아가는 '나'와 '나를 둘러싼 사람들'

교사 김가희

1. 민화 문자도

민화는 '소망하는 염원을 담은 그림'이다. 나를 상징하는 이름과 나를 상징하는 이미지, 내가 바라는 것을 시각화하여 민화 문자도 수업을 진행하였다. 학생들은 마인드맵을 통한 아이디어 발상 과정에서 자기 이름에 담긴 의미를 생각해보고, 전통 미술에서의 민화적 소재와 의미에 대해서 알아보았다. 민화 속에서 장수, 출세, 효, 부귀 영화 등을 상징하는 사물과 동물에 대한 관계를 퀴즈를 통해 배우고 전통 민화의 상징성에 대해 내면화 하였다. 이와 같은 과정을 통해 학생들은 전통 미술에 대한 관심을 조금씩 형성해 갔다.

제작 방식은 굵은 서체로 인쇄된 자신의 이름 안에 자신을 표현

민화 문자도를 전통 물감을 사용하여
채색 중인 학생의 모습

할 수 있는 이미지 1개와 전통적인 의미의 상징 소재(닭, 잉어, 대나무, 돌, 두꺼비, 책 등) 중에 소망하는 것을 1개씩 조합하여 그림을 그려 넣었다. 상징하는 것을 이미지화 하는 작업에서 학생들은 많은 고민이 있었으나 학생과 교사, 그리고 학생과 학생 간의 적극적인 피드백

각 학급에서 이루어진 민화 문자도
발표 및 감상 시간

을 통해 차츰 자신만의 작품을 완성해 갔다.

'학생들이 소망하는 것은 무엇일까?' 학업 스트레스에 대한 해방이나 미래에 대한 걱정으로 가득한 주제만 많지 않을까 걱정했으나 우려와 달리 학생들의 작품은 다양했다. 감상 시간이 충분하게 확보되지는 않

교내 미술 작품 전시회

았으나 다양한 작품을 통해 자기 자신과 주변 사람들을 알아가게 되는 과정 또한 중요하기에 완성된 작품에 대한 학급별 작품 발표회를 열었다. 진지한 자세로 다른 사람의 작품에 주목하고 제작자의 발표 목소리에 귀 기울이는 모습이 인상적이었다. 이후 자유학기 발표를 겸하여 교내 미술 작품 전시회에 출품하기도 하였다.

2. 나를 둘러싼 환경 새롭게 보기

교정에서 촬영중인 학생-1

교정에서 촬영중인 학생-2

샤메크 블루위 작가의 작품을 통해 일상 속의 아름다움과 미술 창작의 즐거움을 체험하는 활동이다. 학생들은 각자 원하는 드로잉을 종이 위에 그린 후, 컷-아웃 하여 공간을 만든다. 쉽게 지나쳤던 공간과 사물이지만 종이 구멍을 통해 본 세상은

패들렛에서 작품 공유, 감상 댓글 쓰기

학생들에게 신선한 시각적 재미를 주었다. 특히 실내가 아닌 교정에서 다양한 사진을 찍는 활동은 에너지가 넘치는 중학교 학생들에게 참으로 인기가 좋았다. 완성된 작품은 각자 페들렛에 게시하는 활동으로 연계하였고, 학생 발표와 감상으로 수업을 마무리하였다.

학생 작품

3. 축제를 위한 협동 날개화

학교 축제를 위한 협동 작품을 수업으로 기획하였다. 학생들은 각자 하나의 깃털 안에 자신이 그리고 싶은 세계, 또는 색상, 형태 등을 자유롭게 구상하였다. 모든 학생의 그림을 전시한다는 말에 평소 그리기에 자신이 없던 학생들도 열심히 제작에 참여하였다. 작은 날개 깃털을 큰 형태의 날개로 설치하는 것까지 제작 전반에 학생들의 적극적인 참여로 이루어졌다. 단지 설치에 끝나지 않고 많은 학교 구성원이 완성된 작품 앞에서 촬영을 하며 즐거운 축제의 현장과 협동 작품을 즐기는 시

협동 날개화 작품 앞에서 즐겁게 촬영하는 학생

협동 날개화 포토존

간을 가졌다.

미술은 다양한 미적 체험과 경험을 바탕으로 창의적인 아이디어를 시각적으로 표현하는 예술이다. 또한 제작 과정을 스스로 계획하고 창작 활동 중 발생하는 다양한 문제 상황에 대해 유연하게 사고하고 해결하는 고등사고를 요구한다. 빠르게 발전하는 시각 문화와 정보 사회에서 학생들이 주체성을 가지고 바르게 판단하고 다양한 상황에서 예술적 사고를 잘 발현할 수 있는 능력을 함양할 수 있도록 수업을 통한 교사의 노력과 연구가 더욱 필요하다.

다시 시작이다!

교사 송미정

다시 시작이다. 선학중에서 얼떨결에, 운명적으로 시작된 혁신학교에서의 교직생활이 함박중, 또다시 연성중학교로 이어진 것이 올해로 10년째이다. 혁신학교의 이름은 '행복배움학교'에서 '결대로자람학교'로 바뀌었지만 그 철학은 그대로이고 학교를 세 번째 바꾸었지만 선학에서 스며들 듯 바뀐 교사로서의 나도 그대로이길 소망한다.

올해 초, 연성중학교로 학교를 옮기면서 걱정되는 맘보다 설레는 맘이 더 컸다. 다시 결대로 자람학교, 수업이 중심이 되는 학교, 그리고 기초학력이 되어 있는 학생들… 그동안 해왔던 것을 여기서는 더 행복하게 함께 할 수 있으리라 기대했다.

1. 수업속에서

1학기를 마무리하며, 아쉬운 생각이 더 크다. 학년을 확인하자마자 학습 활동지를 준비하고, 두 학년을 가르쳐야 한다는 생각에 나름대로

 - 연성중학교 결대로자람학교

열심히 준비하고 노력했는데 제대로 가르친 것 같지도, 제대로 배운 것 같지도 않다. 새로운 업무와 나의 스타일이 맞물려 수업보다 업무 파악에 더 많은 신경을 쓰기도 했고, 같은 학년을 두 명의 교사가 함께 가르치고 평가해야 하는 일은 최근 10년 넘게 혼자서만 수업을 디자인하고 평가해 온 나에게 어려운 일이었다.

기대대로 연성중 학생들은 특히 1학년 학생들은 기초가 잘 형성된 학생들이 대부분이었고 학기 초 수업 약속대로 친구를 존중하고 친절하게 배움을 나눴으며, 서로의 의견에 귀 기울였다. 그러나 수업이 진행될수록 걱정되는 점이 보였다. 2학기 수업을 준비하는 지금, 1학기 마지막 수업 장면이 떠오른다. 단순한 지식을 묻는 문제가 아닌 탐구 중심 과제에서 학생들은 다양한 모습을 보였고, 모둠에서 들리는 얘기들은 나에게 큰 자극이 되었다.

이 수업은 반비례 그래프에 대한 수업이었는데, 정비례와 반비례의 개념 그리고 정비례의 그래프를 마친 다음 차시였다. 정비례 그래프의

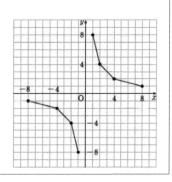

★ 첫 번째 : 반비례의 그래프

1. 다음은 연성이가 $y = \dfrac{8}{x}$ 을 그래프로 그린 것이다.
왜 이렇게 그렸는지 추측하여 설명해 보자.

학습지의 첫 번째 활동

학습지와 거의 비슷한 흐름의 학습지였고 이 단원의 마무리 학습지였기에 학생들이 무난히 학습할 수 있을 거라고 기대하였다. 수업을 시작하고 지난 시간 정비례 그래프에 대해 짧게 언급하고 나서, 바로 모둠활동으로 들어가 첫 번째 활동을 시작하였다. 하지만, 나의 기대와는 달리 아이들은 지난 정비례 그래프를 배울 때처럼 똑같이 머뭇거렸다. '왜 이렇게 그렸는지 추측하여 설명해 보자.'는 발문에 이미 예습이 되어있는 아이들은 반비례 그래프니까 그렇지 무슨 이유가 있겠냐고 투덜거리며 서로 누가 먼저 쓰나 곁눈질하기만 했다. 그러다가 "그런데, 반비례 그래프는 곡선이었던 것 같은데? 이거 잘못 그렸다고 하면 되는 거 아니야?"라며 학습지에 신경질적으로 x를 그리는 학생도 보였다. 나는 아무 말 없이 모둠의 힘으로 배움이 일어나기를 기대하며 모둠을 한 바퀴 돌았으나 더 이상의 진전이 없었고 지난 시간 학습지로 되돌리기를 하고 나서야 아이들은 입을 떼기 시작했다.

연성중학교는 2024학년도부터 '개념 기반 탐구 평가 실천학교'이다. 배움이 단순히 암기된 지식에서 끝나지 않고 삶 속에서 전이가 가능하도록 설계하고, 평가 또한 그에 맞게 실천하자는 것이다. 이는 내년 중

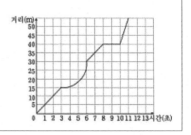

학습지의 두 번째 활동

학교 1학년부터 적용되는 2022 교육과정의 기반이기도 하다. 하지만, 아직도 학생들은 던져주는 지식에 익숙하고 찾아가는 탐구를 어려워한다. 또한 교사도 탐구 학습 설계가 어렵고 시간의 문제로 진도가 걱정

활발히 이야기를 나누며 탐구하는 아이들

되기도 한다. 하지만, 이 방향이 앞으로의 삶에서 교육에 꼭 필요한 변화이기에 2학기 설계에 힘을 쏟아볼 작정이다.

두 번째 활동은 정비례와 반비례 그래프에 대해 종합적으로 짚어보는 활동이었다. 이 수업을 다른 학급에서 했을 때의 상황을 반영하여 모둠 학생들과 충분히 이야기를 나눌 수 있도록 시간을 준다는 점과, 다른 반에서 바른 답이 나오지 않았다는 언급을 하고 시작했다. 시작함과 동시에 여기저기서 들린 아이들의 말이 연성중학교에서의 내 수업의 고민과 관련해 두고두고 생각나는 장면이어서 소개한다.

(학생의 이름은 모두 가명이다.)

길동 : 야, 아무도 못 풀었대. 우리가 풀어버리자!
동수 : 못 풀면 어때? 다른 애들은 풀었는데 내가 못 풀면 문제지만, 다 못 풀었으면 상관없어.

처음 들린 이 대화가 마음을 답답하게 했다. 지난번 숙제검사 평가에

서 모두가 오답을 낸 문항에 대해 다른 반 어떤 아이도 이 비슷한 말을 했었다. 다 틀렸으니까 괜찮다고. 나만 점수가 나쁜 게 아니면 괜찮다고. 지난번도 그렇고 이번에도 말을 한 아이 목소리가 커서 많은 아이들이 들었음에도 고개를 끄덕이는 아이들만 있을 뿐 생각이 다르다고 목소리를 내는 아이는 없었다. 이렇듯 연성의 아이들은 다른 친구들의 점수에 매우 민감하다. 내가 몇 점이냐보다 친구들은 몇 점인가가 더 중요하고, 수학을 잘 하는 학생인데도 더 잘 하는 학생과 있으면 위축되고 자신감 없어 하는 모습을 자주 목격하게 된다. 그러다 보니 모둠 활동 중에도 수학을 제일 잘한다고 생각하는 학생과 의견이 다르면 자신감이 줄어들어 "그래, 네 말이 맞을 거야." 하며 슬며시 넘어가는 경우가 많다. 이는 학교에서의 배움이 결국 상대적 등급으로 평가되어 결론난다는 것을 이미 알고 있는 아이들의 슬픈 모습이 아닐까? 연성중학교는 2024학년도부터 IB(International Baccalaureate)관심학교를 운영하고 있는데, 관련 연수를 받으면서 가장 인상 깊은 점이 절대평가였다. 지금의 우리나라는 상대평가로 대학 진학이 결정되기에 누구나 인정할 수 있는 점수를 낼 수 있는 객관식 평가를 선호하고 이것이 암기력 테스트, 반복되는 문제풀이 연습이 최선인 것으로 연결되고 있다. 그러나 이것이 진정한 배움인가? 이것이 AI 시대에 과연 필요한 배움인가? 나 또한 이 질문에 답을 알면서도 대입 제도를 탓하며 고개 숙이고 있는 것이 사실이다. 하지만, 요즘 IB가 이슈가 되고 2022 개념 기반 교육과정이 실행되면서 점차 절대평가에 대해 공론화가 되는 이 시점이 어쩌면 평가를 바꿔볼 기회가 아닐까? IB에서처럼 배움의 목표를 향해 서로 거침없이 의견을 내고, 서로의 과제를 도우며 함께 성장할 수 있도록 해야 하지 않을까?

각자 문제를 해결해 나가던 아이들은 서로의 의견을 얘기하기 시작했다. 수학을 잘하는 영수는 빠르게 답을 적어놓고 친구들을 살피기 시작했고, 철수는 영수와 답이 다르자 일단 지우개로 답을 지우곤 생각에 빠졌다. 순이는 모둠 두 친구와 상관없이 그래프를 연장해 놓고 생각에 빠져 있었고 영희는 철수, 영수와 답이 달랐지만 차분히 기다렸다.

영수 : 정비례 그래프는 직선이고 반비례 그래프는 곡선이잖아. 그러니까 직선인 0~3, 6~8, 10~11초 구간이 정비례 구간이지.

영희 : 네 말대로라면 8~10초 구간도 직선인데, 왜 정비례에 적지 않아?

철수 : 아~ 그래서 다른 반 애들도 다 틀린 거구나? 8~10초 구간이 관건인 거야.

영수 : 그 구간은 시간이 지나도 이동 거리에 변화가 전혀 없는데, 정비례라고 할 수 없는 거 아니야?

순이 : 정비례가 정확히 뭐였지? 거기서부터 다시 시작해 봐야 하는 거 아니야?

영수 : 아~!! 맞아 맞아… 정비례는 x가 두 배, 세 배가 되면 y도 두 배, 세 배가 되는 거였어. 역시 개념부터 살펴봤어야 하는 거네.

순이 : 그리고, 아까 복습할 때 정비례 그래프는 원점을 지난다고 하지 않았어?

아이들은 목소리가 커진 줄도 모르고 "그치 그치"를 해가며 순시쌍을 찾아 변화를 구하면서 "그럼 여기는 맞고 저기는 아니네~" 하며 흥분하기 시작했고, 그 모둠의 소리를 들은 다른 모둠의 아이들도 정비례와 반비례 개념에 대해 다시 되돌려 보기 시작했으며 공유도 하기 전에 대부분의 모둠 학생들이 오류를 수정하고 있었다. 만약 모둠이 아니었다면 어땠을까? 교사가 설명해 주기까지 누군가는 읽어보지도 않고 모른다고 포기하고 있었을 것이고, 누군가는 자신의 실수를 알아채지 못했을 것이며 누군가는 스스로 맞았나 걱정하며 머뭇거리고 있었을 것이다. 교사가 매끄럽게 설명한다고 해도 아이들은 듣는 힘이 각기 다르다. 하지만, 친구와 얘기할 때는 다르다. "개념이 뭔데?", "이게 맞아?", "그건 어떻게 찾았어?"하며 친구에게 물을 수 있을 때 포기하지 않고 배워갈 수 있다고 생각한다. '한 명의 아이도 배움으로부터 소외되지 않고 모든 아이에게 질 높은 배움에 도전하게 한다'는 배움의 공동체의 철학을 기억한다. 그러려면 학생들은 교사의 설계를 바탕으로 서로 배워야 한다.

2. 마무리하며

　1학기 마지막 수업에서 나는 두 가지를 기억하고자 한다. 경쟁보다는 함께 배움이 중요함을 느낄 수 있도록 끊임없이 서로 존중하고, 용기있게 질문하기를 격려할 것. 그리고 그런 분위기가 조성될 수 있도록 꾸준히 수업 설계 및 평가 설계에 힘을 기울일 것. 그리고, 지금처럼 모둠을 통해 서로 다른 친구들을 존중하고 꼭 수학이 아니더라도 삶의 배움이 일어날 수 있도록 노력할 것이다.
　수업은 여전히 어렵고 또 어렵다. 그러나 나에게는 함께 머리 맞대주시고 철학에 동의해 주시는 동료 선생님이 계시고 또 스펀지처럼 긍정적으로 받아들여주는 연성중학교 학생들이 있다. 이 학생들과 2학년 때도 3학년 때도 함께 하며, 나도 아이들도 모두 성장하기를 기대한다.
자, 또다시 시작해 보자!

▲ 1학년 이설 학생 작품

대만 학생들과의 만남!
그 과정과 현장을 세세히 알려드립니다.

1학년 김민주

1. 대만 학생들과의 만남? 어떤 만남이었나요?

　결대로자람학교 연성중학교에서는 2024년 대만 학생 초청 행사를 준비하고 진행했습니다.

　우리 연성중학교 학생 33명과 대만 다완중학교 학생 18명이 이 행사에 참여하였습니다. 연성중학교 학생 두 명과 대만에서 온 다완중학교 학생 한 명이 각각 배정되어 각종 이벤트에 참여하며 국제적인 교류를 진행하는 프로그램이었습니다. 이 행사는 결대로자람학교에 맞게 많은 선생님들과 연성다방(학생자치회동아리) 학생들도 함께 기획하고 만들었습니다. 대만 학생들과 함께 하는 이 행사에서는 한국 학생들의 사물놀이, 대만 학생들의 교가 제창, 파스타 타워(Pasta Tower) 게임, 스테이션(Station) 게임 등 다양한 활동을 했습니다. 점심 식사도 함께하고 스쿨 투어(School Tour)를 하며 한층 더 가까워질 수 있는 계기를 마련했습니다. 그래서 서로 헤어지는 순간까지 최선을 다해 서로를 알려주고 알아갔던 우리는 행사가 모두 끝났을 때 아쉬움보다는 다시 만날 순간을 약속할 수 있었습니다.

2. 어떻게 대만 행사를 기획했나요?

　전체적인 틀과 진행 방향은 선생님께서 만들어주셨습니다. 그러던 중 재미를 위해 게임들이 많이 필요했고, 연성다방 학생들은 게임 제작에 힘썼습니다. 이 과정에서 파스타와 마시멜로우 그리고 각종 재료들을 이용하여 가장 높게 타워를 세운 팀이 승리하는 파스타 타워(Pasta Tower) 게임과 총 4가지의 간단한 게임들을 하나씩 통과하며 총합 점수가 가장 높은 팀이 승리하는 스테이션(Station) 게임이 선택되었습니다. 이 게임들은 학생들이 직접 설명하고 직접 진행하였습니다. 프레젠테이션을 통해 게임 진행을 맡은 학생들이 다른 학생들에게 영어로 설명하고 진행했습니다. 학생들이 참여한 것은 이것만이 아닙니다. 사물놀이 또한 이에 대해 전문적인 지식이 없던 학생들이 한마음으로 모여 이루어 낸 무대였습니다. 또한 스쿨 투어(School Tour)를 하면서 연성다방이 아닌 여러 학생들과의 만남도 대만 학생들에게는 특별한 경험이 되었습니다. 연성중학교의 생태 환경 동아리에서 만든 옥상 텃밭과

스테이션 게임(Station Game)

대만 친구에게 받은 선물

이후에 지속되는 연락

다양한 악기로 가득한 음악실 등 여러 곳을 대만 친구들에게 보여주기도 했습니다. 이렇게 모두가 함께 한 덕분에 대만 행사를 멋지게 기획하고 만들어 낼 수 있었습니다.

3. 대만 진행은 수월했나요? 다른 어려움은 없었나요?

대부분 어려움 없이 진행이 되었습니다. 그러나 진행과는 별개로 소통에 어려움이 있었습니다. 언어를 영어로 통일해야 하는데 서로 영어가 익숙하지 않아서 소통하는데 어색한 느낌이 들었습니다. 그래도 각자만의 방법으로 해결을 하였습니다. 번역기를 사용하거나 영어를 잘하는 친구에게 물어보거나 그저 몸으로 대화를 나누면서 문제를 해결해 나갔습니다. 또한 대만 친구들 중에 채식주의자인 친구를 배려하여 급식에 계란이나 고기를 넣지 않게 되었습니다. 한편으로 다른 대만 친구들이 맛 없어 하면 어쩌나 걱정했는데 너무 잘 먹고 맛있다 해 주어서 고마웠습니다. 다행히 그 외에는 큰 어려움 없이 수월하게 진행되어 뿌듯했습니다.

4. 대만 행사의 마무리는 어떻게 했나요?

누군가에게는 이 시간이 짧고 누군가에게는 길었을 것입니다. 하루의 반나절도 같이 못 있었기 때문에 친해지기에는 짧은 시간이기도 했습니다. 마지막이라는 말에 선물을 주고받는 친구들도 있고 악수를 하는 친구들도 있고 이메일을 공유하는 친구들도 있었습니다. 제가 매칭받은 대만 친구의 이름은 Chang, Yu-Tang이었습니다. 처음에는 친구가 낯을 많이 가렸고 저 또한 그랬기에 서로가 너무 어색했습니다. 하지만 시간이 지나면서 어색함이 점점 사라지고 선물도 함께 주고받았습니다. 대만 친구가 저와의 좋은 추억을 기억해 주길 바라는 마음으로 한국에서 가장 간단하게 할 수 있는 놀이인 쎄쎄쎄를 알려주었습니다. 우리는 정말 재밌게 시간을 보냈습니다. 하지만 돌아갈 시간이 되자 한국 학생들은 대만 학생들을 버스까지 배웅해 주며 모두가 언젠가 다시 만날 거라며 아쉬움을 뒤로 하고 헤어졌습니다. 대만 학생들이 가고 난 후 연성다방 학생들은 본격적으로 청소를 시작하였습니다. 원래보다 더 깨끗하게 아무 일도 없었던 것처럼. 과자 부스러기, 신발 먼지, 남은 음료수 등 치워야 하는 것은 정말 많았습니다. 그러나 함께 청소를 하다 보니 그마저도 금방 끝났습니다. 우리가 시작한 이 행사의 마무리 또한 우리가 끝냈습니다.

5. 그 이후…

사실 이 행사를 준비하면서 모두가 너무 힘들었지만 그만큼 더 뜻깊게 느껴졌습니다. 이 행사에 참여하면서 대만에 대해 검색도 해보며 새롭게 알게 된 사실이 많고, 이 노력이 헛되지 않았다는 것을 깨달을 수 있었습니다. 모두 이 기회를 통해 좋은 친구를 사귀게 되었고 많은 친구들이 아직까지도 대만 학생들과 소통하고 연락을 하며 교류를 이어가고 있습니다. 저 또한 대만 친구와 연락을 하며 안부를 주고받고 있습니다.

결대로자람학교의 의도에 맞춰 학생들이 나서서 능동적으로 일을 해내는 모습을 많이 엿볼 수 있었습니다. 학생들은 국제 교류를 통하여 서로 배려하는 마음을 기를 수 있었습니다. 학생들이 행사를 준비하며 자연스럽게 주도성을 찾아갈 수 있도록 지도해 주시는 선생님들도 힘드셨겠지만 뿌듯하다고 느끼실 것 같습니다. 다음에도 대만 친구들이 한국에 방문한다면 학생이 학생과 의견을 나누며 진행되는 주도적인 수업 방식을 더 보여주고 싶습니다. 이후에도 이런 국제적인 교류가 또다시 성사되길 바라고, 다음엔 우리 한국 학생들이 대만을 방문하여 대만 학생들은 어떻게 생활하고, 어떤 방식으로 수업을 하는지 직접 눈으로 보고 느끼고 싶은 바람입니다.

함께 만들어 가는 미래교실

2학년 정서윤

　새로운 도서관을 상상해본 적이 있는가? 책만 빼곡하게 꽂혀 있는 책장이 아니라, 공부하고, 소통하고, 상상력을 키울 수 있는 공간으로서의 도서관 말이다. 우리 학교에서는 작년과 올해 '미래교실'이라는 이름으로 기존의 공간을 새롭게 개혁하는 프로젝트를 진행했다. 나는 올해 그 대상이 된 도서관을 변화시키기 위해 연성중학교 학생의 일원으로써 이 미래교실 프로젝트에 참여하게 되었다. 나는 우리 학교 도서관에서 책을 읽는 단순한 장소가 아닌, 지식과 창의력이 흐르는 공간으로 만들기 위해 선생님, 학부모, 학생들과 함께 도림고등학교에 다녀오게 되었다.

　도림고등학교에 도착했을 때, 우리를 반겨준 것은 정성스럽게 준비된 간식이었다. 나는 그 따뜻한 환대에 마음이 편안해짐과 동시에 곧 보게 될 도서관에 대한 기대와 설렘으로 가득 차 있었다. 드디어 도서관을 본격적으로 둘러보게 되었을 때, 가장 먼저 눈에 들어온 것은 폴딩도어로 독서 공간과 수업 또는 강연이 가능한 공간을 분리해 놓은 창의적인 구조였다. 그 덕분에 하나의 공간이 두 가지의 다른 역할을 자연스럽게

도림고 도서관
– 폴딩도어로 독서 공간과 분리된 수업 또는
강의 공간. 독서실처럼 공부 공간으로도
활용 가능할 것으로 예상

수행할 수 있었고, 필요에 따라 유연하게 변형 가능한 도서관의 모습이 인상적이었다. 또한, 더 놀라웠던 것은 도서관이 학교의 특정 교실처럼 고립된 공간이 아니라, 복도와 자연스럽게 어우러져 있었다. 이로 인해 도서관은 넓고 밝은 분위기를 연출하며, 학생들이 쉽게 접근할 수 있는 열린 공간으로 느껴졌다. 도림고등학교의 도서관은 단순히 책을 빌리는 곳만이 아니라, 학생들이 자유롭게 드나들며 다양한 활동을 펼칠 수 있는 공간임을 보여주고 있었다. 이곳에서 나는 그동안 가지고 있던 도서관의 구조에 대한 편견을 깨부순 느낌이었다. 도서관은 꼭 교실일 필요가 없고, 벽으로 막혀 있을 필요가 없으며, 탁 트인 넓은 공간이어도 시끄럽지 않을 수 있다는 새로움을 얻었다. 이곳에서 얻은 영감은 우리 학교 도서관을 새롭게 디자인하는 데 큰 도움이 되었다.

도림고등학교 도서관 투어를 마친 며칠 후, 우리는 다시 우리 학교로 돌아와 도서관 개혁에 대한 본격적인 회의를 시작했다. 이번 프로젝트는 단순히 아이디어를 나누는 것에 그치지 않고, 학생들과 함께 직접 우리 학교 도서관을 건축해 보는 시간을 가졌다. 우리 도서관의 구조와 똑같이 만들어진 모형을 바탕으로, 모둠별로 서가 배치, 책상과 의자의 형태, 공간 분리 등을 논의하며 하나씩 만들어 나갔다.

그 중 내가 초점을 맞춘 부분은 바로 쿠션형 의자였다. 기존의 딱딱

하고 정형화된 의자에서 벗어나, 자유롭게 배치할 수 있는 이 쿠션형 의자는 그저 의자가 아닌 하나의 유연한 공간적 요소라고 생각했다. 주로 ph알갱이로 구성되어 있어, 놓는 위치와 앉는 사람에 따라 그 형태가 달라지는 이 쿠션형 의자는 도서관을 더 아늑하고 편안한 휴식 공간으로 만들어줄 것이라는 확신이 들었다. 기존의 도서관이 단순히 책을 통한 학습을 위한 곳이었다면, 내가 상상한 쿠션형 의자가 자리 잡은 도서관은 학습과 휴식이 자연스럽게 어우러지는 공간이 될 것이었다. 이러한 창의적인 시도가 우리의 도서관을 한층 더 아늑하고 인간적인 공간으로 변화시키기를 기대하며, 나는 그 아이디어를 구현해 나갔다. 모형을 만든 후, 모둠별로 발표하는 시간을 가졌다. 만드는 동안에도 나는 우리 모둠이 만든 모형의 틀 안에 갇혀있었던 것 같다. 다른 모둠의 생각도 정말 창의적이고 혁신적이며, 각자가 생각하는 도서관이란 무엇인지 알 수 있었다.

1학기의 활동은 여기서 마무리이다. 새로 건축될 도서관에 대한 기대감이 커져가는 지금, 나는 이 공간이 단순한 독서의 장소를 넘어, 서로 소통하고 편안히 쉴 수 있는 특별한 공간으로 거듭날 것이라고 기대해본다. 이 과정에서 많은 도움을 주신 촉진자님께 감사드린다. 또한 이 프로젝트를 통해 학생들이 새로운 아이디어와 협력의 중요성도 배웠을 것이라고 생각된다. 이 도서관이 완성되고 나서 우리가 도서관에서 경험할 다양한 변화는 학교생활을 더욱 풍요롭고 의미 있게 만들어 줄 것이다. 넓고 아늑한 공간에서의 독서와 토론은 학생들에게 새로운 영감을 주고, 학습의 즐거움을 더할 것이다. 또한, 다양한 형태로 구성된 서가와 휴식 공간은 서로의 생각을 나누고 창의적인 아이디어가 샘솟는데 큰 역할을 할 것이다. 이러한 변화는 단순히 공간 개혁을 넘어,

대명중 도서관
– 창가에 비치는 햇빛과 책이
굉장히 잘 어우러짐

대명중 도서관
– 서가가 의자를 둘러싸고 있는
형태가 아늑한 분위기를 조성한다.

우리 학교의 전체적인 분위기를 새롭게 만들어 줄 것이다. 변화된 도서
관이 독서와 담을 쌓고 지내던 나에게도 새로운 독서의 바람을 불러일
으켜 주길 기대한다.

'연성다방'을 아시나요?

3학년 최예지

1. 연성다방에 들어가다

연성다방에 들어가게 된 계기에 딱히 특별한 것은 없었다. 중학교에 처음 입학하여 설명을 듣다가 동아리 활동 소개가 나올 때 학생자치부인 연성다방이 하는 활동들이 재밌어 보여 친구들과 함께 신청하게 되었다. 동아리에 들어가 첫 창체동아리 시간 선생님께서 말씀하시길 학년 초엔 30명이 넘는 인원이 있지만 1학년이 끝나는 시점엔 10명도 남지 않을 것이라고 하셨다. 그때는 그 말을 이해하지 못했지만 후에 깨달았다. 정말 연말에는 동아리 활동을 계속하는 애들은 10명 남짓이었다.

2. 첫 번째 행사

이 동아리에 들어와서 첫 번째로 하게 된 행사는 '지구의 날' 행사였다. 이 행사는 지구의 날 저녁에 불을 끄고 신박한 사진을 찍어 연성다방에게 보내면 학교 게시판에 붙여두고 투표를 한 뒤 투표를 많이 받은 학생들에게 선물을 주는 형식으로 진행되었다. 간단하게 진행되는 행사 같지만 이 뒤엔 많은 과정들이 있었다. 선생님께선 지난 선배들이 어떤 식으로 준비하고 진행했는지 설명해 주셨고 각자 할 수 있는 역할을 찾아서 준비를 해보라고 하셨다. 처음에는 아직 잘 적응하지 못 해 우왕좌왕 하였지만 점차 자리를 잡아갔다. 어떤 아이들은 상품을 무엇으로 할 지 정하고 있었고, 또 다른 아이들은 상자들을 자르고 종이들을 붙이며 소품들을 준비하고 있었다. 대부분이 이런 행사를 거의 처음 준비하고 진행해 봤고 중간중간 약간의 어려움들과 갈등들이 있었는데도 불구하고 첫 번째 행사는 성공적으로 마무리되었다.

3. 두 번째 행사

　학교에서 학생들에게 웃음을 줄 만한 행사들을 계속해서 기획해 가는 동아리인만큼 이번엔 개그를 중심으로 한 행사를 진행하였다. 이 행사의 이름은 '빵빵 웃기고 튀어라'이다. 이 행사는 연성다방끼리 준비하는 것이 아닌 우리 학년에서 개그를 잘하는 애들을 뽑아서 아침조회 시간에 갑자기 들어가서 개그를 보여주고 나와 피곤한 아침에 웃음을 주는 것을 목적으로 진행되었다. 우선 개그를 할 학생들을 모집하였다. 그 뒤 오디션을 통해 뽑힌 팀들은 대본들을 짜고 연습하고 수정하고 연성다방은 그에 맞는 소품들과 의상들을 준비했다. 행사는 2주동안 진행되었고 날이 지날수록 행사의 완성도는 점점 높아졌다. 연성다방은 첫 번째 행사보다 한층 더 성장된 모습으로 진행하였고 개그팀으로 참여한 학생들도 함께 준비하며 서로 합의를 해 가면서 열심히 학생들에게 웃음을 주는 모습들을 보니 행사라는 것은 어려움도 있지만 그만큼 즐겁고 뜻깊은 것이라고 느낄 수 있었고 이런 행사를 계속해서 기획하는 연성다방에 들어오길 잘 했다고 생각되는 순간이었다.

4. 1학년의 마지막, 연성다방의 마지막 행사

연말이 되었다. 연성다방의 1년 중에 가장 큰 행사만 남았었다. 그건 바로 1학년들끼리 하는 '퍼포먼스 데이'였다. 1학년들은 각자 반끼리 곡을 선정하여 퍼포먼스를 준비하고 보여준 뒤 가장 잘하는 반을 뽑았다. 이것만 있는 것이 아니었다. 먼저 댄스팀들을 모집하고 방과후 학교에서 오디션을 본 뒤 선발했다. 그 뒤 연성다방 선생님께선 참가자들에게 피드백을 해 주어 무대에서 더 잘 할 수 있게 만들어주셨다. 또 우리는 '복면가왕'을 기획하였다. '복면가왕'은 가면을 쓰고 노래부르는 영상들을 찍은 뒤 그날 영상을 틀고 누군지 모르는 상태에서 잘 부른 학생에게 투표를 하게 했다. 이것 또한 원하는 학생들을 모집하였다. 그리고 오디션은 댄스 오디션보다 조금 더 비밀스럽게 진행되었다. 오디션을 보는 교실의 창문을 모두 막고 모두가 하교한 시간에 시작했다. 촬영 또한 강당에서 은밀하게 하였다. 다른 학생들이 들어오거나 볼까봐 꽤나 가슴 졸이며 했다. 그지만 이 과정들은 준비과정 중 시작에 불과했다. 강당에 조명도 달고 풍선도 장식하며 할 게 지금까지 행사들과 비교도 안 될 정도로 많았다. '퍼포먼스 데이' 전날 연성다방, 참가자들, 방송부들은 완벽한 무대를 위해서 거의 저녁 8시까지 남아서 준비했다. 학교에 이렇게 늦게까지 남아 본 경험은 처음이었지만 그날 선생님께선 치킨도 시켜주시고 마냥 준비만 한 것이 아닌 다양한 추억들도 많이 쌓을 수 있었다. 당일이 되었다. 행사 중에 마이크가 나오지 않거나 동선들이 꼬이는 등 작은 사고들도 있었지만 빠르고 정확한 대처들로 살릴 수 있었다. 그리고 깜짝 무대로 1학년 선생님 중 한 분께서 노래를 불러주셨고 우리는 그 뒤에서 춤을 다 같이 춤을 추었다. 그렇게 1학년의 마지막, 연성다방의 마지막 행사는 마무리되었다. 3학년이 된 지금도 생각해봐도 내가 가장 많이 성장한 시기는 1학년 연성다방을 했을 때이다. 연성다방 선생님께선 정말 많은 조언들을 해 주셨고 연성다방 활동을 하며 다양한 경험들을 통해 배운 것들도 많았다. 연성다방 선생님께선 1학년들을 담당하셔서 연성다방 활동은 1학년에서 마무리 지어야된다는 점에서 굉장히 아쉬웠지만 1학년 때의 연성다방은 평생 잊지 못할 추억이 될 듯 했다.

5. 돌아온 연성다방

1학년 때 이후로 더 이상 활동 못 할 줄 알았던 연성다방을 다시 할 수 있는 기회가 왔다. 연성다방 선생님께선 올해에는 1, 2, 3학년 모두 통합해서 동아리를 진행하겠다고 하셨다. 나는 곧바로 신청하러 갔다. 올해는 신청자가 많은 만큼 선생님께선 면접을 보겠다고 하셨다. 그래서 면접을 보기 위해서 줄을 서 있었다. 근데 갑자기 연성다방 선생님께선 나를 부르셔선 1학년 때 담당했던 사진을 찍으라고 하셨다. 잠시 당황했지만 일단 했다. 그 뒤 3학년들은 면접이 아닌 미션을 주기로 했다고 안내하셨고 난 얼떨결에 운영진이 되어 원래 있던 운영진들과 함께 1, 2학년 면접보는 것을 도왔다. 면접을 보고 연성다방 활동이 다시 시작되었다.

1학년 때처럼 매 쉬는시간마다 학생자치부실에 모여서 이번엔 행사뿐만이 아니라 다른 것들도 맡게 되었다. 그리고 원래 항상 자치실에 가면 같은 학년만 있었지만 이번엔 달랐다. 가면 1, 2학년들이 있었고 함께 행사를 기획하고 준비했다. 덕분에 더 다양하고 다채로운 의견들이 나오기도 했었고 가진 재능들이 모두 달라 준비 과정에서 더 완성도가 높게 결과가 나올 수 있게 되었다. 선후배의 관계 때문인지 처음엔 서로 어려워하기도 했고 어색하기도 했지만 점차 시간이 지날수록 어색한 건 풀어지고 친해져 행사를 준비할 때도 손발이 잘 맞아 훨씬 원활하게 진행되기도 했다. 이런 점에서는 1학년 땐 경험할 수 없었던 새로운 느낌이었다. 나의 중학교 시작 단계에서 많은 배움과 추억들을 줬던 연성다방 활동을 중학교 끝무렵에도 할 수 있게 되어 너무 즐겁다. 정말 많은 학생들에게 배움과 즐거움, 다양한 추억들을 줄 수 있는 동아리인 연성다방은 1학년 때도 생각했듯이 정말 잊을 수 없는 중학교의 중요한 한 부분으로 자리하고 있다.

학교는 우리들의 살아있는 배움의 현장

3학년 정은율

1. 그날만을 위해서

학생회 리더십 캠프는 6월 14일~15일 이틀 동안 진행되었는데 우리는 거의 한 달 반 정도를 준비했었던 것 같다. 그룹별로 맡아야 할 시간이 배정되었는데 우리에게는 1시간 30분이 주어졌고 이 시간을 어떻게 꾸며야 할지 고민이 많았고 처음부터 끝까지 우리들 스스로 생각해 내야 했다. 우리는 시간이 날 때마다 모여서 무엇을 하고 싶은지, 무엇을 할지 이야기했으며 게임과 같은 오락 활동을 만들어 보기는 처음이라 학교 전체를 뛰어 다니며 술래잡기 하는 것과 같은 초등학생 때나 할 것 같은 그런 계획이 대부분이었다. 아무리 생각해 보려고 해도 눈이 번쩍 뜨이는 것이 없던 차에 곧 여름이기도 하고, 얼마 전에 보았던 무서운 TV 프로그램이 갑자기 생각나 "귀신의 집 어때?" 라고 내가 불쑥 제안했다.

귀신이라면 진행하는 학생들뿐만 아니라 참가하는 학생들에게도 좋은 호응을 얻을 수 있을 것이라고 생각했다.

귀신의 집을 하기로 결정한 후에는 완전히 속전속결로 진행 되었다. 어데서 할지, 룰은 어떻게 할지, 언제까지 할지…. 처음에는 빠르게 정해져서 분위기가 좋았으나 깊이 생각해 보니 우리의 계획에는 적지 않은 단점이 드러나기 시작했고 귀신의 집, 그러니까 '담력 체험'은 어렵다는 방향으로 흘러가서 겨우 생각해 낸 소중한 게임을 못하게 될 판이었다.

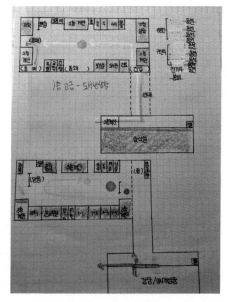

게임 '담력 체험' 계획서

그날 밤, 나는 너무 아쉬운 마음에 '담력 체험'의 룰과 참가자들의 동선 등을 다시 한번 정리해서 그림으로 그려서 낮에 회의를 했던 학생들에게 보내 주었다. 자료를 받은 친구들은 별다른 반응을 보이지 않았는데 다음날 학교에 가보니 우리의 계획인 '담력 체험'은 이미 하기로 굳게 결정되어 있었다.

어제는 분명히 안될 것이라고 예상했는데, 이게 무슨 일인지 싶어 "어떻게 된 일이야?"라고 친구들에게 물어보았다. 그랬더니 옆에 있던 친구 중 어젯밤 그 그림을 가장 좋아했던 친구가 "어제 그 그림 있잖아, 그거 보고 갑자기 열정이 불타올라서 내가 아침부터 다른 애들을 설득했어."라고 말하는 것이 아닌가!

그날 이후 우리는 즐거운 마음으로 함께 '담력 체험' 만들기에 몰두하였고 주인공인 귀신도 섭외하고, 필요한 물건도 하나 하나 설치하였다. 장치를 다 만든 후에는 제대로 작동하는지 여러 번 예행연습을 하는 등 그날을 위해서 만반의 준비를 마쳤다.

그토록 기다려 왔던 그날 밤, 우리는 생각했던 대로, 연습했던 대로 복도의 불을 다 끄고, 물건을 세팅하고 분장을 시작했다. 이때까지만 해도 이 이후로 어떤 일이 일어날지 아무도 예상하지 못했다. 다 같이 사진도 찍고, 하하 호호 웃으며 각자 자신의 위치로 이동했다.

꽤 나 많이 연습했다고 자부한 규칙 설명도 만만치 않았다. 약 50명 정도인 학생들 앞에서 몇 번이나 연습했던 대본을 그대로 읽는 것이 이렇게 힘들 줄 몰랐다. 그동안 생각 없이 지나쳤던 수 많은 연설가들에게 경외심을 갖게 된 계기가 되었다. 긴장해서 기억도 나지 않는 설명을 마치고, 그대로 게임을 진행 시켰다. 당일 바꾼 것도 적지 않아서 분명 내가 몇 번이고 그렸던 계획서와는 다른 점이 많이 있었지만 '어떻게 든 되겠지' 하는 마음으로 안내를 담당하는 친구와 첫 번째 조를 출발시켰다. 나를 포함한 귀신들과 운영진들은 모두 단체 전화로 그때그때 일어나는 일에 대한 소통하고 있었는데 첫 번째 조가 게임을 마치고 돌아온 후, 두 번째 조가 출발하려 할 때 전화기가 소란스러워졌고 당황스러운 대화가 오갔다.

"방화셔터가 내려와서 지금 2조는 못 들어갈 것 같은데?", "셔터가 왜 내려 왔는데?", "글쎄" 등등등

결국 밝혀진 바로는 공포심을 주고 싶어서 빌려왔던 스모그 머신이

하필이면 셔터 근처에 세팅되어 있었고 셔터에 있는 화재 감지 센서가 스모그 머신이 만들어 낸 연기가 화재 때문에 발생 했다고 착각하게 되어서 자동으로 내려온 것이었다.

더 이상 진행이 어렵다는 연락을 받고 현장에 가보니 참가하는 학생들과 안내하는 학생들이 닫혀 있는 셔터 앞에서 서성이고 있었다. 내려온 셔터를 다시 올리는데 시간이 걸릴 것으로 보여서 일단 이들을 다시 강당으로 돌려보내고, 운영진과 귀신 연기자들에게 잠시 쉬는 시간을 주었다. 당황한 마음을 뒤로하고 셔터가 내려온 복도를 보았는데 불을 모두 꺼져있었고 연기는 아직 자욱한데 빨간 형광등만 희미하게 켜져 있는 모습이 담력 체험하기에 딱 좋은 음산한 분위기를 연출하고 있었다. 다행히 얼마 지나지 않아 현장이 정리 되어서 남은 조들이 모두 순조롭게 게임을 할 수 있었지만 이 기억은 우리 모두에게 오랫동안 추억으로 남아 있을 것이다.

3. 그날의 기억으로 배운 것

한 달여 동안 리더십 캠프를 준비하면서 여러 가지를 배운 것 같다.

우리는 여럿이 모여 생각을 주고 받으면서 무에서 유를 만들어 냈다. 부족한 점을 찾고 보완하면서 생각이 달라서 의견이 충돌하기도 했지만 서로를 존중하는 마음으로 이런 큰 프로그램을 만들어 낼 수 있었다고 생각한다. 물론 갑자기 셔터가 내려오는 등의 생각지도 못 한 사고도 있었지만 크게 당황하지 않고 해결할 수 있어서 위급한 일을 당해도 침착해야 함을 배우게 되었고 이것은 리더십 캠프 이후 진행된 여러 행사에서 갑자기 발생한 문제점을 해결하는 과정에서도 큰 도움을 주었다. 어떤 일을 할 때에 미처 생각하지 못한 일이 일어나 애써 세웠던 계획이 무너질 수도 있는데 좌절하지 않고 차분히 대응하다 보면 충분히 극복할 수 있다는 것을 배우게 되었다. 이외에도 학생회 학생들과 매우 가까워졌고 계획을 세워 행사를 준비하다 보니 덜렁거리던 성격이 조금은 꼼꼼해진 것 같다. 리더십 캠프를 통해서 여러 가지를 배웠지만 가장 중요한 것은 우리 학교는 살아 있는 배움의 현장이며 친구들과 함께했던 경험은 행복한 추억으로 남을 것이라는 것이다.

▲ 2학년 임진환 학생 작품

▲ 2학년 엄채은 학생 작품

너희들이 주인공이야!

교사 김덕자

혁신학교라 교사가 근무하기는 조금 빡세다던데? 그래도 아이들이 순하고 예의 바르고 공부도 열심히 하고… 학생들은 너무 괜찮대. 정말 괜찮겠어? 연성중학교를 지원한다고 했을 때 주변 선생님들로부터 제일 많이 들었던 말이다. 살짝 신경이 쓰이기도 했지만 나름 20년 이상의 경력인데 힘들어 봤자지, 못할 게 뭐가 있겠어? 라는 마음도 있었다.

그렇게 발령받은 연성중학교는 끊임없이 놀라움을 안겨주었다.

긴장하며 처음 들어간 3학년 수업 시간. 코로나 시기를 거치며 학생들의 수업태도와 수준이 흐트러지고 낮아진 경향이 있는데도 불구하고 모든 학생들의 책상 위에는 연필과 수학 책이 놓여 있었다. 학생들에게 빌려주기 위해 내 보조가방에 늘 가지고 다니던 연필 몇 자루는 쓸모가 없었다. 또 매시간 바른 자세로 앉아 뭐든 시키면 열심히 하겠다는 태도를 보이는 준비된 학생들… 그들에게도 내가 처음이라 탐색하는 것일 수도 있겠다 싶었지만 그것이 연성중학교 학생들이 수업에 임하는 자세였다.

집중해서 교사의 설명을 듣다가도 필요에 따라 ㄷ자 책상 배치로 신속하게 전환해서 서로서로 도와주는 학생들. 배움을 익히고 나눔에 있어 거리낌 없는 학습 분위기는 감동이었다. 수업을 하면 할수록 아이들이 배우고 성장해 감에 있어 그들의 의지와 자율성, 또래 간의 협력이 교사의 지도보다 더 큰 영향을 끼침을 확인할 수 있었다. 배움의 공동체라는 테두리에서 3년 동안 배우고 익힌 아이들의 학습 분위기와 능력은 정말 칭찬해 주고 싶었고 나에게는 감동을 주었다.

1년 동안 경험한 학생들의 자율적인 학교문화도 인상적이었다. 작은 사안이라도 학생회를 거쳐 민주적으로 해결되는 경우가 대부분이고 학생회 활동이 매우 활발했다. 또 학생들은 그렇게 결정된 사안을 잘 따라주었다. 간혹 교사의 지도에 삐뚤어진 모습을 보이곤 하는 아이들도 학생회에서 결정된 거야 라고 말하면 더 이상 불평불만이 없었다.

다양한 학년별 자치문화도 기억에 남는다. 학년별 게시판은 쉴 틈 없이 다양한 내용과 주제로 채워졌다. 아이들이 게시판을 얼마나 눈여겨 보겠어라고 생각한 적도 있었는데 학생들의 참여도는 늘 높았고 그들의 다양한 아이디어에 재미와 감동도 느끼곤 했다. 여러 자율동아리는 정말 자율적으로 다양한 활동과 행사로 학생들에게 학교생활의 즐거움을 알게 해 주는 것 같았다. "너희들은 학교생활이 정말 즐겁겠구나!", "너희들은 행운이야." 라고 여러 번 세뇌시키기도(?) 했는데 학생들도 인정하는 분위기였다.

학생들의 이런 성장 뒤에는 묵묵히, 또 열심히 도움을 주시는 선생님들의 수고가 있다고 말씀드릴 수 있겠다. 정말 생각지도 못한 부분에서, 교사가 '그렇게까지 해야 해?' 싶은 선생님들의 노력을 보며 그동안 나의 교육 활동이 너무 안일했나 싶은 마음이 여러 번 들었고 나를 반성하며 되돌아보곤 했다. 학기 초에는 '그렇게까지 해야 해?'라는 나의 마음도 학년 말에는 진심으로 감동과 존경으로 바뀌었다. 수업 나눔, 학년에서 있었던 다양한 행사들… 모두 여러 선생님들의 도움이 있었기에 참여하며 배울 수 있었던 한 해였다. 표현은 못 했지만, 주저 없이 도움을 주시며 함께해 주신 선생님들… 감사드려요. 경력 25년? 아직도 배울게 많구나 라고 느낀 1년이었다.

(혹시라도 이 글을 접하게 될 수도 있는 이전 학교 학생들이 수준이 낮다거나 이전 학교 선생님들이 덜 열심히 한다는 건 결코 아니에요. 모두들 제자리에서 엄청나게 열심히 하고 계심을 잘 알고 있어요~~~^^)

연성중학교에서의 이러한 경험은 학생들이 고등학생이 되어서도 나아가 성인이 되어서도 그들의 삶에 도움이 되는 값진 경험이 될 것이라고 믿는다. 연성중학교에서도 그랬듯이 앞으로도 자기 삶의 주인공으로, 당당하고 멋진 사람으로 성장하기를 응원한다~~~.

연성다방!

교사 김인경

'톰 소여의 모험'이라는 애니메이션이 있었다. 어린이들을 위한 볼거리가 많지 않던 터라 시간에 맞춰 열중해서 봤던 기억이 있다. 어른이되어서 생각해 보니 '톰 소여'라는 소년은 참 불우했었다는 생각이 들기도 한다. 여담이지만, 부모 없이 독신인 고모 집에 얹혀살게 된 톰은부모의 결핍으로 인해 어쩌면 규범적이면서 어른들이 생각하는 착한아이로 성장하기는 어려운 배경이지 않았을까 싶다. 온갖 개구쟁이 짓은 다 하며 어른들을 골탕 먹이며 주변을 힘들게 했던 소년의 행동에는나름의 서사가 있었던 것으로 미루어 짐작되지만….

그러한 톰이 고모의 청교도식 교육을 요리조리 거역하며 이런저런사고를 치던 무렵, 참다못한 고모가 톰에게 낡은 펜스를 페인트칠하라는 엄명을 내리게까지 이른다. 따사로운 햇볕 아래서 허크를 만나 미시시피강을 오가며 온갖 장난질로 즐거워야 할 주말 오후에 펜스 페인트칠은 따분하기 이를 데 없었으리라. 그러한 톰은 꾀를 내어 지나가는동네 친구들 앞에서 몹시도 재밌고 신나는 일을 하게 된 것 같은 제스처로 아이들의 호기심을 자극하고 결국엔 서로 페인트칠을 하고 싶어

구슬, 사과 등 작은 뇌물까지 주면서까지 서로 펜스 페인트칠을 하겠다고 나서게 하는 농락극을 벌이게까지 된다. 톰의 잔꾀로 빚어지는 하나의 웃긴 에피소드이었지만 이 장면에서 우리가 갖는 공통의 군중심리랄까 또는 인간의 보편적 심리랄까 정확한 전문용어야 전문가들의 몫이겠지만 나에게는 이러한 전염성 있는 우리끼리의 마음가짐이 연성다방(연성다모임방)이라는 학생자치 동아리를 운영하는 데 상당한 길잡이가 되어주었다.

내가 경험한 연성의 학생들은 무엇이든 하고 싶어 한다. 무엇이든 참여하고 싶어 하고 무엇이든 해내고 싶어 한다. 각자의 경험치로 나와 관련된 세계를 해석하기 나름이겠지만, 적어도 내가 경험한 우리 학생들의 모습은 그러하다. 다만, '무엇인가가 하고 싶다' 라는 마음은 다분히 변덕스러운 감정이라 개인으로 머물면 변심하기 마련이고, 그러므로 '함께 하여' 그리고 '내가 반영되어서' 그 열정들이 사그라들지 않도록 하는 노력들이 필요하다고 본다.

우리 연성다방은 모집하는 단계부터 자발성이 매우 중요하다. 연성다방을 통해 학생들은 자신의 자아를 만들어 나간다. 그 과정은 '내'가 탐색해 보고, '내'가 결정하고, 그래서 '내'가 책임져야 하는 과정이 필수로 포함되어야 하고 이러한 논리로 학생자치 동아리인 연성다방이 운영된다. 그래서 새 학년이 만들어지고 학생자치회가 조직되기 전, 이러한 학생자치회 운영 가치인 '자발성'에 무게중심을 두는 대원칙에 대한 안내 및 그러한 열정에 불붙이기 작업에 나는 가장 공을 들이는 편이다.

자발적으로 함께 모이고 그래서 더욱 강력한 에너지를 발산하게 되고, 외적 강화물이 지속적으로 제공되어 겨우 연명하는 동아리가 아닌 내적인 충만함으로 꺼지지 않는 엔진이 계속 가동되는 학생자치회의 시작은 어쩌면 '톰'의 '재밌어 죽겠어' 정도의 연기연출과 같은 홍보도 다분히 가미되었다.

쉬는 시간마다 우리 학생자치회는 함께 모여 학교의 행사들을 의논하고, 계획하고, 수정하며 비로소 학교에서 꽃으로 자리 잡게 된다. '너넨 도대체 거기서 매일 뭐하는 거야?', '왜 맨날 모여?' 등 우리 연성다방 학생들의 자발성에 기초한 에너지는 주변 친구들의 호기심의 대상이 되고, 이러한 호기심은 또 다른 에너지원이 되어 서로에게 힘이 되어주었던 것 같다. '톰'이 친구들에게 선보였던 '난 너무 재밌는 일을 하는 중이야'와 같은 홍보전략이 효과를 발휘하는 순간이기도 하다.

연성다방은 도대체 맨날 모여서 뭘 할까? 한땀 한땀 자신의 의견을 이야기하고, 거절도 당해 보고, 다른 친구의 색다른 의견에 감탄도 해보고, 어깃장도 놔보고, 어쩌다 나의 아이디어가 수용되기라도 하면 드디어 주인공인 된 듯한 보람들로 이어지며 다양한 학생자치회 사업들이 진행되었다.

고층 아파트로 둘러싸인 연성중학교 운동장에서 텐트치고 진행된 1박2일 캠프인 '별이 빛나는 밤에 캠프(별밤 캠프)'는 학생들의 저력이 한껏 뽐내어지는 장이기도 했다. 일단 학생들이 가장 원하는 사업을 선택한다. 그리고 함께 세부 프로그램을 디자인한다. 이 과정에서 학생들의 아이디어 회의는 가장 중요하다. 교사의 지시로 진행되어 학생들이 대상화되는 사업은 용역회사 운영처럼 일할 학생들을 찾아다니는 숨바꼭질로 이어지게 마련이다. 학생들은 자신의 머릿속에 떠오르는 다양한 아이디어를 가감없이 모두 말한다. 더 나은 아이디어도, 더 못한 아이디어도 아닌 가치판단을 빼버린 떠오르는 모든 아이디어들을 쏟아낸다. 그러다 보면 모두가 환호성 하는 내용들이 나오게 마련이다. 연성다방의 아이디어 회의에서 환호성이 나온 사업은 이미 다른 학생들을 유혹(?)하기에 충분한 사업들이다. 아이디어 회의를 통해 결정된 내용들을 실현시키는 작업은 자신의 역량껏 자신의 능력을 발휘하는 장이된다. 누구는 홍보 포스터 디자인을 하고 싶어 하고, 누구는 프로그램 진행을 하고 싶어 하며, 정히 안될 땐 힘쓰는 일이라도 해가며 자신의 입지를 찾아나간다. 제각각의 자리에서 작은 일도 떳떳하게 완수해 낸다. '별밤 캠프'에서 손 글씨의 달인들이 우리 학교 주변 276가구의 아파트들에 캠프 기간 동안 편안한 저녁 시간에 피해가 가지 않도록 하겠다는 내용을 담은 손 편지를 직접 작성하여 가가호호 전달한 것도 이러한 재능 발굴의 결과이다.

여럿이 모여 각양각색의 학교 행사들을 계획하고, 진행하고 그 속에서 하하호호 웃음짓는 모습들이야 학생자치회의 모습으로서 매우 평범하다. 그 무엇보다 소중하고 놓치지 말아야 할 부분은 행사의 결과라기보다는 행사를 진행하는 과정 속에 학생들의 민주적 의사결정과정에 대한 경험치를 가져가는 것이다. 물론 좋은 결과물로 주변의 친구들 및 선생님들에게 찬사를 받는 것 또한 너무나 중요한 성공 경험일 것이다. 하지만 쭈뼛거리지 않고 여럿속에서 자신의 의견을 표현해 보고, 그에 합당한 이유를 들어 나와 다른 생각을 가진 사람을 설득해 보고, 그리고 다른 사람의 의견에 설복하여 내 생각을 수정도 해보는 과정은 사업의 결과를 넘어서는 중요성을 지닌다.

학생들이 가지고 있는 자신만의 '결'을 발견하고, 그 진가를 '나' 자신부터 인정해 주고, 실패 경험을 극복해 보고, 또한 성공 경험으로 '내'가 어떤 사람인지 발견해 나가는 성장의 과정 속에 연성다방은 모두 함께 성장해 나간다. 이 성장의 과정에 우리 모두가 서로를 필요로 한다. '나'와 연결되어 있는 '너'에게 투영되는 '나'의 진정한 모습을 발견하면서 학생들의 행복이 그리고 학생들의 미래가 환하게 비춰지기를 지지하고 지원한다.

인생 영어 맛집(feat. Hudson & Haley)

영어회화전문강사 김희정

1. Hudson Story

"뭐라고? 생 밀가루를 먹는다고?"

"응. 그게 왜?"

"밀가루는 익혀서 먹어야지 생으로 어떻게 먹어? 그거 먹고 우리 애들 탈 나면 어떡해?"

"미국에서는 에더블 쿠키 도우(Edible Cookie Dough)는 되게 흔하고 인기 있는 거야. 걱정하지 마."

허드슨과 나의 대화는 대부분 이런 식이었다. 2023년 나는 처음으로 원어민 선생님과 일을 함께하게 되었고, 문제는 나도 처음! 허드슨도 처음! 우리는 처음이라는 공통점 때문에 서로를 이해시키기 위해 적잖은 언쟁을 해야만 했다.

솔직히 나는 나름… 다른 나라의 문화를 기꺼이 담을 수 있는 그릇을 갖고 있다고 자부하고 있었다. 그러나 이것은 나의 완전한 착각이었을까. 뼛속 어딘가에 숨어 있던 유교걸(유교+girl)과 꼰대 버튼이 눌러지면 어느새 나는 '버럭이'가 되어버렸으니 말이다. 그리하여 나의 2023년, 허드슨과 함께한 1년은 〈우물 안 개구리〉 이야기 속 주인공이 되어, 우물을 벗어나고자 부단히도 노력했던 한 해였다.

한 나라의 언어를 배우는 것은 단지 언어뿐만 아니라 그 나라의 언어가 가진 문화, 역사, 감정, 사고방식 등을 배우는 것도 포함한다. 그런 점에서 결대로자람학교인 연성중학교에서 원어민 선생님과 함께 공부할 수 있다는 것은 행복이자 행운인 것 같다. 틀림이 아닌 다름으로 경험한 원어민 선생님과의 좌충우돌 에피소드! 원어민 선생님을 만나지 못했다면 절대 알 수도, 경험해 볼 수도 없는 시행착오와 그로 인한 배움들! 결국 이 모든 것들이 모여 학생들의 영어 실력을 부풀게 할 테니까.

원어민 선생님이 담당하는 업무 중 하나는 방학 중 영어 캠프다. 그런데 "Handsome Hudson!"을 외치며 극성 팬심을 보이던 학생들도 의외로 영어 캠프에 참여하는 것을 부담스러워했다. "저는 영어 못해요. 캠프는 영어 잘하는 애들만 하는 거 아니에요?"라는 이유에서였다. 그래서 낸 아이디어가 아이들이 좋아하는 요리를 하면서 간단한 영어부터 도전하기! 메뉴 선정은 미국 식문화를 배울 수 있는 미국 음식으로! 다행히 한 번도 안 한 학생은 있어도, 한 번만 한 학생은 없을 정도로 아이들은 좋아했다(…고 믿고 싶다). 영어 캠프가 끝나고 문득 이런 바람이 머리를 스쳤다. 학생들이 영어 캠프를 통해서 단순히 '에더블 쿠키 도우'라고 하는 음식을 만들어 먹고 끝내는 게 아니라, 낯섦에 대해서 호기심을 갖고 그것을 바탕으로 그들의 인생을 풍성하게 만들기를… 내가 그러했던 것처럼….

3학년을 졸업시키고 허전해진 마음으로 허드슨과 함께한 두 번째 영어 캠프를 맞이하게 됐다.

"한국은 왜 피자에 옥수수가 들어가? 스파게티에도 옥수수! 볶음밥에도 옥수수!"

"한국 피자는 여러 가지 토핑이 많이 들어가."

"미국 피자는 그렇지 않은데."

"그러면 이번 캠프에서는 미국식 피자를 만들어서 아이들에게 소개해 주자."

옥수수를 대하는 미국인의 자세는 한국인과는 사뭇 달랐다. 그리하여 만들게 된 '옥수수 없는' 미국식 피자! 인기는 가히 폭발적이었다. 토핑이라고는 페퍼로니와 약간의 바질 페스토가 전부인데 왜 맛있는 걸까. 확실히 한국 피자와는 다른 매력이 있었다. 그리고 느꼈다. '심플함'이 주는 강렬한 힘을!

2. Haley Story

2024년 나에게 또 다른 귀한 인연이 찾아왔다. 개인적으로 헤일리의 가장 좋은 점은 한국 문화를 굳이 설명하지 않아도 이미 많은 부분을 알고 있고(역시 한류의 힘), 혹시라도 설명할 일이 있을 때면 언제나 "interesting"이라며 우리 문화를 긍정적으로 받아주는 그녀의 예쁜 맘이다. 올해도 어김없이 여름방학 캠프가 돌아왔고 헤일리와 캠프에 대해 협의하던 중;

"작년에는 에더블 쿠키 도우와 피자를 만들었어."

"에더블 쿠키 도우? 나 완~전 좋아해."

"진짜?"(어머나! 허드슨! 그때 격하게 호응 못 해줘서 미안~)

"이번엔 뭘 만드는 게 좋을까?"

"아침에 아이들이 아침밥을 못 먹고 올 수도 있어."

"그래? 그러면 이번 캠프엔 팬케이크를 만들자."

원래 미국에서는 팬케이크를 아침으로 많이 먹는다. 우리나라에서는 핫케이크라고 하고 시럽을 뿌려 먹는 게 다지만, 헤일리는 시판용 핫케이크 가루를 사는 대신 직접 하나하나 모든 재료를 고르고 시럽뿐만 아니라 그 밖의 다양한 토핑 재료도 준비해서 미국식 팬케이크를 학생들

아이스크림 품은 에더블 쿠키 도우

미국 피자(옥수수는 안 들어가요)

팬케이크 재료 계량

나만의 팬케이크 완성

과 함께 만들었다. 너무나도 순조로운 캠프 운항을 마치고;

"얘들아! 즐거웠니? 다음 캠프에도 또 참여할 거지?"(답은 이미 정해져 있다~)

"예~~~. 그런데 선생님! 다음 영어 캠프엔 뭘 만들 거예요?"

"응~ 비!밀!"

새로운 요리의 발견이 새로운 별의 발견보다

인간을 더 행복하게 만든다.

-앙텔름 브리야사바랭-

* **에더블 쿠키 도우(Edible Cookie Dough):** 생으로 먹어도 안전한 쿠키 반죽의 일종이다. 일반 쿠키 반죽과 달리, 날달걀을 사용하지 않으며 식중독의 위험을 없애기 위해 열처리된 밀가루를 사용한다. 이 반죽은 구울 필요 없이 그대로 간식으로 먹을 수 있도록 만들어졌다.

▲ 1학년 김채민 학생 작품

학생 주도 활동을 통한 성장의 기쁨 :
교사의 시선에서 본 결대로자람학교

교사 명민찬

오랜 교육경력을 거치면서 학생들을 위한 교육활동을 많이 해왔고 많은 노하우도 축적된 것이 사실이며, 별 어려움 없이 학생들 행사를 기획하고 운영해 왔다. 그러나 결대로자람학교 운영에 참여하고 전문적학습공동체 수업을 진행, 참관하면서 결국 스스로의 배움을 통해 서로 성장하는 학생들의 모습을 보며 수업시간 뿐만 아니라 학교행사나 기타 교육활동에도 학생들 스스로 주도하고 계획하고 운영하게 하여 성장할 수 있는 기회를 제공해 주면 어떨까 라는 생각을 하게 되었다. 교사 입장에서 답답하고 때론 서툴러 보였지만 학생들이 주도적으로 참여하는 다양한 활동들을 보며, 교사로서 나는 학생들이 스스로 성장해가는 놀라운 과정을 가까이에서 지켜보게 되었다. 학급 텃밭 운영, 기악경연대회, 학급별 배구대회, 노래방 경연대회, 꿈끼 발산대회, 학급별 퍼포먼스제 등 이런 행사들은 단순한 행사 이상의 의미를 지닌다. 이 활동들은 학생들이 리더십, 협동심, 창의력을 키우며 진정한 성장을 경험하는 장이 되었고, 이를 지켜보는 나는 큰 감동과 보람을 느꼈다.

결대로자람학교에서 학급 텃밭 운영은 단순히 식물을 기르는 활동을 넘어, 학생들이 책임감, 협동심, 자연에 대한 이해를 키우며 성장할 수 있는 소중한 기회를 제공한다. 교사로서 나는 학생들이 텃밭을 운영하는 과정을 지켜보며, 그들이 스스로 주도적으로 참여하고, 문제를 해결하며, 자연과 더불어 성장해가는 모습을 가까이에서 볼 수 있었다.

텃밭을 운영하는 것은 학생들에게 큰 책임감을 요구한다. 처음 씨앗을 심을 때는 모두가 설레고 흥미로워하지만, 시간이 지나고 물을 주고, 잡초를 뽑고, 해충을 관리해야 하는 과정에서 책임감을 느끼게 된다. 이 과정에서 학생들은 식물이 자라기 위해서는 꾸준한 관리와 관심이 필요하다는 것을 배우고, 그에 따라 스스로 맡은 역할을 성실히 수행한다. 특히, 성장이 더딘 식물을 보며 인내심을 기르게 되고, 시간이 지나 열매를 맺거나 꽃을 피우는 모습을 보면서 자신이 기울인 노력의 결실을 직접 확인하게 된다. 이는 학생들이 장기적인 목표를 설정하고, 이를 이루기 위해 꾸준히 노력하는 태도를 기르는 데 큰 도움이 된다.

학급 텃밭 가꾸기

완성된 학급 텃밭

2. 기악경연대회: 창의력과 자기표현의 장

학급별 기악경연대회

기악경연대회는 학생들이 자신만의 음악적 재능을 펼칠 수 있는 기회였다. 곡 선정부터 연습 계획, 무대 연출까지 모두 학생들이 스스로 결정하고 준비하면서, 나는 그들의 창의력과 문제 해결 능력이 어떻게 발전해 가는지를 볼 수 있었다. 어떤 학생은 예상치 못한 어려움에 부딪히면서도 스스로 해결책을 찾고, 자신의 연주를 더욱 완성도 있게 만들어갔다. 이러한 경험을 통해 학생들은 자신의 아이디어가 실제로 구현되는 성취감을 맛보았고, 도전에 맞서며 자신감을 키워갔다.

3. 꿈끼 발산대회: 다양한 재능의 발견과 인정

꿈끼 발산대회

꿈끼발산대회는 학생들이 각자의 재능을 발견하고 이를 표현할 수 있는 자유로운 장이었다. 이 대회를 준비하면서 학생들은 자신의 흥미와 재능을 탐구하고, 이를 무대 위에서 선보일 수 있는 기회를 가졌다. 이는 학생들에게 자기주도적인 성장을 도와주는 중요한 경험이 되었다.

4. 학급별 배구대회: 협동심과 리더십의 발현

학급별 배구대회

학급별 배구대회는 학생들이 팀
워크의 중요성을 몸소 체험할 수
있는 기회였다. 각 학급이 팀을 이
루어 전략을 세우고, 연습을 진행
하며 대회에 참여하는 동안 나는
학생들이 서로를 의지하고 협력
하는 모습을 지켜볼 수 있었다. 자
연스럽게 리더가 등장했고, 그들
은 팀원들을 이끌며 팀을 하나로 묶어냈다. 승패를 떠나, 학생들은 함
께 목표를 이루기 위해 서로를 격려하고, 더 나은 결과를 위해 함께 고
민하는 모습을 보여 주었다. 그 과정에서 협력의 진정한 가치를 깨닫
고, 앞으로도 어려움에 처했을 때 서로에게 힘이 되어줄 것이라는 믿음
을 얻었다.

5. 교사로서 느낀 보람과 기쁨

이러한 다양한 활동들을 지켜보면서, 나는 학생들이 스스로 성장해
가는 과정을 가까이에서 지켜볼 수 있었다. 학생들이 직접 계획하고 운

영하는 과정에서 보인 열정과 노력은 단순한 학습 이상의 것이었다. 이들은 자신들의 아이디어를 구체화하고, 실행에 옮기며, 그 결과를 통해 스스로를 평가하고 발전시켜 나갔다. 이러한 경험은 학생들이 미래에 직면할 다양한 도전들에 대해 자신감을 가지고 대처할 수 있는 토대를 마련해 주었다고 생각한다.

결대로자람학교의 이와 같은 활동들은 학생

▲ 2학년 전서원 학생 작품

들이 단순히 지식만을 배우는 것이 아니라, 삶의 중요한 가치를 몸소 체험하고, 성장할 수 있는 기회를 제공했다. 그리고 교사로서 나는 이러한 학생들의 성장 과정을 지원하고, 지켜보는 것만으로도 큰 보람과 기쁨을 느낀다. 이러한 경험들이 학생들에게는 물론, 나에게도 평생 잊지 못할 소중한 기억으로 남을 것이다.

연·결로 한 걸음 더

교사 박성경

1. 아, 코로나여! (2020년)

코로나로 세계가 떠들썩하던 2020년 연성중학교에서 근무를 시작했다. 등교 시기가 계속 조정되며 사회도 학교도 어수선한 시기였고, 기존의 교실 좌석 배치가 ㄷ자형으로 되어 있던 걸, 사회적 거리두기를 실천하고 감염을 예방하기 위해 한 줄씩 배치하는 것으로 조정되었다. 학생들의 안전한 등교를 위해 교실을 이동하며 학급 배치가 조정되기도 하고, 좌석 배치의 원칙이 조정되기도 하면서 책상을 옮기기만 수만 번 했던 기억이 강렬하다. 이 시기야 말로 ㄷ자형 좌석 배치에 대해 강한 의문을 가지며 코로나가 잘 지나가기만을 기다렸다.

2. (속마음) 저는 반대합니다. (2021년)

그 다음 해도 여전히 코로나로 인한 위기 의식이 강했던 시기로 등교가 2/3으로 확대되며 ㄷ자형 좌석 배치에 대한 논의도 이어졌다. 마스크를 착용하고 있어도 감염에 대한 우려가 크다 보니 마음 속으로는 ㄷ자형 좌석 배치를 반대하며 한 해를 보낸 시기였다.

3. 눈치껏 손 들기(2022년)

새 학교로 발령받으면서 눈치껏 첫 해에 수업 공개를 하겠구나 생각했는데, 코로나를 겪으며 우왕좌왕하는 사이에 2022년이 되었다. 이제는 피할 수 없겠다 싶어서 새 학기에 수업 공개를 하겠다고 자발적으로 손을 들었다. 그 후부터 고민이 시작되었다. 온라인 중심의 수업으로 두 해를 진행하고 나니 기존의 대면 수업에 대한 감각을 살리는 게 쉽지 않았고, 다른 선생님들과 시기를 조정하다보니 4월로 일정이 정해졌다. 아, 이제 실전 감각을 살려야 했다. 하필 학생들이 가장 어려워하는 기후 단원을 학습할 시기여서 마음이 조급해졌다.

지금까지의 교직 경험에서 수업 공개에 대해 막연히 불편한 마음이 들었던 이유는 교과 중심의 운영에서 오는 부담감과 마음의 상처(?) 때문이었다. 그런데 우리 학교는 학년 중심으로 수업 디자인을 협의하니 다양한 교과 선생님들로 전문적학습공동체가 구성된다는 특징이 있다. 물론 동교과 선생님을 중심으로 구성될 때와 비교하면 학습 내용 구성에 대한 조언은 전문성이 부족할 수도 있다. 그러나, 오히려 학생들의 시각에서 수업에 대한 조언을 받을 수 있기 때문에 타 교과 선생님들의 조언이 수업 구성에 큰 도움이 되었다. 사회 교과 외의 시각으로 내용을 한 번 더 검토하게 되며, 수업 지도에 대한 과도한 욕심을 덜어내

수업 중 추천 도서를 소개하는 장면

고, 학습 수준을 조정하는 데 실질적인 도움이 되었다. 또한 수업에 대한 다양한 시각의 조언을 받을 때면 마음의 불편함보다는 내 수업에 도움을 주기 위해 열심히 조언해 주신다는 감사한 마음이 들었다.

 1학년과 함께 4월 수업을 준비하다 보니 아직 모둠 활동에 대해 불편함을 느끼는 학생들이 많았다. 서로 생각을 나누고 도와가며 모둠 활동을 통해 내용을 정리하고 완성해 나가는 과정에서 성장을 기대했지만, 일부 학생들은 자신의 부족함이 드러날까봐 마음을 졸이며 참여에 소극적이었다. 또한 평상시 좌석을 ㄷ자 형태로 배치를 하다가 모둠 활동을 할 때는 빠르게 좌석을 옮기며 수업을 하는데, 좌석의 위치에 따라 TV 화면이 등 뒤에 위치하는 좌석의 학생들은 수업 중 TV 화면을 확인할 때마다 자세를 바꿔야 해서 불편하다는 점, 자세를 바꿀 때마다 혹시 선생님이 태도가 흐트러졌다고 지적할까봐 걱정된다는 점, 친구들과 마주 보며 앉다 보니 눈이 맞추치게 되어 부끄럽다는 점과 관계가 좋지 않은 친구들과 마주보는 위치라서 불편하다는 점 등 코로나 이후 본격적인 등교 수업이 시작되니, 좌석 배치에 대한 학생과 학부모님들의 불만이 크게 늘었다.

 연성중학교에 발령받고 나도 처음에는 단점들만 보였던 것처럼 학생이나 학부모도 비슷한 우려를 하고 있다는 생각이 있었다. 그러나 모둠수업에 대한 경험이 많아지면 분명히 지금의 좌석 배치에 대해 만족하

게 될 것이라고 안심시키며
바쁜 3월을 보내고 나니 벌
써 4월이었다.

우리 반이 1학년 대표로
다른 선생님들이 참관하시
는 수업을 하게 되었다고
칭찬과 격려의 썰을 풀었더

모둠 활동 장면

니 긴장하는 모습과 기대하는 모습이 함께 보였다. 다른 교과 선생님들
도 모둠 중심의 수업을 실시하다보니 학년 초의 불편함은 조금 나아진
듯 보였으나, 모둠 중심의 활동에 소극적인 학생들이 다수 있었고, 학
생들의 수업 참여에 대한 염려와 수업 수준의 적절성에 대해 고민을 하
다보니 어느덧 수업 당일이 되어 버렸다.

사실 당일 수업은 어떻게 진행되었는지 잘 기억이 나지 않는다. 그런
데, 평상시 수업에서 소극적이었던 학생들이 오히려 당일 수업에는 적
극적으로 모둠 활동에 참여하며 의견을 나누는 것을 보며 흐뭇했던 느
낌만은 남아있다. 초등학교 고학년 시기에 코로나를 겪으며 온라인 중
심의 수업을 했기에 의사 표현에 소극적일 것이라고 우려되었던 학년
이었지만, 그런 우려에도 불구하고 우리 학교의 좋은 시스템 속에서 스
스로 성장하고 있는 것이 확인되었던 것이다. 물론 학생들만 아니라 교
사인 본인도 함께 성장하고 있다는 것을 느끼게 된 날이었다.

연성중학교는 ㄷ사 좌식 배치와 모둠 중심의 수업을 고집한다는 인
상을 받아 속으로 그 형식을 반대하던 교사였지만, 아이들이 성장해 가
는 모습을 보며 그간의 생각이 자연스럽게 변화하게 된 것이다. 사회과
는 워낙에 교과 내용 중 지식적인 전달 내용이 많다. 물론 학습 요소 중

일부는 모둠 중심의 활동이 유용하지만 대부분은 여전히 강의식 수업을 할 수 밖에 없다는 아집을 버리는 계기가 된 것이다. 모둠 중심의 수업이 학생들의 참여를 높인다는 경험이 누적되면서 이전에는 모둠 활동을 시도하지 않았던 주제의 수업도 모둠 활동을 하기 위해 자료를 찾고 정리하는 교사가 되기 위해 노력하는 나를 발견한 한해였다.

4. 소문이 무섭지 않아.

만나면 곧 이별이라고, 우리 학교의 좋은 시스템에 교사로서 성장하며 만족하다 보니 이제는 연성중학교를 떠나야 할 시점이 되었다. 옮긴 학교에서 별종처럼 보일 수 있겠지만 ㄷ자형 좌석 배치를 하고, 모둠 중심의 수업을 하고 싶다. 이상한 교사가 전입왔다고 소문이 나더라도.

15 Teachers 표류기

교사 이인숙

1. 바람이 불어온다

드디어 제주도 연수 날이다. 설레임과 긴장감으로 잠을 설치긴 했지만, 훌륭한 여행가이드 캡틴 교장선생님의 가이드로 순조로운 출발을 한다. 새벽부터 룸메이트 고생시키지 말고, 침구정리 잘하라는 남편의 잔소리로부터 멀어지니 더더욱 신이 난다.

제주 공항 문이 열리자 낯설고 이국적인 제주의 바람이 들어온다. 제주 바람에서 느껴지는 뜨거움과 신비함! IB는 제주의 바람과 같다는 생각이 든다. IB의 생소한 이미지는 제주의 바람과 같이 기대감과 두려움

IB WORLD SCHOOL 탐방 가는 길

을 가져다준다.

　최근 나는 IBEC이라는 새로운 바람을 쫓기 위해 공부를 시작하였다. IBEC에서 사용하는 어휘는 기본적으로 영어가 기반이기 때문에 문학 공부를 하는 건지, 영어 공부를 하는 건지 모든 내용이 어렵고 난해했다. 여기저기서 IB 바람이 불어온다.

2. 바람을 찾아서

　우리는 IB 바람의 중심에 서 있다고 할 수 있는 표선중학교를 방문했다. 입구에 IB WORLD SCHOOL 글자가 박힌 황금 인증마크가 눈에 들어온다. 교감 선생님과 IB스러운 디렉터 선생님이 반갑게 맞아주셨고, 학교 시설 투어와 함께 표선중학교만의 IB 교육과정의 특징. 혁신적인 점, 고민되는 점 등 IB 교육과정 전반에 대해 공유하는 시간이었다. 표선중의 디렉터 선생님은 '개념적 이해'를 IB의 핵심으로 강조하셨다. 여러 교과 영역 간에 공통된 개념을 추출하여 개념적 지식을 가르치는 점이 가장 중요하다는 이야기 같다.

　또 다른 IB WORLD SCHOOL로 인증된 성산중학교의 경우는, 고○

IB WORLD SCHOOL로 인증된 성산중학교 탐방

○ 선생님께서 직접 운영한 수업 사례를 설명해 주셨다. 2학년 1학기 '언어와 문학-소통하는 우리' 단원을 세계적 맥락과 연결하여 매우 실질적인 현장의 수업 현장을 공개해 주셨다. 질의 시간을 통해 MYP에 쉽게 접근할 수 있는 구체적인 방법도 안내해 주셨는데, 조금 더 MYP에 다가갈 수 있는 시간이 되었고, IB WORLD SCHOOL 선생님들께서 하나의 수업지도안을 만들기까지 많은 정성이 담겨있음을 알 수 있었다. 이 두 학교는 IB 바람의 중심이라고 해야 할까? 오랜 기간 시행착오를 거치고 다져진 단단함과 여유로움이 느껴졌고, 익숙하고 세련된 IB 현장으로 다가왔다. 실제로 안정적으로 진행되고 있는 인증학교를 접해보니 IB가 조금 더 가깝게 느껴졌다.

3. 바람을 따라서

Teachers are the most important factor in student success.

배움의 가장 큰 성공 요소는 교사이다. 이 말은 IBEC 수업에서 매일 구호처럼 외치는 문장이다. 배움을 계획하고 진행하고 좋은 성공을 이루는 것이 오로지 교사의 몫이라는 이 말은 자율성보다는 책임감이 강조되는 느낌이다. 문학 교과 DP의 경우는 Text부터 교사가 선정해야 하는데, 수업 설계 처음부터 어려움을 겪는다. 강의하시는 선생님께서 IB에 뼈를 갈아 넣고 계시는데, 그 과정이 너무 재미있어 하루하루가 행복하다고 하셨다. 세상에나. IB 바람에 푹 빠져계신 듯하다.

Teachers are the greatest enablers of learning.

교육의 중심에서 조금이라도 자유로울 수 있도록 '배움의 가장 큰 성공

요소는 교사의 도움이다.' 라고 적용해 본다. 배움의 주체를 교사가 적극적으로 돕는다면, IB의 목표인 성찰하는 사람을 기를 수 있지 않을까?

　현재 우리는 IB라는 큰 바람에 표류해 있다고 생각한다. 바람을 타고 갈 것인가? 말 것인가? 이러한 고민을 박현정 선생님과 나누며 제주도의 긴긴밤을 지새웠다. 여행에서 나에게 박현정 선생님은 성찰된 여행자 같았다. 여행에 지치지 않도록 홍삼도 주고, 자고 난 침구류도 말없이 챙겨주고, 길을 잃지 않도록 옆에서 걸어주며, 어리숙한 여행자를 잘 이끌어 주었다. IB의 바람은 혼자서는 절대 일으킬 수 없다. 이런 동료가 전학공을 함께 해준다면 IB 바람을 일으킬 수 있지 않을까?

　제주의 바람을 마음에 가득 담고 집으로 돌아왔다. 이제 IB에 대한 고민은 까마득해졌고, 거대 갈치, 딱새우 비빔밥, 보말죽, 채충훈 선생님 댁의 감귤 등 맛있는 기억만이 머릿속에 가득하다. 맛있는 음식들은 제주의 폭염도 시원하게 만들어줬다. 다시 먹고 싶은 보말죽. 나이가 들어서인지 따끈따끈한 죽 한 그릇이 너무 행복하다. 보말죽에는 제주의 바다 향기가 났다. 그 맛있는 바다의 향기가 아직도 입안에 머무른다.

지금도 성장 중인 우리들!

"담임선생님이랑 학급 친구들요!" 학기 초부터 한결같고 단호한 3학년 전학생의 답변이다. "첫 수업, 국어 수업이요!", "학교가 크고 재미있는 활동들이 많아서 정말 좋아요!", "체육대회요!", "별밤 캠핑요!"… 1, 2학년 학생들은 연성중학교에 와서 가장 좋았던 점이 무엇인지 묻는 질문에 어느새 신이 나서 목소리가 커진다.

1. 연성의 일원이 되다

특수학급 학생들이 학교의 온전한 구성원으로 자연스레 자리매김하고 당당하게 자신의 역할을 해내는 것이 기대만큼 쉽지는 않다. 올해 연성중학교에서 근무를 시작하면서 나 또한 다소 경계심을 가지고 수동적으로 학생들의 통합을 고민했었는지도 모르겠다. 사실 나는 아직도 결대로자람학교에 대해서 잘 알지는 못하지만 4년 차에 접어든 우리 학교에서의 1학기 동안의 생활은 가끔 나를 머쓱하게 할 만큼 열려

줄다리기 우승!

"5반 1등"

있었고 연결되어 있었던 것 같다. 우리 학생들도 그 속에서 스스로 성장하며 제 역할을 찾아 나가고 있다.

먼저 쉽게 다가갈 수 있는 학급 분위기, 어쩌면 특수교사인 나보다 더 세심하게 우리 반 학생을 지도해 주시는 담임 선생님, 그 속에서 편견 없는 친구들을 만나 학창 시절에 소위 말하는 '찐친'이 처음 생긴 전 학생은 늘 담임 선생님과 반 친구들을 최고로 꼽는다. 한 학생은 체육대회에서 지금껏 다져온 체력으로 줄다리기 우승에 힘을 꽤나 썼으며 학급 대표로 선배들과 3인 4각 달리기를 완주하기도 했다. 과학 수업을 정말 좋아하는 1학년 남학생은 물질의 상태 변화에 대한 발표를 잘하여 높은 점수와 박수를 받았고, 또 다른 학생은 생태환경동아리의 부원으로서 학교를 푸르고 자연친화적으로 만드는 데 일조하였다.

그리고 우리 반 학생들이 수업에 능동적으로 참여하고 그 교과의 지식을 배운다는 것에 즐거워하며 학생마다 좋아하는 교과, 재미있어하는 교과가 다른 것을 보

너와 나, 우리(장애이해교육)

면 우리 학생들의 노력에 더해 한 명도 놓치지 않고 함께 간다는 우리 학교의 교육 방침이 꽤나 폭넓게 잘 지켜지고 있는 것 같다는 생각이 든다.

2. 나도 너희들도 조금씩 더 나아가 보자

특수학급에서는 학생들의 경험을 확장하고 진로를 탐색하기 위한 다양한 교육 활동들을 실시하고 있다. 이는 직업을 탐색하고 직업을 대하는 기본적인 태도를 기르기 위한 제빵수업, 그 외 다양한 기관에서 실시하는 직업 프로그램 참여, 지역사회 탐방과 각종 시설 이용, 검도교실 참가 등으로 비단 연성중학교에서 처음 실시하는 것들은 아니다. 하지만 이곳에서 연수를 듣고 수업을 참관하면서 나도 좀 더 학생들이 수

월미공원의 사슴

우리의 우정

동화마을에서

검도왕이 될 테야

업에 능동적으로 참여할 수 있도록 하고 친구들과 함께 하는 활동을 늘려야겠다는 생각이 들기 시작했고 그러한 방법을 고민하게 되었다.

어느 화창한 봄날 현장체험학습을 가면서 학생들에게 사진 공모전을 제안하였고, 학생들은 여러 장소를 돌며 서로 사진작가와 모델이 되어 지시를 하거나 포즈를 취하고 아름다운 풍경과 동물들의 사진을 진지하게 찍기도 하였다. 이후 교실에서는 함께 사진들을 감상하고 마음에 드는 사진들을 골라 꾸미기를 하였는데 사진을 고르고 인쇄하고 꾸미는 과정까지 학생들끼리 의견을 나누며 진행토록 하였다. 사진을 전시하고 고르는 과정과 사진을 인쇄하는 기술적인 방법 등이 쉽지는 않았는데 생각보다 더 능숙하게 해내는 학생들을 보며 감탄했던 기억이 난다.

제빵학원에서는 2, 3학년이 조장이 되어서 같은 조원들에게 멘토 역할을 톡톡히 해내고 있고 1학년 동생들은 재료의 계량, 반죽, 성형, 포장까지의 단계를 건너뛰지 않고 차근차근 익혀 나가고 있다. 역할을 나눠 앞치마 챙기기부터 설거지와 작업대 정리까지 이제는 손발이 척척 맞고 다른 직업 프로그램이나 검도교실에 참여할 때도 서로를 관찰하여 돕는 것을 잊지 않는다.

3. 잘 헤쳐 나갈 수 있을 거야

   조별 활동과 발표 수업이 많은 교육과정이 학생들에게 마냥 즐겁기만 한 것은 아니다. 때로는 자신이 없어지기도 하고 나로 인해 결과가 좋지 않을까 걱정이 앞서기도 한다. 실습과 실험을 하다 보면 미처 따라가지 못해 혼자 방황하게 될 때도 있고 제때 용기를 내지 못해서 하고 싶은 질문이나 활동을 놓쳐 버릴 때도 있다. 하지만 다른 학생들이 눈치채지 못하게 살짝 옆에서 한 번 더 설명해 주시고 차근차근 과정을 다시 짚어주시는 선생님 덕분에 자신감을 가지고 그 과제를 다시 해내기도 하였고, 미안한 마음에 혼자 고민하다 결국 친구들에게 자신의 상황을 설명하여 속도를 조절하고 다시 호흡을 맞추기도 하였다. 그렇게 우리 학생들은 조금씩 나아가고 있다.

   앞으로도 쉽지만은 않을 것이고 예상치 못한 난관이 생길 수도 있겠지만 지금처럼 늘 진심인 선생님들과, 서로 다르지만 그래서 또 다양한 즐거움을 공유하는 친구들과 함께 문제를 해결하고 화합하며 더욱 단단하게 성장할 것이다.

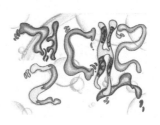

나의 결, 너의 결이 모여 흔결 같은 우리 반

교사 한제성

"경빈아! 청소 다시 해야 할 것 같아."

"방금 전에 빗자루로 쓸었는데 왜 더럽지?"

"결대로 쓸어야지, (경빈이가 들고 있던 빗자루를 가져와 시범을 보이며) 이렇게 하니까 깨끗해졌지?."

"(빗자루를 다시 받아 들고 나뭇결대로 쓸며) 아하! 이게 바로 우리 학교에서 하는 '결대로자람'이군요!"

대청소를 하며 우리 반 경빈이와 나눈 대화였다. 경빈이가 농담으로 한 말을 웃어넘겼는데 문득 '학교에서 결대로자람을 별로 강조한 것 같지 않은데 '결대로'라는 말에 아이들은 바로 학교의 방향성을 떠올릴 정도로 영향이 있었던 걸까?, 아이들이 생각하는 '결대로'는 어떤 것일까?'라는 의문이 들었다.

결1 「명사」 성품의 바탕이나 상태

결2 「명사」 나무, 돌, 살갗 따위에서 조직의 굳고 무른 부분이 모여 일정하게 켜를 지으면서 짜인 바탕의 상태나 무늬

경빈이와 내가 말한 '결'은 국어사전의 정의처럼 다른 뜻이다. 내가 생각하는 '결'은 '생긴 대로'였다. 더 정확하게 말하자면 '나다움', '나 그대로의 모습을 인정하고 사랑하는 것'이라고 생각한다. 그러나 학급에서 이것을 실천하기란 생각보다 쉽지 않다. 특히 코로나를 겪었던 아이들에게는 더 어려운 일이 되어 버린 것 같다. '나 다움'을 인정하려면 '너 다움'도 인정해야 하는데 다양한 성격의 아이들이 한데 모여서 경쟁하는 교실에서는 말처럼 쉽지 않은 일이다. 그렇지만 발전과 성장을 위해서는 있는 그대로의 '나'를 솔직하게 마주 대하는 용기가 필요하다. 교실에서 학생이 용기를 내기까지 친구들의 시선과 평가는 부담스러울 수밖에 없다.

학급에서 '결대로' 성장하기 위해서 우선적으로 해야 하는 것이 부담에서 벗어나는 것이다. 담임으로서 내가 학생들에게 해 줄 수 있는 것은 환경을 조성하는 일이었다. 그 환경은 바로 '뒷담화하지 않는 학급 분위기'였다.

3월 학기 초부터 꾸준히 반복적으로 학생들에게 훈화를 한다. '우리 모두는 불완전하기 때문에 조금 더 성장하기 위해서는 무수한 시행착오를 해야 한다.', '친구의 실수를 시행착오로 생각하고, 친구가 마음 놓고 성장하도록 뒷담화하지 않아

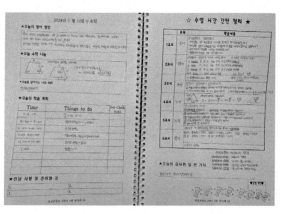

꿈나래 작성

야 한다.'를 강조한다. 꾸준히 훈화하면 학급에서 가장 소극적인 학생들이 차차 적극적으로 변하는데 그것은 학급 학생들이 모두 열심히 노력하고 있다는 신호로 볼 수 있다.

1. 나의 결 – 꿈나래를 통해 성장하는 '나'

수학 문제를 함께 풀고 있는 학생들

우리 반은 '꿈나래'라는 학습 플래너를 작성한다. 아침 조회부터 종례까지 꿈나래를 작성하며 '기초 습관 형성'을 위해 매일 노력한다. 매일 생활계획표 작성하기, 명언 쓰기, 수학 문제 풀기, 배운 내용 요약 및 정리하기 등의 일상을 꿈나래 노트에 기록하며 자신의 하루하루를 성장으로 채워나간다. 1년 동안 꾸준히 기록한 내용은 자신만의 포트폴리오가 된다.

2. 우리의 결 – 따로 또 같이 성장하는 '우리'

'결대로자람학교'는 모둠 활동이 활발하여 학생들이 모둠 활동에 열심히 참여한다. 매일 그날 배운 내용을 서로에게 질문하고 대답하며 점검하면, 알고 있다고 생각한 것도 제대로 아는 것이 아니었다는 사실을 깨닫게 되고 잘못 이해한 내용도 쉽게 수정할 수 있다. 혼자서 하는 것보다 꾸준히 오랫동안 지속할 수 있으니 복습하는 습관을 형성할 수 있다.

<chatGPT 활용 공부방법 연구회>

● 세부사항
- 팀원: ◯◯◯ ◯◯◯◯◯◯◯
- 기간: 7월 22일 ~ 8월 13일
  (총 8번 만남 예정 - 8번 중 6번 이상 출석 시. 상품 증정)
- 시간: 미정 (투표로 결정할 예정)
- 장소: 학교(3-6)
- 목표: 챗GPT 활용 공부방법 연구 후, 영상 제작

● 계획서

주	일정	준비물	주제	내용	숙제
1주차	7/23(화), 7/25(목)	- 챗GPT 관련 자료 (조사해오기)	- 챗GPT 자세히 알기	- 7/23: 조사한 자료 공유 - 7/25: 챗GPT의 긍정적, 부정적 영향/부작용 정, 보완할 점 정리	- 챗GPT 관련 책 또는 기사 선정하여 읽고, 간단한 활동지 (제작 예정) 작성

방학 중 프로젝트 연구 계획서

묻고 답하는 활동은 다른 친구에게 '나의 부족함'을 그대로 드러내야 한다는 점에서 모둠원들끼리의 관계가 중요하다. 종례를 모둠별로 받기 때문에 친구가 어려움에 처하면 적극적으로 도와야 한다. 칭찬 도장도 모둠원들의 개수를 합해서 보상하므로 모둠원이 꿈나래를 잘 쓰고 적극적으로 참여하는 것을 응원하게 된다.

모둠원들끼리 과제를 수행했는지, 문제를 해결할 때 도움을 요청하는지, 수업 시간에 집중할 수 있게 서로 돕는지 등을 점검하며 서로의 삶에 관심을 갖도록 분위기를 조성하면 그제야 모둠원들에게 편하게 말할 수 있게 된다. 친한 친구에게는 할 수 있는 말이지만 같은 반인 아이에게는 조심스러운 법이다. 모둠원들이 서로서로를 살피고 챙기다 보면 서로를 의지하게 되고 무작정 타인을 비난하기보다는 자신이 할 수 있는 일을 찾아 묵묵히 행동하고 있는 기특한 학생들을 자주 만나게 된다.

방학 기간 동안 프로젝트 주제를 정해 팀을 구성하여 계획

롤러코스터 연구제작팀 활동

학급 행사 기획 및 운영

서를 작성하고 해당 연구를 진행했다. 방학이 길지 않아 성과가 두드러지지는 않겠지만 스터디 조를 구성하여 '챗 GPT를 활용한 학습 방법', '우주 공간 연구 및 전시', '롤러코스터 이론 연구 및 제작'을 주제로 연구 계획서를 작성하고 실천하게 했다. 연구한 내용을 영상으로 제작하고 축제 기간에 전시한다는 구체적 목적을 세워 운영하니 학생들이 더욱 진지하게 참여하였다.

3. 훈결 – 나와 너의 결이 모여 발전하는 힘

"학교에 남아 있는 게 즐거워요."

교실에 남아 있는 학생들에게 들었던 말이다. 수업 종이 울리자마자 가방을 싸서 급히 집으로 가는 친구들도 있지만 학기 말이 될수록 학교에 남아서 친구들과 시간을 보내고 싶어하는 학생들도 늘어난다. 처음엔 자신의 실수를 부끄러워했던 학생들도 지금 이 시간이 성장의 시간이라는 것을 이해하고 서로를 인정하는 순간, 자유로움을 느끼며 자신도 모르고 있던 능력을 펼치기도 하고 행복을 느끼기도 하는 것 같았다. '성적을 올려야 한다.', '발전해야 한다.', '성실해야 한다.' 등의 당연하지만 추상적인 말보다 발전할 수 있는 환경, 성적뿐만 아니라 자기 능력을 발휘할 수 있는 다양한 경험을 할 수 있는 기회 등을 제공하는 것이 더 중요하다는 생각을 한다. '결대로자람학교' 운영에 참여하면서 교사들은 더 많이 실현 방법을 고민하고 연구하였고 그런 만큼 학생들은 더 많은 기회를 가질 수 있게 되는 것 같았다. 작은 시내가 모여 거대한 강물이 되어 바다로 흘러가듯이 너와 나의 결이 모여 발전을 거듭해 나가는 커다란 힘을 만들 수 있다는 것을 깨닫는 것만으로도 교육적 가치가 충분하다고 생각한다.

Little Leaders

2024 원어민 교사 Haley Nichols

Standing on the covered platform, looking out at the dozen tents in the process of being set up, I couldn't help but be amazed at the independence of the students. At the overnight Leadership Camp (a very fitting name), over forty 13 to 15-year-olds were in charge of almost everything. I'd watched them work together for weeks to prepare for this, and it was finally coming to fruition. They'd planned meals, games, challenges, sleeping arrangements, and more, with all the skills I was used to seeing in adults. As I watched my students with such pride, a single thought came to me: "I would never see this in an American school." The students here were in charge, with the adults only playing supporting roles. At the start of the evening, I couldn't wait to see how the night would turn out, and by the end I was beyond impressed by everything.

The awe blossomed again when, after finishing assembling their tents, the students all sat down in their groups to cook their dinner – pulling out ingredients, setting up the portable stoves, working together to chop and grill and mix and plate. Each group had come up with

영혼을 담아 맛 평가 중!

their own menu and, as I walked around to talk to them, I got excited knowing I got to try each of their dishes. Each group made some version of samgyeopsal, but everyone put their own spin on it. No two were the same: different side dishes, flavor combinations, and cooking techniques led to 8 unique meals. It was so difficult to judge, but it came down to a group who had the creativity to plate their dish in an artistic rendition of my face and a group who had the foresight to bring in some of grandma's homemade soup.

The students earned even more of my respect when I watched them persevere when faced with challenges during the games and the test of courage. From technical difficulties to oversensitive smoke detectors, the students in charge came at each problem head on, working both smarter and harder to ensure that their classmates had a great time. It was very clear they were successful, too, if the smiling faces, shrieks of laughter, and competitive glints in the eyes of their classmates were anything to go by. The happiness was contagious, and the maturity was inspiring.

I knew, to some degree, what these students were capable of from seeing them in class and in their preparations for the Leadership Camp. However, it was something entirely different to witness it in action. I felt so proud of my students time and time again over the course of the evening, and, at the same time, I was so happy to see them act like kids. The students at Yeonseong Middle School are incredibly responsible, driven, and mature, so it was nice to see them let loose and have fun. This was, without a doubt, one of the most enjoyable experiences I've had working at Yeonseong Middle School thus far, and I cannot wait for another chance to see that wonderful balance of maturity and child-like joy.

헤일리 선생님과 닮았나요?

구령대에 서서 학생들이 설치 중인 열두 개의 텐트를 바라보며, 그들의 자립심에 감탄하지 않을 수 없었습니다. 하룻밤을 보내는 '리더십 캠프'(매우 적절한 이름 이에요.)에서, 13세에서 15세 사이의 학생들 40여 명이 거의 모든 것을 책임지고 있었습니다. 그들이 몇 주간 이 캠프를 위해 함께 준비하는 모습을 지켜보았는데, 마침내 그 결실을 맺고 있었습니다. 학생들은 식사, 게임, 도전 과제, 잠자리 배치 등 모든 것을 어른들에게서 흔히 볼 수 있는 능숙함으로 계획했습니다. 학생들을 자랑스럽게 지켜보며 제 머릿속에는 이런 생각이 들었습니다. "미국 학교에

신나는 게임 시간

서는 이런 모습을 절대 볼 수 없을 거야." 이곳에서는 학생들이 주도적으로 이끌고 있었고, 어른들은 단지 보조 역할을 하고 있었습니다. 저녁이 시작될 때 저는 이 밤이 어떻게 흘러갈지 기대하지 않을 수 없었고, 끝날 무렵에는 학생들이 해낸 모든 일에 마음속 깊이 감탄을 자아냈습니다.

텐트를 모두 설치한 후 학생들이 그룹별로 모여 저녁을 요리하는 모습을 보며 다시 한번 놀라움이 피어올랐습니다. 재료를 꺼내고, 휴대용 버너를 설치하고, 함께 재료를 다듬고, 굽고, 섞고, 플레이팅을 하는 모습은 마치 완벽한 팀워크 그 자체였습니다. 각 그룹은 자신들만의 메뉴를 창의적으로 생각하고 만들어 냈습니다. 저는 이리저리 돌아다니며 학생들과 대화를 나누면서 각 요리를 맛볼 수 있다는 생각에 설렜습니다. 각 그룹은 삼겹살을 기본 재료로 요리했지만, 모두 자신들만의 특별함을 더해 변화를 주었습니다. 어떤 것도 똑같지 않았고, 다양한 반찬, 맛의 조합, 조리법 덕분에 8가지의 독특한 요리가 탄생했습니다. 요리의 순위를 매기기 어려웠지만, 예술적으로 제 얼굴을 표현한 그룹과 할

머니 손맛이 깃든 국을 가져온 그룹이 최종적으로 선택되었습니다.

　학생들이 게임과 담력 체험에 도전했을 때, 그것을 극복하는 모습을 보면서 그들이 더욱 대단하게 느껴졌습니다. 캠프 진행 중에 발생한 방송 기술적인 문제부터 담력 체험을 잠시 중단하게 했던 민감한 화재 감지기까지, 책임을 맡은 학생들은 이러한 문제를 해결하기 위해 서로 머리를 맞대고 의논하며 열심히 노력했습니다. 그 덕분에 모든 학생들은 즐거운 시간을 보낼 수 있었습니다. 미소를 띤 얼굴, 웃음소리, 경쟁심이 엿보이는 눈빛을 보면 알 수 있듯이, 그들은 성공적으로 임무를 완수했습니다. 행복이 전염됐고, 성숙함은 감동으로 다가왔습니다.

　수업 시간이나 리더십 캠프를 준비하는 과정에서 어느 정도 학생들의 능력을 알고 있었지만, 그것을 직접 목격하는 것은 전혀 다른 경험이었습니다. 저녁 내내 학생들이 자랑스럽게 느껴졌고, 동시에 그들이 순수한 어린아이처럼 행동하는 모습을 보는 것이 무척 기분 좋았습니다. 연성 중학교의 학생들은 매우 책임감이 강하고 의욕적이며 성숙하기 때문에 그들이 마음껏 즐기는 모습을 보는 것이 참 좋았습니다. 이번 경험은 제가 연성중학교에서 일하면서 가장 즐거웠던 경험 중 하나였으며, 어른스러운 성숙함과 아이와 같은 해맑음이 멋지게 균형을 이루는 모습을 다시 볼 수 있기를 간절히 기대합니다.

아쉽게 못다 한 게임

교복이 쏘아올린 공

2학년 김세경

1. 교복 등교가 불편해

　작년 내가 입학했을 때부터 올해 초까지 우리 학교는 체육복 등교를 교칙으로 금지했다. 학교 교복도 예쁘지만, 학교에서 만큼은 편한 걸 가장 추구하던 내 친구들이었기 때문에 등교하자마자 탈의실에 가서 교복을 갈아 입는 일이 일상이었다. 살이 얼어붙을 것 같은 겨울에 아주 잠깐 체육복 등교와 사복 외투 착용이 허용된 적도 있었다. 그 전 초겨울에는 학교에서 체육복을 갈아입기 편하도록 춥지만 교복 바지가 있는 친구들도 치마를 입고 등교하던 웃기면서도 슬픈 경우가 많았다. 주변의 대다수의 학교가 체육복 등교를 허용하는 추세였지만 우리 학교는 그러지 않았기에 많은 학생들이 불편해했다.

교복을 입고 등교하던 작년 초!

　1학년 때는 신입생이기도 하고 교복에 대한 로망이 있어서인지 교복 등교에 큰 불만을 내비쳤던 기억은 그다지 없다. 그러나 2학년이 되어 교실이 안방처럼 느껴지고 교복이 잠옷처럼 느껴질 만큼 학교에 완벽하게 적응하게 됐다. 자연스럽게 단합이라는 밀도가 높아져 불만 사항들이 그 수면 위로 둥둥 떠오르게 됐다. 그 불만들 중에서도 학생들과 밀접한 관련이 있던 복장 문제는 자루 속의 송곳처럼 눈에 띄었다. 개학하고 시간이 지난 후에는 사복을 착용하고 등교하고 체육복을 입고 등교하는 학생들의 수가 눈에 띄게 늘기까지 했다, 이런 상황을 인지했는지 학생 자치회 연성다방에서 대의원회 구성원들을 주체로 교복 착용에 관련된 대 토론회를 열었다.

3. 연성다방

　이쯤에서 작년 연성다방 출신으로 연성 다방이야기를 해 보자면, 연성다방은 학생자치회와 거의 동일한 개념으로 각종 행사를 주최하고 홍보 영상, 안내 영상들을 제작하는 등 다양한 일을 하는 동아리이다. 규모가 큰 만큼 많은 인재들이 살아 숨쉬고 있는 곳이

행사를 준비하는 연성 다방 학생들

다. 작년에는 학교 축제에 귀신의 집을 만들어서 문전성시를 이루고 큰 호응을 얻어냈던 기억이 있다. 올해는 참여하지 못했지만 작년에 좋은 경험을 많이 하고 내가 뭘 좋아하는지를 더욱 확실하게 알게 해준 무척 고마운 동아리이다.

대 토론회는 먼저 각 반 별로 의견을 모으고 말하는 형식으로 진행이 되었다. 나는 부반장이어서 우리 반 반장과 함께 의견을 수렴하는 역할을 했다. 교복 착용 이라는 큰 주제를 바탕으로 사복, 체육복 등교에 관

회의에 참여하는 대의원회

체육복을 입고 편하게 생활하는 학생들

한 의견을 나누었다. 우리 반의 거의 만장일치로 사복과 체육복 모두 강력하게 찬성 한다는 의견이었다. 물론 반대하는 학생들도 적게 있었다. 몇몇 학생들이 소수의 의견을 존중하지 않아서 어수선한 분위기를 정리하는데 힘들긴 하였다. 그래도 학급 회의를 하다 보니 반 친구들이 자신의 의견을 자신 있게 말할 줄 아는 게 교과서에서만 보던 민주시민이 된 기분이어서 어딘가 뿌듯했다. 반 별로 나온 의견을 대의원회 카톡 방에 올렸는데 반 별로 의견이 많이 달라서 신기했다. 그러면서 일을 체계적으로 진행해 준 연성다방에 고마운 마음이 들었다. 우리 학교가 인천 혁신미래교육의 모델인 결대로자람학교라고 하는 이야기를 들은 적이 있다. 학생들이 나다움을 찾을 수 있도록 돕는 인천 혁신 학교라고 들었는데, 이번 사건에서 학생들이 정해진 교칙에 그냥 따르지 않고 바뀔 만한 교칙은 함께 의견을 내며 고쳐가는 모습에서 각자의 주도성을 기르고 본인의 위치에서 교칙이 바뀔 수 있도록 각자의 능력을 활용한 노력을 합하는 모습에서 우리 학교가 '참 괜찮은 학교구나.' 라는 생각이 들었다. 학생들이 힘을 합쳐 교칙을 바꾸려 하다니, 우리 학교야 말로 정말 혁신적인 학교라고 부를 수 있지 않을까.

솔직히 처음에 교복 관련 교칙에 대한 회의를 한다고 했을때 까지만 해도 이렇게 큰 일인줄 모르고 있었다. 그러나 일이 진행 될수록 반 친구들과 평소보다 사뭇 진지한 이야기도 하고 각자 의견에 동의해주면서 점점 '잘하고 싶다'는 생각을 하게 되었다. 그럴수록 유종의 미를 거두자는 생각으로 열심히 노력했던 것 같다. 이런 노력을 아셨는지, 학생부 선생님께서는 체육복 등교를 허용해 주셨다! 처음에 그 소식을 듣고 얼마나 기뻤는지 모른다. 아마 교칙이 바뀌는 과정에 함께 참여해서 더욱 뜻 깊었던 것 같다. 이번 사건을 통해 크게 두 가지를 배웠는데, 하나는 나에게 이끄는 능력이 크다는 점이다. 진로를 선택할 때 이점을 잘 살리면 좋을 것 같고 다른 하나는 우리 반이 단합력이 생각보다 좋다는 것이었다. 하나의 관심사 아래에서는 하나 되는 우리 반이 멋졌다. 앞으로도 무언가 불합리하다는 생각이 들 때 가만히 있지 않고 내 의견을 말할 줄 아는 사람이 되어야겠다

성장의 시간, 나아갈 우리

3학년 송연우

입학한 지 엊그제 같은데 학교에서 보낸 시간이 어언 3년이 되어 간다. 조만간 내 모교가 될 우리 학교가 개교 30주년이 되었다니 무척이나 놀랍다. 긴 역사의 일부와 함께한 나는 오늘 나의 성장에 대해 이야기해 보려고 한다. 그 시간 속에서 나는 무엇을 찾았으며 무엇을 느꼈을까?

가장 먼저 생각나는 것은 모둠활동이다. 우리 학교는 결대로자람학교로서 모둠활동을 많이 운영하고 있으며 그래서 나는 3년간 모둠활동을 경험해 볼 수 있었다. 모둠활동을 처음 했을 땐 어려움이 많았다. 나와 다른 친구의 의견이 맞지 않아 갈등한 적도 많았다. 한번은 수업 중 학습지를 채우는 과정에서 옆 친구와 생각을 조율하다 활동 시간 전체를 거의 다 쓴 적도 있었다. 또 어떨 땐 수업 내용을 내가, 혹은 다른 친구가 잘 이해하지 못해 그걸 알려주느라 애를 먹었던 적도 무척 많았다. 하지만 그런 시간들은 결코 가치 없는 것이 아니었다. 서로 맞지 않는 의견을 맞추기 위해 이런저런 대화를 나누다 보니 그 과정에서 절충

안이 나오기도 했고, 또 때론 더 좋은 의견이 나온 적도 있다. 친구에게 알려줄 땐 다른 이를 가르쳐 보는 경험을 할 수 있었고, 나 자신도 배운 내용들을 다시금 정리해 보는 효과가 있었다. 게다가 이러한 것이 반복되니 어떻게 해야 더 쉽게 이해시킬 수 있을까 하는 고민도 하게 되었다. 그리고 내가 알려준 친구가 내용을 이해하고 적용시켰을 땐, 희열을 느꼈다. 모둠활동이 나를 가르치는 사람으로 만들어 준 셈이다. 마치 내가 선생님이 된 것만 같았다. 항상 가르침만 받아왔던 내가 남을 가르쳐 보니, 이것 또한 색다르고, 값졌다.

모둠활동만큼 내게 강한 인상을 남긴 것이 있는데 1학년 땐 퍼포먼스데이, 2학년과 3학년 땐 연성제와 같이 학생이 참여하는 다양한 활동들이다. 나는 방송부였기에 이러한 행사에 더 가까이, 주체적으로 참여할 수 있었으며 참 많은 일들이 기억난다. 1학년 퍼포먼스 데이를 준비할 때 당시 우리 학교 1학년 자치회 '연성다방'은 복면가왕이라는 프로그램을 준비했었다. 당시 저녁까지 남아 리허설을 진행했고 무대에서 노래 부르는 것을 따로 녹음해 영상과 녹음본을 맞추는 작업을 했었다. 이 일도 처음부터 순탄치 않았다. 친구들이 노래를 부르다가 박자를 조금씩 놓쳐 영상과 맞지 않는 일이 생겼고, 나도 영상을 찍다가 시작 버튼을 누르지 않아 파일이 날아가 버리는 일이 있었고 그때는 참 힘들었다. 있는 파일 없는 파일 다 긁어모아 이어 붙이고, 새벽녘까지 작업을 했다. 사실 그땐 나 뿐만아니라 모든 부원들이 고생했다. 다음 날 어찌저찌 행사를 진행하고 나니, 그동안 살면서 한 번도 경험해 보지 못한 뿌듯함과 왠지 모를 자신감 등 신기한 감정이 느껴졌다. 그 당시엔 힘들다고, 정신이 없었다고 말하긴 했지만, '내가 일원으로서 참가해 이런 대단한 프로젝트를 진행했다니' 라고 생각해 보면 지금도 가슴이 벅차오르며 그때의 기억은 지금도 강렬한 인상으로 남아 있다. 살면서 다시는 못 할 것 같은 경험은 2학년 연성제 때 한 번 더 하게 되었다. 그때도 반복되는 리허설의 굴레에서 벗어나지 못했고, 설상가상으로 무대 조명도 새롭게 추가되었고 더 많은 친구들이 참가했기에 준비하는 입장에서 많은 시간과 노력이 필요했다. 연성제가 끝났을 때, 물론 몸은 힘들었지만 정신은 맑았고 1년 전에 느꼈던 그 벅차오름을 다시 느낄 수 있었던 정말 잊지 못할 경험이었다. 누군가와 같이 함께 만들어 낸 작품이었고, 같이 협동하고 함께 했던 시간이었다. 그 시간 동안 나는 동료, 친구들과 더 강하게 결속되었고 더 각별한 인상을 서로에게 남겼다. 나에게 있어 정말 큰 성장이 아닐 수 없었다. 지식적인 면도 있겠지만 그 순간에 함께 있었다는 것이 정말 큰 행운이라고 생각한다. 우리가 주도적으로 그런 행사를 진행했다는 것을 지금 생각해도 믿기지 않고 정말 잊지 못할 추억이 될 것이다.

　나는 우리 학교에서 몇 번의 계절을 지내며 3년이란 시간을 보냈고 천천히 걸음을 디뎠다. 돌이켜보면 앞으로 나아가다 잠깐 멈춘 적은 있어도 다시 뒤로 간 적은 없는 것 같다. 이곳에서 참 많이 성장했다. 절망도 많이 했고, 주저하기도 참 많이 했다. 하지만 그럼에도 나는 분명히 컸다. 시간은 기억이 되었고, 내 안에 녹아들었다. 앞으로 이런 '성장의 시간'들은 나에게 계속될 것이다. 이곳에서의 3년이, 내가 성장의 시간을 보내는 데 발판이 되어줄 것이다. 그리고 앞으로 이곳은 더 많은 후배들의 발판이 되어 더 높은 성장으로 나아가게 할 것이다. 그러리라 믿는다.

결대로자람학교에서 피어난 독특하고 아름다운 성장의 순간들

학생회장 3학년 정유진

"우리는 모두 다양한 감정이 섞여 있지, 이게 우리를 독특하고 아름답게 만드는 이유야"

이 문장은 영화 '인사이드 아웃 2'의 대사 중의 하나이다. 영화 '인사이드 아웃 2'는 십 대 소녀 라일리가 사춘기를 겪으며 성장하는 과정 속에서 느끼는 감정의 변화를 다루고 있다. 앞서 언급한 대사는 캐릭터화된 감정들이 라일리의 다양한 경험들로 쌓여서 라일리의 자아를 형성할 때 한 말이다. 여러 가지 감정이 섞인 경험을 바탕으로 자아를 형성하며 자신을 독특하고 아름답게 만든 라일리처럼 연성중에서도 결대로자람학교만이 제공하는 경험들을 토대로 자아를 만들어 가는 과정에 특별함이 담겨있다.

지난 겨울방학 때 자치부 담당 선생님께서 전교 회장인 나와 부회장 친구를 불렀는데 그 이유는 입학식에 신입생들이 연성중에 대해 궁금해 할 내용을 포함한 학교생활 안내 발표 자료를 준비해야 한다는 말을 전달하기 위해서였다. 발표 내용을 구성할 때, 우리는 연성중 하면 생각나는 것에 대해서 이야기했다. 학교를 대표하는 동아리, 학교 축제, 교복 규정 등 연성중에 대해서 잘 모르는 신입생들에게 알려주고 싶은 것들이 참 많았지만, 그중에서도 첫 번째로 언급된 주제는 바로 '결대로자람학교'이었다. 우리 학교가 결대로자람학교이기 때문에 배우고 성장할 수 있는 여러 경험들을 통해 생긴 학교에 대한 자부심이 어느새 내 마음 속 한편에 자리하고 있었고, 그것을 후배들도 잘 알고 느끼길 바라는 마음이 생겼던 것 같다. 그래서 '결대로자람학교'라는 주제가 전교 회장단이 소개하는 연성중의 첫 번째 항목으로 당당히 등장할 수 있었다. 이후 대만의 다완중학교와 함께한 국제 교류에서도 우리 학교의 특별한 점을 영어로 소개할 수 있는 기회가 있었는데 결대로자람학교는 빠질 수 없는 주제였고, 우리가 경험한 내용을 진솔하게 전달했다.

앞서 말한 다완중학교와의 국제 교류와 같은 행사들은 대부분 연성중학교 학생자치회인 '연성다방'이 기획하고 진행했다. 결대로자람학교에서는 학생들이 자율적으로 활동하는 자치회 활동이 굉장히 활발한데 나는 연성다방을 이끌어 나가는 주축이 되어 활동을 이어나가고 있다. 연성다방은 선후배가 함께 의견을 나누면서 우리 학교 학생들이 행복한 학교생활을 할 수 있는 방법을 모색한다. 우리가 그 방법을 찾기 위해서 모일 때, 함께 하는 시간이 의미 있는 만남이 될 수 있도록 항상 최선을 다한다. 그래서 연성다방의 만남을 가질 때에는 열정을 가진 학생들이 자발적으로 모인다. 그 열정들이 모여서 훌륭한 작품이 탄생하는 경우도 있지만, 각자가 가지고 있는 아이디어의 차이로 의견 충돌이 발생할 때도 있다. 의견이 달라서 생기는 갈등은 언제나 전화위복의 계기가 된다는 것을 매번 느낀다. 의견 차이를 좁혀나가는 과정에서 더 좋은 아이디어가 생겨날 수도 있고, 다른 사람과 원활하게 소통하는 방법이나 더 좋은 의견이 있을 때 자신의 것을 포기하는 힘을 배울 수 있다. 우리는 학교를 위해 일한다는 것을 인지하고 있음에도 불구하고 '동아리'라는 작은 사회에서 갈등을 해결해 나가면서 개인과 집단의 성장을 경험하게 된다.

예를 들어, 우리 학교 학생들이 교복 규정을 잘 모르거나 알면서도 지키지 않는다는 문제점을 인식하고 교복 규정 대토론회를 기획했다. 우리는 교복 변형과 사복 착용에 대한 의견을 나누었고, 교복 변형의 허용 범위, '학생다움'의 정의, 자신의 개성을 실현할 권리 등 세부적인 내용에 대해서도 모의 토론을 진행해 보았다. 역시나 각자가 가진 생각은 매우 달랐다. 우리는 학생인권 조례, 관련 법 조항, 다른 학교 사례들을 찾아보며 의견이 다른 학생을 설득해 보기도 하고, 다른 의견이 더 타당하다고 생각이 들면 설득을 당하면서 '나'와 상대방 사이의 거리감을 조금씩 좁혀나갔다. 이를 통해 우리는 말의 힘을 깨닫고, 원활한 소통을 위한 나만의 방법을 주동적으로 찾을 수 있는 밑바탕을 만들었다.

우리 학교에서는 디귿 자형 책상 배치를 하고 있다. 이는 모둠을 쉽게 만들기 위함인데, 그만큼 모둠 활동을 하는 시간이 많다. 아무래도 중학생이다 보니 시험에 대한 걱정이 생기기 마련이고, 어쩔 수 없이 내 옆에 있는 친구들과 경쟁해야 하는 경우가 많다. 나도 처음에는 '나'의 성장만을 바라보며 학교생활을 했고, 그게 당연하다고 생각했다. 하지만 항상 그런 것만은 아니었다. 과학 시간에 모둠원 친구들과 학습지에 있는 몇 가시의 문제를 해결해야 할 때, 나의 답을 보여주는 것이 아니라 잘 모르는 친구에게 내가 아는 내용을 설명하며 서로를 도왔다. 또한 영어 시간에 문장 속에 담긴 의미를 추론할 때, 자유롭게 생각을 공유할 수 있는 분위기를 만들어서 모둠원 친구들이 자신 있게 자신의 의견을 말할 수 있도록 함께 노력했다. 이렇게 모둠 활동을 통해 나의 변화뿐만 아니라 나로 인하여 친구가 긍정적인 방향으로 변화할 수 있다는 것을 깨닫고, '우리'의 성장을 향해 나아갈 수 있도록 서로를 응원하는 협력적인 배움의 공간이 만들어졌다.

　이외에도 우리 학교에서는 저마다 다른 결을 가지고 있는 학생들이 그 결을 따라서 마침내 성장에 이를 수 있도록 하는 여러 경험들을 제공한다. 연다방 리더십 캠프를 준비하는 과정 속에서 찾은 '우리'의 가치, 동아리 내에서 공동의 목표를 향해 달려 나갈 때 알게 된 '함께한다는 것'의 의미, 체육행사에서 승리에 점점 가까워질 때 깨달은 '여러 사람의 힘을 하나로 합치는 방법' 등 각자의 개성을 가지고 미래의 '나'를 위한 배움이 결대로자람학교에서 일어난다. 자신의 삶을 정말 내 것으로 만들고, 나다움을 성장으로 '연결'시키는 연성중 결대로자람학교, 여러 가지 감정을 통해 건강한 자아를 형성하고, 내 꿈을 향해 한 발짝 다가갈 수 있는 원동력이 되었다.

▲ 2학년 이해인 학생 작품

연성에서 누리는 小學幸

교사 국미영

'내가 드디어 선생님이 됐구나!'

중학교 시절부터 꿈꿔 왔던 선생님이 되어 첫 출근 하던 날의 기억이 지금도 생생하다. 설렘과 열정이 가득했던 새내기 교사는 어느덧 지나온 학교생활을 돌아보는 경력 많은 교사가 되었다.

정말 정신없이 지나온 시간들이다. 학교에서의 행복을 느낄 수 있는 마음의 여유가 없었던 것 같다. 때론 나의 열정이 상처를 받기도 했고, 때론 나의 열정이 그 누군가에게 상처가 됐을 수도 있었을 것이다. 그동안 여섯 학교를 지나 연성 가족으로 8년째 근무하면서 나는 비로소 학교의 작은 행복들에 눈을 떠가고 있다. 좋은 선생님들, 좋은 학생들과 함께 '소학행'을 누리고 있다.

연성중학교에 부임한 첫해를 제외하고 지금까지 학년부장 업무를 하며 연성의 아이들과 작고 소소한 활동을 함께 해오고 있다. 우리 학교가 행복배움학교를 시작으로 결대로자람학교로 성장하면서 학생들과 함께 소통하며 나눌 수 있는 기회가 더욱 많아졌다.

우정 사진전

　자유학년제를 경험하고 2학년이 되어 생애 처음으로 지필 시험을 보게 된 아이들이 '파이팅! 꾸러미'를 받고 환하게 웃던 모습, '연둣빛 우정 사진전', '결빛 우정 사진전'에서 보여준 예쁜 우정의 모습들, 학년 말 '나에게 주는 꽃 선물'을 받고 즐거워하는 아이들의 모습, '우리 반 추억 달력'을 넘기며 뿌듯해하는 환한 얼굴들을 떠올리면 저절로 미소가 지어진다.

　이런 여러 활동 중 학생, 교직원 모두가 함께 했던 '도도한 나' 만들기는 참 행복하게 즐겼던 활동이다. '도도한 나'란 '도전과제 도전하여 한 걸음 더 성장한 나' 만들기 프로젝트이다.

　먼저 학생들에게 도전과제를 정하게 했다. 크고 거창한 과제가 아니라 작고 소소하지만 그 과제를 달성했을 때 큰 행복을 누릴 수 있는 구체적인 과제를 정하도록 담임 선생님들이 조언을 했다.

　학생들이 처음에는 '성적 올리기', '책 많이 읽기' 등과 같은 주로 학업과 관련된 막연한 과제를 정했다가, '하루 한 번 부모님과 포옹하기', '하루 한 번 이상 형제자매와 따뜻한 대화 하기', '밤 12시에 휴대폰과 작별하기', '매일 홈트 10분씩 하기', '수업 시간에 멍하게 있지 않기', '욕설과 안녕하기' 등 구체적이고 작지만, 꼭 필요한 소중한 도전과제

우리들의 추억 달력

들을 정하게 되었다.

도전 기간은 100일로 정했다가 너무 긴 듯해서 50일로 정했다. 도전과제 실천 확인자는 본인의 '양심'으로 스스로 실천할 수 있게 하고, 학생들의 목표 달성 의욕을 높이기 위해 도전 성공 기념 상품을 여러 종류로(먼저 도전에 성공한 학생이 상품을 고를 수 있는 선택권을 줌) 준비했다. 그리고 학년 게시판에 개별 도전 성공 기념스티커를 붙이도록 하였다. 2학년 친구들 모두가 도전에 성공할 때까지 도전이 계속됨을 안내하고, '2학년 전체 학생이 도전에 성공하는 날', '마지막 스티커가 성공 축하 게시판에 붙는 날' 학년 전체가 햄버거 축하 잔치를 하기로 하였다.

시작일로부터 드디어 50일째가 되는 날 학생들이 실천표를 가져와 스티커를 붙이기 시작했다. 많은 학생들이 관심을 가지고 적극적으로 활동에 참여하였으나, 몇몇 학생들은 처음에는 별 신경을 안 쓰는 눈치였다. 그러다가 게시판의 빈칸이 줄어들면서 '나도 해야겠구나!'라는 생각을 갖는 것 같았다. 실천표를 잃어버렸다며 다시 받아가는 학생이 생겨났고, 게시판 현황으로는 누가 아직 스티커를 붙이지 못했는지 알 수 없었으나(성공스티커는 반별 순서대로 붙이는 것이 아니라 본인이 붙이고 싶은 자리에 붙이도록 함) 반별로 담임 선생님이 실천표를 아직 제출하지 않은 학생들을 독려했다. 게시판의 빈칸이 거의 다 채워지고 단 한 칸이 비었을 때, 그 한 칸의 주인공은 우리를 웃음짓게 만들었다. 그 어떤 회유(?)와 협박(?)에도 굴하지 않고, 자신의 양심을 굳게 지키며 완성한 실천표를 들고 그 학생이 교무실을 들어섰을 때 선생님들이 모두 박수를 치

학생 도전과제

첫 번째 도전 성공 학생

세 번째 도전 성공 학생

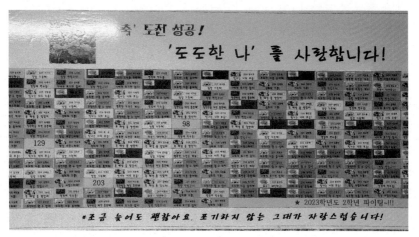
'도도한 나' 성공 축하 스티커판

교정의 해바라기

며 칭찬을 아끼지 않았다. 50일 되는 날이 10월 30일이었는데 도전 기
간이 종료된 날은 11월 말일이었다. 드디어 2학년 전체는 맛있는 햄버
거를 먹으며 서로의 도전 성공을 축하해 주었다. 더불어 많은 연성 가
족분들이 이 프로젝트에 함께 참여해 주셔서 작은 기쁨이 더 큰 기쁨이
될 수 있었다.

  '도도한 나' 프로젝트는 도전 성공을 통해 자존감을 높이고, '나도 할
수 있다.'는 스스로에 대한 믿음을 갖게 하고자 진행한 활동이었다. 학
생들이 도전 성공을 통해 스스로의 강점을 발견함으로써 진로 역량을
키우고, 특히 학년 구성원 모두가 도전에 성공할 수 있도록 서로 격려
응원함으로써 존중, 배려, 협력하는 행복한 학교를 만드는 데 그 의미

가 있다고 할 수 있다. 작은 도전이 큰 행복의 씨앗이 되었으면 좋겠다. 연성인들의 행복한 작은 도전은 오늘도 계속되고 있다.

　출근길을 반겨주는 교정의 해바라기와, 책상 모니터에 붙은 '화목한 연성중' 그림이 오늘의 나의 소학행이다.

▲ 2학년 김가연 학생 작품

음악에 진심인 젊은 임마에

교사 임명식

1988년 서울올림픽이 열리는 그해 여름 8월 25일부로 육군 5사단 병장으로 전역을 명받고, 아직 검붉게 그을린 얼굴에 까까머리로 군기가 바짝 들은 채 9월 1일 자로 인천시교육청 남부교육청으로 발령을 받았고, 남인천여자중학교로 부임하여 교직에 첫발을 내딛게 되었으니, 나의 선생님으로서의 첫 시작이다. 두 명의 동기 선생님들과 함께 낯선 교무실에서 선생님들에게 발령 축하를 받고 반갑게 맞아주던 전체 교직원들 앞에서 열심히 학생들을 가르치겠다고 다짐하며 부임 인사를 했을 때의 떨림과 벅참은 퇴직을 1년여 앞둔 지금도 생생하다.

2021 등굣길음악회

1988년, 난 공주사범대학 음악교육과를 졸업한 초짜 음악 선생님이다. 나의 첫 음악 수업은 중 2학년이었다. 살짝 긴장과 설레임을 안고 첫 교실로 들어서니 눈망울이 초롱초롱한 기대에 부푼 여

학생들이 나를 기다렸
다. 학생들에게 나를 소
개하며 앞으로의 수업
방향을 얘기하고 질문
을 받았다. 학생들은 나
를 놀리려는 생각에 키
가 얼마냐? 고향이 어
디냐? 애인 있느냐? 이

2022 졸업식 축하연주

것저것 질문을 하는데 난 순진하게도 모두 다 대답해 주었다. 아이들은
까르르 웃고 난리다. 그런데 갑자기 한 녀석이 고추를 보여 달란다. 당
황하여 얼굴이 달아오르고 있는데 녀석들이 까르르 웃는 가운데 한 녀
석이 나오더니 교탁 안에서 진짜 풋고추를 꺼내는 것이다. 영화 속의 한
장면과 같았다. 첫 수업을 마치고 동기 남자 선생님에게 말했더니 자기
도 똑같이 당했다고…. 후후 귀여운 녀석들! 그 녀석들과 재미있고 즐거
운 수업은 그렇게 시작되었다. 일주일에 2학년 24시간 정규수업과 3학
년 보충수업까지 하는데도 조금도 힘들지 않았다. 한번은 과학 선생님
이 시험 진도가 늦다고 한 시간 빌려 달라는데 난 정중히 거절했다. 음
악 시간도 소중하기에 빌려주지 못한다고 하니 그 선생님의 황당해하는
표정은 지금도 잊혀지지 않는다. 난 음악을 사랑한다. 그러기에 음악 수
업도 사랑한다. 누구에게도 빼앗기고 싶지 않았다. 이런 일들은 교직 생
활을 하면서 자주 일어났다. 그때마다 거절했다. 그 선배 선생님이 나를
이상한 선생으로 보기 시작했다.

그 해 11월에 인천시 중학생 음악발표회가 있었다. 전임 선생님이 합
창으로 출연을 신청해 놓고 전출 가셨다. 교장선생님은 포기하라고 하

2023 연성제

신다. 다른 선생님들도 그 만두란다. 초짜 음악 선생님에게는 사실 큰 부담이었다. 하지만 아직 군인정신으로 무장된 나는 40여 명의 학생들로 합창단을 만들었고, 엄청나게 연습을 시켰다. 토요일 오후, 일요일도 종일 연습했다. 학생들과 갈등도 생기고 다른 담임선생님들의 불만도 있었지만 '학창 시절의 음악 활동은 성인이 되어서도 누리지 못하는 값진 경험'이라는 생각으로 난 강행했다. 욕을 많이 먹었다. 하지만 결과는 대성공이었다. 그만두라시던 교장선생님과 다른 학교 음악 선생님들도 폭풍 칭찬을 하고, 인천시교육청 음악과 출신의 장학사도 인정한 멋진 공연이 되었다. 그 후에도 인천광역시보훈청 주최 독립군가부르기 경연대회에 출전하여 중학교 부문 1등을 수상하기도 했다. 졸업 후 찾아온

2023 오케스트라 동아리활동

합창단 출신 제자들이 이구동성으로 그때가 너무 좋았단다. 그때의 뿌듯한 감동이 지금도 나를 쉬지 않고 음악 활동을 하게 만들었는지도 모른다. 그 후로도 나는 오케스트라, 합창, 사물놀이, 리코더, 밴드, 기타, 우쿨렐레 등 다양한 동아리로 계속 활동했다. 교직 생활 내내 한 해도 쉬지 않고 열심히 했다.

학생은 교사의 수준을 그대로 따라온다. 교사가 어떻게 하느냐에 따라서 학생의 레벨은 올라가기도 내려가기도 한다. 학생들이 하기에 무리라는 생각이 들어도 하면 된다.

2006년 개교한 논○중학교와 2011년 개교한 신○중학교 두 곳에서 교무부장을 하면서 학생 오케스트라를 만들었다. 바이올린 할 줄 아는 학생 몇 명, 첼로 한 명, 플루트 한 명, 클라리넷 두 명만 있는 상황이었는데, 다행히도 음악을 무척 좋아하는 교장선생님의 전폭적인 지원으로 바이올린 7대와 첼로 3대, 타악기들을 사서 단원을 더 뽑고 오케스트라를 시작했다. 시간이 지나면서 악기가 하나둘씩 늘어나면서 어느덧 30인조의 오케스트라로 커졌다. 개교식에서 의식행사와 개교 축하곡을 연주하였고, 11월에는 동부학생음악경연대회에 오케스트라 반주에 합창으로, 오케스트라와 사물놀이로 출전하여 2번 다 대상을 수상했다. 하면 다 된다!

2023 청소년동아리경진대회

현재는 교직의 마지막 학교가 될 우리 연성중학교에서도 오케스트라를 맡아 지도하고 있다. 몇 명 안되는 인원으로 시작한 오케스트라가 이제는 제법 많은 30여 명의 규모로 성장하였고, 학교 축제 무대, 등교 맞이 음악회 등에 연주하였고, 연수구 민주평화통일협의회 주최 청소년 동아리 경진대회에 2회 연속 출전하여 민주상과 평화상을 수상했다. 또 인천광역시교육청 주최 제1회 인천국악합창제에 '명식과 아이들'이라는 40명의 합창단을 조직하여 출연하여 큰 환호를 받기도 했다.

그렇게 아이들의 능력은 무한하다. 그 능력을 끌어내는 사람이 교사다.
교사가 하나를 가르치면 학생은 둘을 배운다.
그래서 교사도 배워야 한다.
끊임없이 연구해야 한다.
그리고 학생들에게 아낌없이 나눠줘야 한다.
그것이 교사의 의무다!
연습이 곧 공부다. 공부는 교사도 학생도 해야 한다.
연습만이 실력을 키울 수 있다.
머리로든 몸으로든 어떤 것이든 연습해야 한다.

2023국악합창제

2023국악합창제 공연끝나고

어느덧 정년퇴임이 1년여 밖에 안 남았다. 38년을 한결같이, 끊임없이, 후회없이 달려왔다. 유쾌함으로 즐겁고 행복하게 달려왔다. 물론 때로는 슬프고 우울한 적도 있었지만… 그 원동력은 '열정'과 '젊음'에 있었던 것 같다. 재미있고 유익한 음악 시간을 만들기 위해 리코더 합주, 우쿨렐레 연주, 기타 수업, 사물놀이, 뮤직비디오 만들기 등 다양한 프로그램을 수업에 도입하여 학생들의 흥미를 유발시켰다.

열정이 없는 젊음은 젊음이 아니요, 젊은 생각, 젊은 마음이 없는 열정은 무모할 수 있으니 젊은 열정으로 교직을 수행한다면 젊고 열정적인 제자들을 얻을 수 있으리라 믿는다. 정년퇴임이 아쉽다. 아직 내게는 학생들을 더 가르칠 수 있는 열정이 남아 있기 때문이다. 그래서 나의 공부는 아직도 계속된다!

꿈을 키우는 행복한 도서관

사서교사 권은혜

서구 소재의 G중학교 사서로 3년 조금 넘게 학교 도서관을 운영한 적이 있다. 처음 학교도서관을 접하게 되었고, 학생들을 만나게 된 터라 모든 것이 낯설었다. 3년이나 있었는데도 학교도서관 운영이 너무 어려웠던 나는 배움의 필요성을 느끼고 교육대학원에 진학했다. 그리고는 이렇게 연성중학교 사서교사로, 조금은 성장한 상태로, 다시 학생들을 만나게 되었다.

1. 도서관 안에서 꿈 키우기!

도서관은 마음만 먹으면 꿈을 찾을 수도 있고, 나아가서 그 꿈을 더 키워나갈 수 있다. 그렇다면 학생들은 도서관에서 어떤 꿈을 키웠을까?

학기 초, 연수도서관에서 공문이 하나 왔다. 청소년 진로독서 프로그램인데 관련 도서도 지원해주고, 현직자가 직접 학교에 방문해서 직업 이야기를 들려준다는 것이다. 그렇다고 내 멋대로 신청하고 싶지는 않아서 아이들이 가장 좋아하는 직업군을 투표하고 신청했다. 첫 시간에는 반려동물행동상담사가 소형견과 함께 학교에 방문했다. 강아지를 무서워하는 친구가 있으면 어쩌나,
강아지 알레르기가 있는 친구가 있으면 어쩌나 걱정이 많았기에 더욱더 철저하게 준비를 했다. 덕분에 아이들은 호기심 어린 눈빛으로 상담사의 강의에 집중할 수 있었고, 강아지를 직접 훈련시켜보는 등 직접적인 체험을 할 수 있었다. 수업이 끝나고 나서는 구체적으로 펫고등학교, 대학 진로에 대해 질문을 하는 학생도 있었다.

반려동물행동상담사와의 만남

두 번째 시간에는 연수구에서 직접 카페를 운영 중인 바리스타를 만났다. 바리스타에도 여러 종류가 있다는 것을 알고 커피 향을 직접 맡아보며 커피를 내려보기도 했다. 3학년 학생들은 커피 이야기에 굉장히 흥분했고, 1학년 친구들은 처음 접해보는 커피에 어색함을 감출 수 없었다. 아이들의 후기는 정말 다양했는데, '좋아하는 커피를 직접 내려볼 수 있어

바리스타와의 만남

연성제-방탈출 체험 장면

서 흥미로웠다.', '커피가 이렇게 쓴 줄 몰랐다. 다시는 먹을 일이 없을 것 같다.' 등 재미난 반응을 불러냈다.

　도서관 안에서 꿈 키우기 중 아이들에게 가장 기억에 남을 법한 것은 '방탈출 기획자'가 되어본 게 아닐까 싶다. 작년 사서교사들 사이에서 학교 행사로 '방탈출'을 진행한 학교가 몇 있었다. 그 이야기를 듣고 살짝 욕심이 나서 연성제를 준비하는 도서부 친구들에게 '방탈출 할래?' 하고 슬쩍 미끼만 던졌을 뿐인데 아이들이 덥석 물어버렸다. '아니다, 방탈출 만드는 것 너무 어려워. 쉬운 걸로 가자.'고 해도 이미 아이들은 방탈출을 기획할 생각으로 가득했다. 책을 좋아하는 도서부 친구들답게 테마도 '이상한 나라의 앨리스'로 잡았다. 나는 언제나 도서관의 주인은 학생들이라고 생각하기 때문에 모든 것을 아이들이 결정할 수 있도록 했다. 필요한 예산부터 말이다. 이렇게 하다 보니 인터넷 쇼핑몰에서 주문해도 되는 물품을 '택배비가 붙어서 안 된다.', '인터넷 쇼핑몰은 너무 비싸다.'하며 아이들이 방과 후에 직접 오프라인 쇼핑몰을 방문해 필요 물품 사진을 찍고, 금액을 알아오기까지 했다. 그리고 늦은 저녁시간까지도 줌 회의를 열어 시나리오를 만들고, 방탈출에 필요한 퀴즈도 만들었다. 이렇게 해서는 연성제 당일까지 마무리를 못 하겠다며 거의 2주 전부터는 아침 7시에 도서관 문을 열어달라는 '방탈출 기획자'들. 주말에는 방탈출을 위해 소품을 꾸며야 한다고 학교에 나오기도 하고, 테스터들을 모집해서 시뮬레이션도 여러 번 하는 등 꼼꼼하게 준비한 덕분에 연성제가 끝나고 나서도 방탈출 후일담을 여럿 들을 수 있었다.

　내가 도서관을 운영하며 가지고 있는 나름의 교육관은 '부족하면 뭐 어때? 아이들이 했다는 것이 중요하지.', '내가 해 줄 수 있는건 다 해주자.' 인데 덕분에 나는 아이들의 꿈과 미래를 보았고, 아이들은 또 다른 꿈을 키우며 오늘도 성장했다.

2. 도서관 밖에서 행복 만들기!

  서울국제도서전은 책을 만드는 사람과 책을 읽는 사람, 작가, 학자, 예술가, 편집자, 독자가 한 자리에 모여 지식과 정보를 공유하는 즐거운 마당으로 1년에 1번 열린다. 관련 종사자라면 필수 코스이자 큰 행사인데 그동안은 지도교사로서의 책임이 없어 혼자 다니곤 했다. 올해도 조용히 혼자 다녀올까 하다가 아이들과 함께 하면 더 의미있는 시간이 될 것 같다는 생각이 들었다. 그러나 2학년, 3학년 학생들은 시험기간에 진행되는 행사로 함께 하기 부담스러웠고, 1학년 친구들과 서울까지 함께 하기에는 너무 어리다고 생각했다. 그래도 용기를 내어 아이들을 모집했고, 학부모님의 허락을 위해 하루 일정과 동의서가 담긴 가정통신문도 발송했다. 덕분에 6명의 친구들과 서울 나들이에 함께 할 수 있었다. 많은 인원은 아니어도 아이들과 처음 나가보는 서울행에 걱정이 많았지만 늦지 않고 집결 장소에서 만

서울국제도서전 입구에서 단체사진

별마당 도서관 전시도서 열람

날 수 있었고 무사히 코엑스까지 도착할 수 있었다. 인천에서 코엑스까지의 거리가 가까운 편은 아니라 아이들이 금방 지칠 줄 알았는데 만들어준 활동지의 미션을 수행하느라 정신이 없기도 했고, 좋아하는 작가의 책을 구매하기도 했다.

코엑스까지 온 김에 가까이에 있는 별마당 도서관도 구경시켜줬는데 생각보다 아이들이 도서관을 진지하게 둘러보아서 아이들과 함께 오기 참 잘했구나 싶었다. 아이들은 다양한 출판사와 책을 만나 잊을 수 없는 추억이 되었다고 했고, 나도 '좋은 체험 기회를 마련해주셔서 감사하다'는 학부모님의 문자에 활력을 얻을 수 있는 뜻깊은 시간이었다.

도서관 안에서는 꿈을 키우고, 도서관 밖에서는 행복을 만드는 연성중학교 친구들. 새로운 도전을 할 수 있도록 지지해주시는 부장님을 비롯한 교직원과 교장·교감선생님, 그리고 늘 응원해주시는 학부모님들, 또 열심히 참여해주는 학생들 덕분에 나는 행복한 사서교사이다. 오늘도 나는 내가 가장 힘들 때 아이들이 가장 즐겁다는 것을 느끼며 연성중학교 도서관을 지키고 있다.

이건 내가 주는 사랑(♥)이야!

상담교사 손지연

    연성중학교 '또래상담부' 동아리는 주어진 역할에 최선을 다하며, 특히 나를 사랑할 줄 알고, 나의 사랑을 친구에게도 베풀 줄 아는 26명의 또래상담자로 구성되어 있다. 동아리 시간에는 나를 사랑하는 활동을 통해 자신을 사랑하는 방법을 배우고, 점심 시간에는 분기별로 사랑하는 친구들을 지키기 위한 다양한 행사를 자신들의 아이디어로 기획하여 운영하며, 자체평가를 통해 새롭고 보완된 형태의 행사로 환류하고 있다.

    연성중학교 친구들에게 많은 지지와 응원을 받는 또래상담자가 되기까지 또래상담자의 다양한 사랑(♥)에의 노력을 소개해 본다.

1. 나는 나를 너무 사랑(♥)해

    자신의 마음이 튼튼하지 않으면 다른 사람의 마음을 지켜주는 일이 매우 어렵게 여겨질 것이다. 심리적으로 어려움을 호소하는 다른 또래

MBTI 검사

레크리에이션

를 지지하고 지원하는 또래상담자로서 자신의 마음을 돌보는 일은 가장 우선적으로 해결해야 할 과제이기도 하다.

먼저 또래상담자들은 학기 초 성격유형검사를 통해 자신의 마음을 살펴본다. 자신과 유형이 같은 친구들과 이야기를 나누며 공통된 성격특성을 발견하기도 하고, 자신과 유형이 다른 친구들과 이야기를 나누면서 서로 다른 성격특성을 이해할 수 있는 방법을 모색하기도 한다.

또래상담자들은 점심 시간에 Wee클래스에 찾아오는 친구들의 마음을 지키기도 하는 한편, 자신들의 마음을 지키기도 한다. 또래상담자들

동물 케이크 꾸미기

은 다양한 레크리에이션 활동을 통해 서로의 이름과 특징을 알아가며 서로 간에 사랑을 나누는 방법을 배운다.

또, 또래상담자들은 테라피 수업을 통해 자신의 마음을 돌보기도 한다. 푸드아트테라피 수업에 참여한 또래상담자들은 다양한 음

식을 만들면서 자신을 상징하는 색을 찾아보기도 하고, 좋아하는 식재료의 조합으로 꾸며진 나만의 케이크를 만들어 보면서 나의 취향을 새롭게 발견하기도 한다. 플랜트테라피 수업에 참여한 또래상담자들은 다양한 꽃의 색과 향기를 느껴보기도 하고, 크기와 꽃을 꽂는 위치를 고려하여 나만의 꽃바구니를 만들어보면서 스스로에게 선물하기도 한다. 다양한 작품을 완성하면서 자존감이 높아지는 것은 덤이다.

원예치료 활동

2. 친구야 너를 너무 사랑(♥)해

또래상담자들은 튼튼하게 단련한 자신의 마음을 바탕으로 친구들이 희망을 갖고 학교 활동에 참여할 수 있도록 따뜻하고 배려하는 학교 문화를 조성하는데 기여한다. 사랑하는 친구들을 지키기 위한 다양한 행사를 기획하는 일은 매번 새로운 아이디어를 요구

행사 참여 후 사은품 받기

하는 창의적인 일이지만, 연성중학교 또래상담자들은 친구들을 위하는

응원메시지 전시

행사라면 번뜩이는 아이디어도 금새 뚝딱이다.

학기 초반에는 또래상담자들이 희망과 응원의 메시지를 통해 학교폭력을 예방하는 행사를 기획한다. 학교에 오기 힘들어하는 친구들의 주된 고민은 단연 또래관계이기 때문이다. 또래상담자들은 이 행사를 가장 중요하게 생각하고, 심혈을 기울여 완성해 낸다. 학교폭력 예방을 위한 응원과 희망의 메시지를 전달하고 싶은 학생들과 학교폭력 예방 서약에 동참하고 싶은 학생들이 정말 많이 참여한다. 이 행사에 참여하는 이유는 연성중학교 학생들 모두 학교폭력 문제가 남의 일이 아닌 자신의 일이며, 해결해야 할 과제라고 생각하기 때문일 것이다. 친구들의 학교폭력을 예방하고 싶은 마음을 담아 복도 한 켠에 마음 쪽지들을 빼곡히 전시하면 또래상담자들과 연성중학교 학생들 모두가 뿌듯한 순간이 된다. 사진을 한 장 남겨야겠다.

크리스마스 모자 꾸미기

학기 중반에는 또래상담자들이 생명을 존중하고 자살을 예방하는 행사를 기획한다. 학기 중반에 다다르면서 또래 친구들은 학교폭력 문제나 학업, 진로, 대인관계, 성격 관련 문제와 그 밖에 여러 가지 관문들을 통과해 내느라 몸과 마

음이 지친 상태가 되기도 한다. 스
트레스를 그때 그때 해소하면 참
좋겠지만 그러기 어려울 때도 있
다. 이때, 위기에 처한 친구에게
한 줄기 빛이 되어줄 슈퍼맨처럼
또래상담자들이 재미있는 행사를
기획한다. Wee클래스에 와서 잠
깐 쉬어갈 수 있도록 보드게임 카

학교폭력 캠페인

페를 운영하기도 하고, 진짜 음료를 파는 카페를 운영하기도 한다. 마
침 지난 주 있었던 스트레스가 생각난 연성중학교 친구들이 Wee클래
스에 들렀다가 상담선생님께 상담을 신청하고 가면 목적 달성이다. 그
러면 상담선생님과 또래상담자들의 눈과 입가에 마치 전쟁에서 승리한
모양의 은은한 미소가 걸리게 된다

  학기 후반에는 또래상담자들이 학업중단을 예방하기 위한 행사를 기
획한다. 1년간 과정을 잘 마무리했지만 유종의 미라는 의미가 있듯 좋
은 마무리를 짓는 것은 쉬운 일이 아니다. 친구들이 1년간 학업을 잘
지속해 왔음을 응원하고 또, 새롭게 다가올 1년을 기대해보자는 의미
로 연말파티를 기획한다. 연말파티에서 빠질 수 없는 건 단연 루돌프와
산타이다. 또래상담자 산타들이 연성중학교 마을에 나타나 친구들의
마음을 사로잡는다. 자신들만의 따뜻한 크리스마스 모자를 만든 연성
중학교 학생들은 의기양양하게 각자 자신의 자리로 돌아간다. "1년간
정말 수고했어." 한 마디 건네주어야겠다.

함께여서 따뜻했던 우리

교사 안현아

   시작은 언제였을까요? 지금은 기억도 가물가물하지만, 코로나19가 전 세계를 뒤흔들고 학교도 갑자기 문을 닫았던 그즈음이었던 듯하다. 아이들이 뜸해진 학교에서 그 허전함과 빈자리를 채워주었던 사물놀이 교사 동아리의 추억을 다시 새록새록 떠올려 본다.

   '뭐라도 함께 해보자.'와 '우리가 할 수 있을까?' 사이에서 눈동자를 굴리며 방황하던 우리에게 별 기대가 없으면서도 (아마도 그래서 더 그랬는지 모르겠지만) 우선 되는대로 해보자며 수준에 맞게 가르치는 능력이 본인에게 있다고 자신하시던 명민찬 부장님을 리더로 하여 사물놀이 교사 동아리가 꾸려졌다. 그렇지만 명민찬 부장님이 쓰고 있던 마스크로도 채 가려지지 못하고 삐져 나오던 한숨 소리가 지금도 기억이 난다. 장구채, 북채 잡는 법도 모르고, 앉았다 일어날 때마다 '아이고' 소리 없이는 일어나지 못하던 오합지졸 우리였으니 어쩌면 당연한 결과였는지도 모른다.

   그렇지만 우리 가락에는 우리 몸을 움직이게 하는 힘이 있다. 그리고 우리 교사들에게는 직업병 같은 '성실함'이 있었다. 장구 팀의 국미영

부장님, 전영란 선생님, 좀 늦게 합류한 이정선 선생님과 저는 틈이 나는대로 음악실에 모여 임명식 부장님께 특훈을 받아 가며 연습을 했더랬다. 손가락에 물집이 잡히면 밴드로 감아가며, 어제 배운 장단을 기억 못 하면 '새여?(새도 너보다는 낫겠다는 충청도식 표현이다.^^)'하는 야단도 맞아가며 열정을 불태웠다. 그런 장구 팀에 비하면 북 팀의 구병현 선생님, 손유림 선생님은 정말 타고난 감각을 지닌 재주꾼들이었고, 우리의 총무이자 분위기 메이커이자 미모 담당 정두리 선생님은 결국엔 명민찬 부장님께 '그냥 당신 맘대로 쳐.'라는 허락을 받아 낸 능력자이다.

암튼, '밤낮없이, 방학도 없이'는 아니고, 틈틈이 시간 나는 대로 연습을 하며 우리는 학교 축제 무대와 체육대회, 그리고 퇴임식 등의 학교 행사에서 신명 나는 우리 가락을 '잘'은 아니어도 '열심히' 함께 '즐길' 수 있을 정도의 교사 사물놀이 동호회가 되어갔다.

하늘 보고 별을 따고 땅을 보고 농사짓고! /
덩덩 쿵따쿵 쿵따쿵따 쿵따쿵.
올해도 대풍이요 내년에도 풍년일세~! /
덩덩 쿵따쿵 쿵따쿵따 쿵따쿵.
달아 달아 밝은 달아 대낮같이 밝은 달아 /
어둠 속의 불빛이 우리네를 비춰주네~~~.

나는 이제 연성중학교를 떠났지만 사물놀이 장단을 들으면 여전히 가슴이 쿵쾅거린다. 이 글을 쓰면서도 두렵고 떨리는 마음으로 무대에 올라 무슨 정신인지도 모르게 공연을 마쳤을 때의 뿌듯함과 우리가 함께 해냈다는 전우애 비슷한 감정이 다시금 느껴지는 것 같다.

체육행사 교사 사물놀이 동호회 공연

사물놀이는 4가지 악기가 서로 호흡을 맞추면서 고른 화음이 나와야 훌륭한 연주가 완성된다. 쨍쨍거리는 꽹과리는 천둥을, 징의 지속적인 울림은 바람을, 잦게 몰아가는 장구의 가락은 비를, 둥실대는 소리를 내는 북은 구름을 상징한다고들 하는데 이러한 강한 소리들이 어우러져 강렬한 에너지를 발산하는 사물놀이는 연주자들의 화합과 빠르고 경쾌한 소리들의 조화가 다른 무엇보다 중요하다. 그런 점에서 우리네 삶과 사물놀이가 꽤 많이 닮아 있는 것 같다. 그리고 어쩌면 코로나19가 우리에게 확인시켜 준 유일하게 값진 것이 그런 것 아닐까? 우리 인간이란 존재가 화합하고 조화를 이루며 '관계' 속에서 살아가야만 하는 존재라는 사실 말이다. 우리는 '너'와 '나'의 관계가 만든 공동체 속에서 살아가야 한다. 좋은 공동체를 만났을 때, 그리고 그 안에서 서로 존중하고 사랑하고 화합할 때, '너'도 '나'도 온전히 살아갈 수 있다.

　그때 그 시간 속의 나는 사물놀이 교사 동호회에서 분명 '우리'로 함께 있었고, 함께 했던 그 시간은 온전히 그 이유로 행복하고 따뜻했다고 이 글을 쓰고 있는 이 순간에도 내 얼굴에 떠오르는 미소가 말해주고 있다.

같이 걸어 줄 누군가가 있다는 것
그것처럼 우리 삶에 따스한 것은 없다.
〈중략〉
같이 걸어 줄 누군가가 있다는 것
아아, 그것처럼 내 삶에 절실한 것은 없다.
– 이정하 동행 中 –

▲ 2학년 김채은 학생 작품

나, 너, 그리고 우리

교사 전정신

  개인적으로 작년 연성중으로 발령받아 새학교 근무를 시작할 때는 20년의 교직 기간이 지난 즈음이었다. 시기적으로 건강하게 정년을 한다면 교직의 반환점을 돌고 숨을 고르던 즈음이었다. 그러다 보니 지난 교직 생활에 대한 시간들도 반추해 보며 앞으로의 교직 생활을 그려보기도 하였다. 그러나 20년의 시간과 경험이 주는 안정감과 더불어 매너리즘의 현실, 실체 없는 불안한 생각들 역시 떨쳐버릴 수가 없었다.

  발령을 받기 전 '결대로자람학교' 들의 특성을 많이 들었고, 일반 학교와는 다소 다른 풍토와 분위기에 잘 적응 할 수 있을까 싶기도 하였

함께 자람 3월

함께 자람 4월

함께 자람 5월

함께 자람 6월

함께 자람 7월

함께 자람 9월

함께 자람 10월

함께 자람 11월

다. 이러한 복잡한 마음을 가지고 연성중으로 발령을 받고 선생님들과 아이들을 만나 새로운 인연을 시작하게 되었다. 발령 전부터 시작된 '결대로자람학교' 워크숍부터 개학 준비가 다소 낯설기는 하였으나 매너리즘을 반추하던 나 자신에게는 너무나 신선한 시간들의 연속이었다. '함께'의 가치를 소중하게 생각하는 선생님들, '함께'를 배워 나가는 아이들과 신학기를 지나 한 달, 두 달 시간을 함께 하면서 마음 속 한편이 가벼워져 가며 귀한 가치들로 채워져 가는 느낌이 들었다. 마음이 가벼워지니 학급 운영이 한결 수월해 졌고, 힘을 주어야 할 곳과 빼야 할 곳이 몸으로 느껴지니 학급 아이들과 래포 형성은 더 할 나위 없이 좋았으니 아이들과 꾸려 너가는 모든 시간들이 편안하고 행복한 의미로 다가오는 한 해가 되었다.

'결대로자람학교'에서 근무한 지 1년차의 입장에서 지난 한 해 동안 들여다본 마음의 소리를 담아 본다면 그 자체가 백서가 될 수 있을 것 같다. '결대로자람학교'는 일종의 매너리즘과 줄다리기를 하던 나에게 충분한 회복 에너지를 주었던 공간, 시간, 인연이었다.

바람에 흩날리던 민들레 홀씨가 어느새 저마다 어울리는 봄날의 정원을 이루듯 '결대로자람학교'의 학생, 선생님, 여러 인연들은 그 선한 영향력의 힘으로 함께 성장하는 행복한 교육의 정원이 될 것이라 믿는다.

결이 살아있는 우리

교사 정명주

1. 소중한 만남

이번이 다섯 번째던가? 여섯 번째던가? 여러 번 학교 이동을 했지만 이번 만큼은 더 설레었다. 내가 10년 이상 살았던 동네 옆 학교라 밤마다 운동장에서 줄넘기도 하고, 우리 자녀가 모두 이 학교에서 자랐고, 체육관(연나래관)이 지어지는 과정도 내 눈으로 직접 봤었기에 동네 주민으로서도 애착이 있는 학교에 내가 부임을 하다니….

2. 학생 자치가 잘되는 학교

발령을 받자마자 부임하고 계신 선생님께 전화를 하니 결대로자람학교를 운영하고 있고, 특히 학생 자치가 잘 이루어지는 학교라고 자랑을 하신다. 담임을 하면서 제대로 된 학급 자치를 해보고 싶었던 터라 '아, 이번이야말로 학급 자치를 제대로 해볼까?'하는 의욕이 불끈불끈 샘 솟는다.

그리고 5년 만에 처음 담당하게 된 담임이라 그동안 바뀐 학생들의 성향은 어떨지 새삼 기대반 걱정반이다.

학생들과 만나게 된 첫 날, 학생들에게 올해는 학급 회장, 학급 부회장을 통한 학급 자치를 핵심으로 하여 학급 운영을 하겠다고 공표하고 학급 규칙도 학생들 스스로 정하게 하였다. 아울러 청소 분단 정하기, 체험 학습 시 조 편성하기, 체육 행사 시 반 티를 정하기, 스포츠 시간에 함께 할 종목 정하기 등도 학생들이 회의를 하여 정하게 하였다. 학생들의 의견을 온전히 반영하기 위해 아예 내가 회의 시 빠져 주기도 하였다. 서로 싸우고 논쟁이 일어날 줄 알았는데 학생들이 의외로 학급 회의를 통해 의견을 도출해 내는 훈련이 잘 되어 있었다.

학생들이 그동안 1, 2학년을 보내면서 회의를 통해 민주적으로 의견을 내는 방식이 체득화되어 있다는 생각이 들었다. 그리고 선생님에게도 할 말은 당당히 하는 학생들이 버릇없다기 보다는 어느 정도 민주시민으로서의 소양을 지닌 것 같아 뿌듯하기만 하였다.

1학기를 지낸 후 담임을 한 느낌은 '공짜로 담임을 했다는 느낌'이다. 학생들 스스로 성장하고 나는 그저 옆에서 지켜 보고 있었다는 느낌이 들었다. 젊은 시절 학급 운영을 할 때 일일이 다 정해 주고 신경 써 주고 해도 학생들이 엇나가는 것만 같고 담임 역할이 힘들다고 생각했는데, 오히려 약간 힘을 빼고 학생들에게 힘을 실어주니 담임이 '할만 하다'라는 생각이 드는 것이 그래도 부임 첫해에 훌륭한 학생들을 만난 것만도 행운이라는 생각이 든다.

4. 경쟁이 아닌 '다 함께'

예전에는 체육 행사나 정기 고사 후 우리 반이 몇 등인가에 신경을 썼었는데 이제는 우리 반이 얼마나 행복한가가 더 중요하다.

그래서 나와 학생들은 체육 행사 등수에 연연하지 않고 우리 반은 행복하게 그날을 즐기는데 공감하고 단합의 모습을 보여 주었다. 정기 고사 후에도 우리 반이 몇 등인가에 신경쓰지 않고 각자 얼마나 학업을 성취했는지, 나의 공부 방법에 문제점은 없는지 등의 반성을 하고 그에 맞춰 학습 상담을 진행하며 서로 경쟁보다는 도움을 줄 수 있는 방법을 논의하였다. 예전에 반 등수를 하

나라도 올리려고 학급 학생들을 독촉하던 나의 모습이 떠오른다. 그땐 왜 그랬을까?

우리 반 학생들이 한 명도 낙오하지 않고 학교 잘 나오고 있는 것만으로도 큰 행복으로 느끼며 2학기에는 학생들 스스로 졸업 준비를 하도록 조력할 예정이다.

빛나는 중3 생활을 마무리할 3학년 2반 학생들 파이팅!

체육 대회 때 손가락 두 개로
2반을 상징하며 단합을 결의함

교학상장
(教學相長, 가르치고 배우면서 함께 성장한다.)

교사 채충훈

1. 축구 동아리? 축구를 통해 인생을 배우는 동아리!

나는 올해 중등 임용고시에 합격하여 연성중학교에 발령받은 병아리 신규교사다. 교사가 되면 꼭 하고 싶었던 일 중 하나가 바로 축구 동아리를 만드는 것이었다. 학생들이 축구 동아리 활동을 통해 소통과 협동의 가치를 배우기를 바란다. 또, 선의의 경쟁 속에서 패배를 받아들이며 결과를 인정하는 태도를 배우고, 승리했을 때는 성취감을 느낄 수 있기를 바란다. 누군가는 거창하다고 느낄 수도 있지만 나는 학생들이 스포츠를 통해서 '인생'을 배울 수 있으면 한다.

학교에서 내가 가장 관심을 가지는 학생들은 학교 수업에 큰 관심이 없고, 교칙을 왜 지켜야 하는지 모른 채 가끔 크고 작은 말썽을 일으키는, 하지만 운동을 정말 좋아하고 잘하는 학생들이다. 나는 스포츠를 통해 이러한 학생들에게 다가가 그들이 학교에 소속감을 느끼고 지도교사와의 유대관계를 통해 교칙을 지키려 노력하며, 공동체 활동에서 다양한 사람들을 존중하고 배려하는 태도를 가질 수 있도록 해야겠다고 돕고 싶다. 그래서 학생들이 지켰으면 하는 규칙들을 여러 개 준비하여 동아리 모집 포스터에 적어두었다.

2. 이상과는 다른 현실

동아리 활동에 참여하기 위해서는 정말 까다로운 조건을 충족해야 한다. 첫째, 훈련에 열심히 참여하기, 둘째, 훈련보다 학교생활을 더 중요하게 생각하고 성실하게 임하기, 셋째, 각종 사건·사고에 연루되지 않기, 넷째, 나보다 타인을 중요하게 생각하기 등 어떻게 보면 축구 실력보다 축구 외적인 부분에서 학생들이 지켜야 할 것들에 대해 강조하였다. 학생들은 의아해했다. '나는 축구를 잘하는데 선생님께서는 자꾸 나를 귀찮게 하고, 지적하시지?' 라는 생각을 가진 학생들이 많았다. 열정이 가득했던 나는 그럴 때마다 매번 학생들에게 동아리원으로서 지켜야 할 조건들을 다시 열거하며 학생들의 행동에 대해 시시비비를 가리기 위해 노력했다.

3. 교학상장의 기회

나는 곧 깨달았다. 교사가 학생들을 지도하기 위해서는 규칙을 들이미는 것만으로는 충분하지 않다는 것을. 평소에 나를 정말 친한 형처럼 따르던 학생이 있었다. 평소에는 정말 유쾌하고 예의 바른 학생이었지만, 장난기가 많아 종종 교칙을 어기거나, 심한 장난을 치는 경우가 있는 학생이었다. 선생님들이 이와 관련하여 지도할 때면 마음을 닫고 갑자기 멋대로 행동하는 경우가 있었다. 한 번은 그 학생이 동아리원으로서 그리고 학생으로서 지켜야 하는 규칙들을 지키지 않은 적이 있었다. 이미 그 학생은 자신이 혼날 것이란 생각에 기분이 안 좋아졌는지 나를 찾아와 동아리 활동을 그만두겠다고 먼저 이야기를 했다. 나는 그 학생을 붙잡고 2시간 동안 상담을 했다. 그 학생의 축구 실력이 뛰어나서 잡았다기 보다는 축구부 활동을 통해 그 학생의 태도를 바꿀 수 있을 것이라 믿었기 때문이다. 그 학생에게 나는 까다롭고 복잡한 축구부 규칙을 만든 이유부터 나의 교직관과 학생관 등 이런저런 이야기를 나누었다. 교사가 먼저 자신의 속마음을 얘기하는 걸 본 학생을 서서히 마음의 문을 열고 자신의 감정과 생각을 표현하기 시작했다.

▲ 2학년 김금비 학생 작품

이 대화가 끝나고 나는 많은 것을 깨달았다. 학생들에게는 대화를 통해 진정성을 보여주고, 그들의 상황을 이해하며 공감하는 태도가 더 중요하다는 것을 깨달았다. 교칙을 어긴 학생에게 왜 교칙을 지키지 않냐며 다그치고 반복적으로 이야기하는 건 오히려 학생들과 멀어지게 되는 길인 것을, 그리고 제약이 될 수 있다는 것을 알지 못했다. 학생들과 많은 대화를 나누며 그들에게 교사의 진정성을 보여주는 것이 그리고 기다림과 사랑, 관심을 주는 것이 그들의 성장을 돕는 데 있어서 훨씬 중요함을 깨달았다. 규칙을 강조하면서도 학생들이 자유롭고 즐거운 분위기 속에서 스포츠를 경험할 수 있도록 하는 것이 필요했다.

4. 축구 동아리? 축구를 통해 인생을 배우는 동아리!

동아리 활동을 통해 학생들과 함께한 시간이 쌓이면서 나는 학생들의 입장을 이해하게 되었고, 이를 통해 학생들의 변화도 이끌어 내게 되었다. 이러한 경험은 내가 정규 수업을 진행할 때에도 큰 도움이 되었다. 동아리에서 형성된 유대감과 신뢰는 수업에도 자연스럽게 이어져 문제를 일으키던 학생들도 더 나은 태도로 수업에 참여하기 시작했다. 학생들은 나와의 대화를 통해 자신이 한 행동을 돌아보고 수업에서도 다른 사람을 배려하고 존중하는 태도를 보여주었다. 이렇게 동아리 활동에서 얻은 교훈을 수업에도 적용하면서 학생들과의 상호작용이 훨씬 원활해졌다. 나는 규칙을 강조하는 대신 학생들에게 이해와 공감을 바탕으로 접근했고, 그 결과 학생들은 수업에서도 더 적극적으로 참여하며 서로에게 긍정적인 영향을 미치기 시작했다. 이 경험을 통해 나는 교사로서의 성장과 함께 학생들의 성장을 도울 수 있었다.

결국, 나의 교사로서의 첫 경험은 이상과 현실 사이의 갈등이었지만 그것은 동시에 교학상장의 소중한 기회이기도 했다. 나는 학생들과 부딪히는 과정을 통해 학생들을 대하는 방법을 배우며 그들이 성장하도록 돕는 방법을 찾아갈 수 있었다. 교사가 학생들 개개인의 삶을 들여다보기 위해 노력하는 과정이 필요하고, 또 그 삶을 존중하고 이해하는 것이 선행되어야 학생들의 변화를 이끌어낼 수 있다는 것도 깨달았다. 이제 나는 단순히 규칙을 강조하는 교사가 아닌, 학생들과 함께 소통하고 그들의 이야기를 듣는 교사가 되기 위해 노력하고 있다. 축구 동아리에서 학생들이 배운 것처럼 나도 학생들로부터 많은 것을 배운다. 앞으로도 학생들과 함께 성장하며, 학생들의 삶에 긍정적인 영향을 미치는 교사가 되기 위해 노력할 것이다.

My Time at Yeonseong Middle School

2023 원어민 교사 Hudson Vurbeff

Moving to a new country is always a scary and uncertain experience. You don't know who you will meet, what they will be like, and most of all how you will feel about them during your time there. Such was the case for my moving to Incheon, South Korea. I was uncertain of what my job would be like, how my coworkers would treat me, and how I would be received by the students. I worried that my students would not listen to me and my fellow teachers would not help when I needed help. However, those fears immediately dissipated when I met the staff and the students at Yeonseong Middle School. The first teachers I met were Heejung (김희정) and Clair (김인경) who picked me up from my onboarding training. They

별밤 캠프

welcomed me with smiles and helped me settle into my apartment, making sure that I had everything I needed and that I was going to be comfortable during my time there. Later on, I would meet the other English teachers and the rest of the staff who all treated me like I was a part of their team. They helped me with anything I needed and graciously put up with my non-existent Korean. I can't thank all of the teachers at Yeonseong enough for treating me so well, I will always remember the special food you introduced me to and the time you took to help me with my students.

I can not describe my time at Yeonseong without mentioning the amazing students I met and had the privilege of teaching! I was shocked by how well the students behaved and how great they were in my classes. It was my first time teaching and as with all new things I was not perfect, however the students were gracious with my lessons and my teaching. They paid attention when I needed them to and always did the work they were assigned diligently. My job was so much easier because I went to work every day knowing that the students were going to be ready to learn and happy to see me. Every class I had was a pleasure to teach because of how easy it was to interact and teach the students at Yeonseong. The memories I have from my time teaching I will never forget. I remember the time when I had to eat all of the food the students made for me during the school camping event and how greatly I underestimated how much I could eat! During that same event, I performed with some other students a dance routine. This was my first time doing K-Pop dance choreography and I had so much fun!

K-POP Dance

I remember seeing snowfall for the first time in South Korea while we were in class and how happy all of the students were to see the snowfall. Moments like those that I experienced at Yeonseong Middle School I will remember forever. Lastly, I am so thankful for the students who built up the courage to talk to me despite the language barrier. The students who continually made the effort to study English and practice talking to me encouraged me to know that I was making a difference in their lives.

I truly miss South Korea, my coworkers, and the students I taught. I hope that if any of the people I met travel abroad, they receive the same level of welcome and hospitality that I received during my short stay. Once again I can not thank everyone enough for such a fantastic experience and for allowing me to play a small part in improving the lives of these amazing students. Here's to many more

즐거운 수업

years of Yeonseong Middle School and many more lives changed!

누구를 만나게 될지, 그들이 어떤 사람일지, 그리고 그들과 함께하는 동안 내가 어떤 감정을 느끼게 될지 알 수 없는 경우가 많습니다. 제가 한국의 인천으로 온 것도 그런 경우 중 하나였습니다. 저는 제가 맡게 될 일이 어떤 것일지, 동료들이 저를 어떻게 대할지, 학생들이 저를 어떻게 받아들일지 불확실했습니다. 학생들이 제 말을 듣지 않고, 동료 교사들이 제가 필요로 할 때 도와주지 않을까 봐 걱정이 많았습니다. 하지만 연성중학교에서 교직원들과 학생들을 만나고 나서 그런 걱정은 바로 사라졌습니다. 처음 만난 교사는 김희정 선생님과 김인경 선생님이었습니다. 그분들은 제가 교육청 오리엔테이션이 끝난 후, 저를 데리러 와 주셨습니다. 그들은 환한 미소로 저를 맞이해 주셨고, 제가 필요한 모든 것을 갖추고 편안하게 지낼 수 있도록 한국 생활 정착을 도와주셨습니다. 이후에 다른 영어 선생님들과 교직원들을 만나게 되었는데, 모두 저를 팀의 일원으로 대해 주셨습니다. 그들은 제가 필요로 하는 모든 것에 도움을 주셨고, 한국어를 전혀 못 하는 저를 너그럽게 이해해 주셨습니다. 연성중학교의 모든 선생님들께 너무 감사드리고, 저에게 소개해 주신 특별한 음식들과 학생 관련해서 도움 주신 모든 시간들을 항상 기억할 것입니다.

　연성중학교에서의 시간을 이야기하면서, 만나서 가르칠 수 있었던 놀라운 학생들을 빼놓을 수 없습니다. 학생들이 얼마나 예쁘게 행동하고 수업에서 얼마나 훌륭했는지 정말 놀라웠습니다. 저는 처음으로 가르치는 것이었고, 모든 새로운 일들이 그렇듯이 완벽하지 않았습니다. 하지만 학생들은 제 수업과 가르침을 너그럽게 받아주었습니다. 학생들은 제가 필요로 할 때 집중해 주었고, 주어진 과제를 언제나 성실하게 수행했습니다. 학생들이 항상 배울 준비가 되어 있고 저를 반겨줄 것을 알았기에 저는 매일 학교에 가서 일하는 것이 훨씬 수월했습니다. 연성중학교에서 학생들과 소통하고 가르치는 일이 얼마나 즐거웠는지 말할 수 없을 정도로 모든 수업이 즐거웠습니다. 연성중학교에서 가르치는 동안의 추억을 평생 잊지 못할 것입니다. 별밤 캠프에서 학생들이 준비한 음식을 다 먹어야 했던 그 순간이 기억납니다. 그날, 그동안 제가 제 자신을 과소평가하고 있었다는 것을 깨달았습니다. 제가 그렇게 많이 먹을 수 있는 사람이었는지 몰랐기 때문입니다. 그 행사에서는 몇몇 학생들과 함께 댄스 공연도 했습니다. K-Pop 안무를 처음 해

한국에서 첫눈

봤는데 정말 재미있었습니다. 또 수업 중에 한국에서 처음으로 눈이 내리는 걸 보았던 기억이 납니다. 모든 학생들이 눈을 보고 얼마나 기뻐했는지 생각이 납니다. 연성중학교에서 경험했던 이런 순간들은 영원히 기억될 것입니다. 마지막으로, 언어 장벽에도 불구하고 저에게 말을 걸 용기를 낸 학생들에게 정말 감사하고 싶습니다. 계속해서 영어를 공부하고 저와 대화하려고 노력했던 학생들 덕분에 제가 그들의 삶에 변화를 주고 있다는 보람을 느꼈습니다.

　한국, 제 동료들, 그리고 가르쳤던 학생들이 정말 그립습니다. 제가 만났던 사람들이 해외로 여행하게 된다면, 제가 한국에서 받은 환영과 환대만큼 따뜻한 대접을 받았으면 좋겠습니다. 다시 한번, 제게 놀라운 경험을 선사해 주시고, 제가 이 훌륭한 학생들의 삶을 조금이나마 더 좋게 만드는 데 일조할 수 있게 해 주신 것에 대해 너무 감사드립니다. 연성중학교의 멋진 미래와 무궁한 발전이 있기를 진심으로 바랍니다.

부모도 함께 자라는 결대로자람학교

연성중학교 운영위원장 김동상

1. 학부모가 행복한, 교장 선생님과 함께하는 행복독서단

2022년 행복독서단을 시작해 2024년 현재 3년째 행복독서단을 교장 선생님, 사서 선생님, 학부모님들과 진행하고 있습니다. 매년 새로 들어오시는 학부모님들은 행복독서단이 어떤 모임일까 호기심을 가지고 참여하십니다.

교장선생님과 함께 하는 행복독서단은 매달 마지막 주 목요일 교장 선생님, 사서 선생님, 학부모님들이 정해진 한 권의 책을 읽고 모입니다. 혹시 바쁘셔서 책을 못 읽었더라도 참여하는 마음만 가지고 오셔도 됩니다. 책의 한 줄 평이나 감명 깊었던 부분 등을 이야기하며 자유롭게 의견을 나누고, 또한 한 달간의 서로의 이야기를 나눕니다.

기쁜 일이 있으면 서로 축하해 주고
슬픈 일이 있으면 서로 위로해 주는
행복하고 서로의 마음을 어루만져 줄 수 있는

따뜻한 모임입니다.

　연수구에서는 유일무이하게 교장 선생님, 사서 선생님 그리고 학부모가 함께하는 행복독서단이 아닐까 싶습니다. 3년 동안 행복독서단에 참여할 수 있었던 건 교장 선생님께서 먼저 다가와 주시고 사서 선생님께서 섬세하게 관리해 주신 덕분인 것 같습니다. 또한 다른 학부모님들께서 추천해 주시는 도서에 따라 평소 읽어보지 않았던 분야의 책을 접하기도 하며 시야를 넓힐 수 있었습니다.
　졸업을 해도 행복독서단은 계속 되었으면 좋겠습니다. 제가 행복했던 것만큼 새롭게 연성중학교를 만날 학부모님들께서도 더 많이 행복하셨으면 좋겠습니다.

2. 꽃 만들기-꽃처럼 피어날 아이들에게 꽃 전달하기

　스승의 날을 맞이하여 학부모들이 모여 선생님들께 전달할 꽃을 제작하였습니다. 2023년은 자이언트 꽃, 2024년은 카네이션 꽃바구니를 만들어 교장 선생님, 교무실, 학년교무실, 각 반 교실에 하나씩 전달해 드렸습니다. 정성을 들여 직접 만든 꽃을 전달해 드리니 선생님들께서 좋아하셨고, 그 꽃을 만든 저 또한 마음이 따뜻해졌습니다. 항상 학생들을 열심히 지도해 주시고 바른 길로 이끌어주시는 선생님들께 꽃이라는 매개체를 통해 감사한 마음을 전달할 수 있어 좋았습니다. 매년 선생님들께 감사한 마음을 작게나마 전달할 수 있다면 뜻깊을 것 같습니다.

스승의 날 꽃 만들기를 하며 아이들에게도 마음을 담은 꽃을 전달할 수 있는 기회가 있으면 좋겠다는 학부모님들의 의견이 나왔습니다. 그렇게 꽃처럼 피어날 아이들이 걸어가는 길에 행복이 가득하기를 바라는 마음을 담아 꽃을 활용한 졸업식 포토존을 만들고 졸업생 모두에게 전달하기 위한 장미꽃을 손수 제작했습니다.

더 많은 학생들이 포토존을 활용할 기회를 얻었으면 하여 학부모님들과 합심해 연성중학교 축제 전에 포토존 제작을 완성했습니다. 연성제 당일 아이들이 포토존에 줄을 서며 사진을 찍는 등 즐겁게 추억을 쌓아가는 모습을 보니 저까지 행복했습니다.

졸업식 즈음에는 장미를 한 송이씩 만들기 시작했습니다. 졸업생 모두가 꽃을 받을 수 있도록 하기 위해 10여명의 학부모들이 모여 오전 10시부터 저녁 6시가 넘을 때까지 열심히 꽃을 만들었습니다. 늦은 시간까지 계속됐지만 아이들에게 선물한다는 마음에 모든 학부모님들이 힘든 줄도 모르고 기쁘게 300송이의 장미꽃을 완성했습니다.

드디어, 졸업식, 포토존은 물론이고 졸업장과 함께 한 송이 씩 장미꽃이 아이들에게 전달되는 모습을 보며 가슴이 따뜻해졌습니다. 올해도 열심히 아이들을 위한 장미꽃을 만들어 아들 그리고 딸들에게 앞으로의 미래를 응원한다는 마음을 전하고 싶습니다. 졸업을 앞두고 있는 저의 딸에게 엄마가 직접 만든 장미를 전달해줄 수 있어 가슴이 벅차오릅니다.

아이 셋을 키우며 학교에서 여러 가지 활동에 참여해 보았지만 지금처럼 다양한 활동을 해보지는 못했던 것 같습니다. 결대로자람학교의 다양한 지원을 통해 아이들, 선생님 그리고 학부모가 함께 성장하며 긍정적 에너지를 전달하는 선순환을 이룰 수 있었습니다.

연성중학교가 결대로자람학교로 선정되어 아이들이 더 다양한 기회를 부여받고 보다 나은 교육 환경 속에서 공부하고 경험하며 본인만의 결을 찾아갈 수 있어 학부모의 입장에서 감사했습니다. 무엇보다도 아이들이 공부하고 자라나는 학교라는 작은 사회 속에서 선생님들과 교류하고 다양한 경험을 하며 학부모인 저도 성장할 수 있어 좋았습니다. 결대로자람학교의 다양한 활동들 덕분에 아이의 눈높이에서 더 많이 소통할 수 있었고, 아이들만 결대로 자라는 것이 아닌 부모 또한 결대로 성장해 나갈 수 있는 기회였습니다. 더 많은 선생님들, 아이들, 학부모님들이 결대로자람학교를 통해 소통하며 서로의 결을 나누고 함께 나아갈 수 있으면 좋겠습니다.

작은 모임 '행복독서단'은 나의 소확행

2학년 학부모(행복독서단) 류정미

1. 행복독서단과의 만남

아들이 초등학교 졸업을 앞두고 있어 중학교 배정에 신경이 쓰였다. 연성중학교를 1순위에 놓은 것은 결대로자람학교라는 이유가 컸다. 결대로자람학교를 정확히 알지는 못했지만, 아이들 개개인이 나다움을 찾을 수 있도록 앎과 삶의 주도성을 기르는 것에 중점을 둔다는 점이 자존감이 낮아지고 있는 아들에게는 너무 필요할 것 같았다. 다행히 연성중에 배정을 받았다.

학부모 총회가 있던 날, 사춘기로 접어드는 아들과의 대화에 도움이 될 것 같아 참석을 했다. 그 곳에서 처음 뵌 교장 선생님은 지금까지 알고 있던 교장 선생님들과는 사뭇 달랐다. 조용필의 '친구여'의 한 곡조를 부르시며 자신을 소개하시던 교장 선생님의 유쾌하신 모습이 너무 인상적이었다. 그런 '교장 선생님과 함께하는 학부모동아리는 어떤 곳일까?' 궁금해졌다. 고민 끝에 용기를 내어 독서단에 가입을 했다. 첫 모임이 다가올수록 걱정이 커져만 갔다.

책을 손에서 놓은 지가 오래 되어서인지 집중도 되지 않았고, 머릿속에 정리도 되지 않았다. 내가 괜히 가입했나 후회가 되기도 했지만 한편으로는 책을 매개체로 새로운 사람들을 만나 이야기를 할 수 있다는 마음에 '행복독서단' 모임이 큰 설렘으로 다가오고 있었다. 떨리는 마음으로 참석한 첫 모임, 긴장한 탓에 내가 무슨 이야기를 했는지도 모르게 시간이 지나갔다. 그런 건 중요하지 않았다. 어떠한 잣대도 없이 누군가의 이야기를 듣고, 또 내 이야기를 하고 함께 공감해 나간다는 것, 정말 오랜만에 느껴보는 즐거움이었다.

2. 눈물 펑펑~ '아버지의 해방일지'

독서단활동은 한 달에 한번, 투표를 통해 선정한 도서를 미리 읽어보고 인상 깊었던 부분이나 문장을 서로 공유하고 몇 가지 주제를 가지고 토론해 보는 형식으로 이루어졌다.

그 중 '아버지의 해방일지'를 읽은 6월 모임은 온통 눈물바다였다. 우리 모두 누군가의 자식이었기에 부모님의 죽음에 관한 이야기는 공감이 클 수밖에 없었다. 나 또한 어머니를 일찍 떠나보냈기에 책을 읽는 내내 어머니 생각에 가슴이 먹먹했다. 주인공이 아버지의 장례식을 치르며 아버지의 삶을 돌아보게 된 것처럼 우리는 이 책을 통해 부모님을 돌아보고 그들의 삶을 이해하려 애썼다. 나아가 아이들의 부모로 사느라 바빠서 잊고 지냈던 우리의 어린 시절과 부모님과의 추억을 떠올릴 수 있었다.

3. 일상의 소소함이 행복인 '꾸뻬씨의 행복 여행'

  장마가 시작되고 비가 아주 많이 내린 8월의 마지막 날. 행복을 찾아 여행을 떠난 정신과 의사 꾸뻬씨의 이야기를 통해 일상에서 찾을 수 있는 소소한 행복에 관해 생각하게 되었다. 삶이 바쁘다는 핑계로, 낯선 곳이라는 핑계로 지나쳐 버린 어쩌면 거창할 필요 없는, 길가에 핀 꽃 한 송이에서도 찾을 수 있는 그런 행복을 나는 지금껏 잊고 있었던 것 같다. 또, 무엇이 우리 아이들을 행복하게 만드는지에 대해서도 고민했다. 항상 가지고 있던 '아들에 관한 걱정'을 조심스레 꺼내었을 때, 교사로서의 경험담과 아버지로서의 경험담을 이야기해 주시며 건네신 진심 어린 조언들은 비좁은 시야로 아들을 바라보고 있던 나에게 큰 힘이 되었다.

4. 23년도 행복독서단의 마지막 날

  어느덧 마지막 모임이 다가왔다. 그동안 모임을 통해 행복에 관한 '오은영의 화해', 생이 끝난 후 시작되는 특별한 '심판', 감정이 사라진 세계 속 '기억전달자' 등의 책을 읽었다. 마지막 모임은 각자 원하는 책을 소개하기로 한 날이었다. 나도 몇 날 며칠을 책장 앞을 오가며 한때 나를 울리고, 웃긴 여러 책들을 다시 들여다보게 되었고 그때와는 또 다른 새로운 감정들을 느끼는 재미가 있었다. 이날 서로가 소개한 여러 권의 책들은 나뿐만 아니라 우리 모두의 기억에 한동안 머무르게 될 것이다.

마지막으로 지난 일 년을 돌아보며 이야기를 나누었을 때 참석하신 부모님 모두 지나온 일 년에 대한 즐거움과 비례하게 내년에 대한 기대를 이야기했다. 한편 3학년 자녀를 둔 어머니께서는 내년을 기약할 수 없음에 아쉬움을 보이셨다. 그렇게 한 달에 한 번 책을 통해 만난 '행복독서단'의 일 년이 끝나가고 있었다.

5. 새롭게 다시 시작! 아이를 통해 돌아보게 된 '긴긴밤'

2024년. 올해도 난 어김없이 독서단에 가입했고, 작년보다 많은 어머니들이 참여하시면서 더 활기차고 열정적인 시간을 보내고 있다. 올해는 '아이들과 함께하는 독서토론, 작가와의 만남, 학교축제참여' 등 더 다양한 활동을 해보자는 의견을 내며 기분 좋은 출발을 하였고, 그 중 '아이들과 함께 하는 독서모임'이 여름방학을 앞두고 이루어졌다.

사서 선생님의 추천으로 정해진 '긴긴밤'은 코뿔소 노든과 어린 펭귄이 바다를 찾아가는 힘난한 여정을 그리고 있다. 책 속에 나온 삶과 죽음, 숭고한 희생, 사랑 등에 관해 이야기를 나누던 우리는 다양한 동물들이 겪은 상처나 죽음은 결국 인간의 잔인함 때문인 것 같다는 학생이 말에 모두들 조용히 고개를 끄덕였다.

아이들의 관점에서 가장 크게 비춰지는 인간의 잔혹함, 그 가장 본질적인 문제점을 나는 하나의 시련으로 치부해 버리며 가벼이 본 것은 아닐까? 하는 부끄러움 또한 들었다. 아이의 소감을 듣고 동심의 마음으로 다시 한번 읽어봐야겠다는 사서 선생님의 말씀처럼 나도 좀 더 순수한 마음으로 책을 읽어나가려 한다.

행복독서단은 특별한 지식을 얻는 모임은 아니다. 하지만 그보다 더 중요한 것은 삶의 지혜를 책 속에서 그리고 서로에게서 배워나가고 있으며 나아가 나를 돌아보고 남의 마음을 살필 수 있는 여유를 가지도록 성장시켜주었다. 이러한 변화는 나 자신만이 아니라 아이와의 관계에도 많은 영향을 주었다. 아이가 자라는 동안 '책을 읽어라' 잔소리만 했지 정작 책 읽는 모습을 보여주지 못했던 내가 이제는 아들과 함께 책을 읽고 있다. 그리고 학교의 매력에 빠져 나보다 더 학교생활을 즐기고 있는 사춘기 아들과 공유할 수 있는 이야기가 점점 많아지고 있다.

우리는 그렇게 행복독서단을 그리고 연성중학교를 만나면서 행복을 배워나가고 있다.

독서 모임 날이 다가오면 나는 아직도 설레임에

기분이 좋아진다.

나의 작은 행복은 현재진행형이다.

'걱정 반 기대 반'의 승자는 누구?

2학년 학부모 이희완

 걱정이었다. 또래의 주변 부모님들은 다 그랬다. 주범은 코로나19였다.

 코로나19는 우리들의 일상적인 삶의 방식을 크게 바꿔 놓았다. 힘들게 만들었다. 당시 힘들지 않았던 직업군, 부류들이 어디 있으랴마는 부모로서 가장 가슴 아프게 다가왔던 대상은 바로 우리들의 자녀들이었다.

 아이들은 집에서 온라인으로 수업을 받는 경우가 더 많았다. 드문드문 학교에 갔지만, 마스크로 중무장한 상태로 만난 선생님과 친구들은 서로 낯설어했다. 뉴스에서는 같은 반 친구였지만 '학년이 올라갈 때까지 서로 얼굴을 모르기도 했다'라는 소식을 전했다. 한참 선생님 및 친구들과 소통하고 어울리며, 마땅히 누려야 할 즐거운 학교 생활이었지만, 코로나는 우리 아이들이 평생 기억할 학창 시절의 한 귀퉁이를 빼앗아가 버렸다.

 그렇지 않아도 '소심쟁이', '무용통성', '무뚝뚝' 아들이었고, 더욱이 이사 온 지 얼마 되지 않아 친구 한 명 제대로 사귀지 못했기에 새롭고 낯선 환경에서의 중학교 입학은 더 큰 걱정거리로 다가왔다. 시간은 흘러 초등학교를 졸업했고, 어느덧 연성중학교에 입학했다.

1. 우려 속에 시작된 중학교 생활

걱정과 우려 속에 아들은 중학교 생활을 시작했다. 소심쟁이 아들은 무슨 생각이 들었는지 입학 후 얼마 되지 않아 "저 반장 선거에 나갈래요"라고 선언했다. 방구석에서 컴퓨터를 켜고 끙끙대며 연설문을 작성했다. 그럴싸한 연설문을 작성했는지 뿌듯해하며 학교로 갔다.

핸드폰이 울렸다. 핸드폰 너머 아들의 목소리가 들렸다.

"아빠, 음… 저 반장은 안됐고, 부반장 됐어요"라며 너스레를 떨었다.

"어 그래, 반장이 아니고 부반장? 하하 어찌 되었든 축하해, 저녁에 맛난 거 먹자"

초등학교 때 간혹 학교 반장이나 부반장을 했으나, 중학교에서 뽑는 임원은 여러 가지 면에서 사뭇 다를 수 있다는 이야기를 들었던 터라 아들의 부반장 당선 소식은 앞으로 펼쳐질 중학교 생활에 대한 '걱정 반 기대 반'이었다. 특히 융통성이란 눈꼽만큼도 없는 녀석이 아무런 갈등 없이 부반장 역할을 잘 하면서 지낼 수 있을지.

2. 걱정은 줄이고, 기대는 늘리게 만든 연성다방

중학생이 되어서부터는 아들은 꽤 바지런을 떨었다. 깨우지 않아도 스스로 일어났고, 등교 시간이 한참 남았는데도 학교로 향했다. 왜 이렇게 학교에 일찍 가냐는 질문에 아들은 "학교 가는 것이 즐겁다."라고 했다. 의아했다. 그러던 어느 날 하교 시간이 훨씬 지나 학원에 갈 시간이 되었는데도 아들은 집에 오지 않았다. 핸드폰도 받지 않았다. 이번이 처음이 아니라는 아내의 말에 늦게 집에 돌아온 녀석을 두고 혼을 냈다. 그러나 의기소침해 하며 방문을 잠그고 시야에서 사라질 것이라는 예상을 깨고, 이내 곧 밝은 표정을 지으며 학원으로 향했다. 속으로 '이 반응은 뭐지?', '혼을 냈는데도 웃어?' 그 이유가 궁금했다.

궁금증을 푸는 데는 오래 걸리지 않았다. 이른바 혁신학교인 '결대로자람학교'로 운영되고 있는 연성중학교만의 특화된 프로그램 때문이었고, 그 근원에는 '연성다방'이 있다는 것을 알게 되었다. 연성다방 활동을 시작하면서 학교생활이 즐겁고 설렌다는 녀석은 분명 달라 보였고, 행복한 중학교 생활을 하는 듯 보였다. 나의 우려가 조금씩 사라지는 것을 느꼈고, 기대는 커졌다.

다소 생소하게 들렸던 '연성다방'에 대한 아들의 설명을 요약하면 이렇게 말할 수 있을 것 같다. 연성다방은 '연성다모여방'의 줄임말로 연성중학교의 다양한 행사를 기획, 구성, 도움 활동 등 전반에 걸쳐 행사를 진행하는 곳이고, 무엇보다 자신들이 자발적인 참여와 의사가 적극적으로 보장되는 학생자치회 같은 성격의 모임이었다.

행사 준비를 해야 한다면서 카톡방이나 줌을 통해 '이건 어떠니?', '저건 마음에 안 들어', '야 그거 좋은 생각이다' 등 요란스럽게 친구들과 한참 의논하기도 하고, 컴퓨터 프로그램을 내려받더니 뚝딱 행사 포스터를 만들기도 했다.

어느 날은 학교에서 캠프를 한다고 했다. 그러더니 의자, 테이블, 버너 등 캠핑 장비를 잔뜩 챙겨 학교로 갔다. 어렸을 때부터 차박이나 캠핑을 즐겼던 터라 나름 '실력 발휘(잘난 척)'을 할 기회도 생겼는지 녀석답지 않게 연신 수다를 떨었다. 무뚝뚝했던 녀석의 수다에 다소 당황스러웠지만, 조금씩 능동적으로 변화하는 모습을 볼 수 있다는 것만으로 흐뭇했다.

2학기로 접어들었다. 녀석은 꽃 중의 꽃이라며, 연성중학교 축제인 '연성제' 때는 더 요란을 떨었다. 이것저것 요구사항도 많아졌을 뿐만 아니라 축제 기획이나 준비 등으로 회의하는 시간도 많아졌다. 특히, 축제 때 연성다방에서 '귀신의 집'을 만들기로 했다며, 종종 학원이 끝나고, 밤늦은 시간까지 친구들과 회의(카톡방이나 줌)하느라 컴퓨터 앞을 떠나질 못했다.

사실 이때는 부모로서 슬슬 걱정되었다. 학원 성적이 조금씩 떨어졌고, 공부에 방해가 되는 상황으로 치닫지 않을까 하는 생각 때문이었다. 그렇다고 연성다방을 그만하라는, 녀석에게 사형선고와 다름없는 결론을 내리고 싶지 않았다. 솔로몬의 지혜는 떠오르지 않았다. 때문에 누구나 생각할 수 있는 제안을 했다. 그것은 '성적이 떨어지면, 연성다방하는 시간을 줄이라'는 것이었다. 다행히 아들은 시간을 쪼개어 쓰더니 걱정하지 말라는 듯이 자신의 성적을 제자리로 갖다 놓았다. 그리고 준비한 '귀신의 집'은 축제 기간 동안 최고의 인기를 독차지했다며 연신 무용담 아닌 무용담을 늘어놓았다.

나는 아들의 변화가 '결대로자람학교'로서 연성중학교가 학생들의 주도성을 길러주며, 행사를 기획하고 준비하는 과정에서 자연스럽게 이뤄지는 민주적인 참여와 배려, 상대방에 대한 존중 등 많은 가치를 교육과정에서 점진적으로 실천한 결과라고 생각한다.

아들의 '연성다방' 활동은 2학년이 되어서도 계속하고 있다. 역사를 좋아해 역사학자 또는 역사 선생님이 꿈이었던 아들은 연성다방을 하면서 새로운 꿈이 하나 더 생겼다고 한다. 무엇이냐고 물으니 "행사를 기획하고, 준비하고, 실행하는 것이 재미있고, 그것을 보고 사람들이 감탄하고 환호할 때 희열을 느낀다."라며 PD 등 연출가, 혹은 기획자라고 했다.

나는 아들의 꿈이 하나 늘었다는 점에서 소소한 행복을 느낀다. 나아가 '소심쟁이', '무용통성', '무뚝뚝'으로 일관했던 모습에서 차츰 변화하고 있고 더 나아질 것이라는 기대감이 커졌다. 졸업까지 1년 반이 더 남았다. 남은 기간 동안 더 많은 행복을 느끼고 미래를 꿈꾸는 시간은 보냈으면 한다.

꿈이 가득한 연성중학교

1학년 이보민

1. 결대로자람학교 연성중 그곳은?

연성중학교에 입학하고 결대로자람학교를 처음 듣고 어떤 것들을 배우게 될까 궁금했다. 우리 학교는 다른 학교보다 더 많은 진로 체험으로 나 자신을 찾아갈 수 있게 도와주고 내가 무엇을 좋아하는지, 어떤 것을 잘 할 수 있는지 알 수 있도록 많은 체험을 해 볼 수 있게 기회를 주었다.

2. 나도 몰랐던 나의 숨겨진 재능

친구들과 다같이 진로체험학습으로 인천 청소년 수련관에 방문하였다. 나는 보컬 트레이닝 수업을 선택하였다. 평소에 내가 어떤 목소리로 노래를 부르는지 귀 기울여 듣지 못했는데, 보컬 트레이닝 시간에 성악 선생님께서 "진성에서 가성으로 넘어 갈 때 깔끔하게 가고 음색이 잘 올라가는구나."라고 칭찬을 해주셨다. 선생님 이야기를 듣고 내 목소리에 조금 더 관심을 갖고 집에서도 노래를 흥얼거렸다. 나의 숨겨진 재능을 발견한 것 같아서 기분이 좋았다. 결대로자람학교인 연성중학교에 입학하지 않았다면 도전해 보질 않았을 것들도 친구들과 함께 할 수 있어 두렵지 않았다. 그리고 나의 숨겨진 재능과 가능성들을 발견하지 못할 뻔 했는데 여러 수업을 듣고 체험하며 내가 관심을 갖고 있는 것과 잘할 수 있는 것들을 하나하나 알아가며 나에 대해 더 알 수 있는 즐거움이 가득한 1학년 1학기였다.

연성중학교와의 행복한 연결

제28회 졸업생 권정주

안녕하세요. 저는 연성중학교 제28회 졸업생 권정주입니다. 고등학교에서 바쁘게 한 학기를 보내다가 오랜만에 중학교 3년 간의 생활을 되돌아보니 감회가 새롭습니다. 지금부터 연성중학교에서의 기억들을 일기처럼 써보려고 해요.

1. 어서와. ㄷ자 배치는 처음이지?!

우리 학교의 큰 특징이자 장점은 '결대로자람학교'(제가 학교 다닐 때에는 '행복배움학교'였답니다.)인 덕에 다른 학교와 달리 교실 책상 배치가 ㄷ자로 되어있는 것입니다. 처음에는 새로운 배치에 대한 거부감이 들기도 했습니다. 하지만 수업 시간에 친구들과 서로 소통하기도 편하고, 맨 뒷자리에 앉게 되더라도 칠판이 많이 가려지지 않아서 수업에 더욱 집중할 수 있었습니다.

저는 중학교 1학년 때, 교내 다양한 행사를 기획하고 진행을 돕는 동아리 '연성다방'에 들어갔어요. 보통 학교 행사를 기획한다고 하면 전교 학생회가 주축이 되는 것이 일반적인데 1학년으로 구성, 운영된 '연성다방' 동아리는 저에게 큰 추억과 경험을 가져다 주었죠. 1년 동안이었지만 학생과 학생들의 생각, 선생님과 학생들의 생각을 모아 행사를 진행하고 그 과정에서 사회에 한

연성중학교 파이팅!

발 한발 더 나아가고 있는 것 같다는 생각이 들었습니다. 또한 교내 축제 때에도 모두가 즐기며 즐거운 시간을 보낼 수 있는 기회를 가져다 주었습니다. 준비하는 과정에서 선생님들의 노고와 학생들의 열정을 느낄 수 있었기에 더욱 그렇지 않았을까요.

무엇보다 연성중학교에서의 3년에 더욱 감사한 마음을 가질 수 있었던 것은 여러 선생님들 덕분입니다. 항상 학생들을 아끼고 사랑으로 대해주셨고 열정으로 수업해 주셨고 배려해 주셨습니다. 공부하다가 질문이 생기면 아낌없이 대답해 주셨고, 고민이 생겨 이야기를 하면 열심히 들어주시고 같이 생각해 주시고 도와주셨습니다. 선생님과 함께한 소중한 경험 중 하나는, 3학년 때 강전희 선생님과 국어 부장을 한

친구들이 같이 모여 떡볶이를 먹은 것입니다. 아무것도 안 해주셔도 괜찮았는데 떡볶이를 먹으면서 저희를 아껴주시는 선생님의 마음이 느껴져, 졸업을 바로 앞에 두고 조금은 슬펐던 기억이 나요. 재료를 준비해서 함께 조리하고 선생님, 친구들과 이야기를 나눈 것은 아주 소중한 추억으로 남아 있습니다.

4. 시험공부. 친구들과의 연결

시험 공부에 대해 이야기하지 않을 수가 없네요. 노트에 학습 내용과 관련된 그림도 열심히 그리고, 스터디 카페에 자주 가서 공부했던 기억이 납니다. 사실 중학교 공부에 비해 고등학교 공부가 더 어렵고 깊이가 있지만, 본인의 학습 태도와 습관을 중학교 때 탄탄히 만들어 가며 공부는 어떻게 하는 것인지 알아가는 과정이 고등학교 공부의 중요한 바탕이 되는 것 같아요. 되돌아보니 시험 기간에 친구들과 스터디 카페에 가거나 줌으로 접속하여 함께 공부하면서 서로를 보며 자극을 받았고, 시험점수 내기를 하며 열정을 쏟았던 기억도 있어요. 특히, 역사 시험 공부할 때 외울 것이 많아서 힘들었는데요. 역사 선생님께서 A4 용지로 된 정

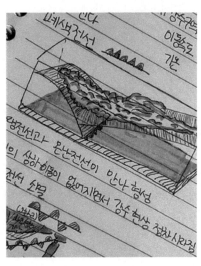

한 땀, 한 땀 시험공부

리본을 주시면 그것을 위주로 공부하고 잘 암기해 가고 있는지 친구들과 서로 문제를 내면서 확인했고 그 덕분에 좋은 성적도 얻었던 것 같아요. 그리고 8명 정도의 친구들과 함께 방과후 수업을 들으며 선생님, 친구들과 서로를 응원해 주고 도와서 처음에는 제일 못하는 과목이었지만 성적이 많이 향상되었어요. 학교에 다양한 방과후 수업이 개설되었던 것도 연성중학교의 장점이라고 생각합니다. 또한 2학년 때는 학급 담임이셨던 손○○ 선생님의 도움에 힘입어 친구들과 지난해 기출문제도 풀어보고, 우리가 만든 문제를 서로 교환해서 풀어보며 시험 대비를 하기도 했어요.

5. 3학년. 더욱 돈독해진 추억

3학년 도덕 시간에는 GMC(그린 미션 챌린지)가 진행되었는데 모둠을 만들어 환경친화적인 미션을 정한 후, 관련된 자료를 조사하고 영상을 만들어 다른 친구들과 공유했는데 그 과정에서 환경문제에 대한 경각심을 느끼게 되고 협업을 통해 친구들과 더욱 돈독한 사이를 만들어 갈 수 있었습니다. 3학년 2학기 고사가 끝난 후에는 '우리말 겨루기(사자성어)' 등 다양한 활동을 하며 지식과 즐거운 경험을 쌓기도 했어요. 연성중학교에서 만난 친구들이 서로를 존중하려 노력하고 공부하는 것도 노는 것도 열심히 했기에, 제 중학교 학창 시절이 행복으로 채워질 수 있었습니다.

저보다 먼저 태어난 연성중학교의 30주년을 진심으로 축하하며, 기념 백서에 글을 남길 수 있는 영광을 주신 손○○ 선생님을 비롯한 출판공동체 선생님들께 감사드립니다. 앞으로도 연성중학교에서 후배들이 행복하고 건강한 3년을 보낼 수 있기를 기원할게요♥

▲ 2학년 이유진 학생 작품

▼ 2학년 유인영 학생 작품

설명할 수 있어야 비로소 안다

교사 임이숙

　중학교 과학 담당 교사로서 효과적인 교수-학습을 위한 수업 형태를 고민하면서 다양한 연수를 찾아다니다가 십 오륙년 전에 처음 배움중심수업을 접하고 단원의 특성을 고려하여 이따금 수업에 적용해 본 적이 있었다. 2020학년도에 본교에 부임해 보니 이미 선생님들이 열의를 갖고 배움중심수업을 실천하고 있었으며 부임 1년 차에 코로나19가 극성일 때 대면 수업이 원활하지 않았으나 행복배움학교로 학교가 지정이 되어 2년 차부터 전교사가 배움중심수업을 실천하게 되었다. 행복배움학교 첫해에는 학생들이 등교하는 날에만 거리두기를 실천하는 모둠 책상을 만들고 토론 수업을 진행하였다. 모둠원 구성은 성적과 무관하게 학급에서 정한 좌석 배치에 따라 정해졌고 성적우수자와 기초학습자를 적당히 배정하여 모둠을 편성해야 한다는 나의 편견이 무색하게 살아있는 수업을 진행하게 되었다. 그런데, 같은 내용의 수업을 진행하여도 학급 간의 격차가 있었고 그 원인을 살펴보면 철저한 교사의 학습설계를 바탕으로 한 모둠원간의 신뢰와 긍정적인 관계가 학습효과를 높이는 중요한 요소임을 깨달았다. 그래서 학급공동체 내에서 상호

관계가 얼마나 중요하며, 결대로자람학교의 학교공동체 운영원리에 따라 담임교사가 학급 운영을 어떻게 하는가가 학생들이 나다움을 찾아가는 과정에 중요한 열쇠로 작용한다는 점을 강조하고 싶다. 결대로자람학교 운영 기간 중 삼 년 동안 삼 학년 담임 교사로 학급을 운영하면서 성과가 좋았던 두 가지 사례를 소개하고자 한다.

1. 학급공동체는 자율과 책임을 기르는 현장

학급공동체는 자율과 책임을 기르는 현장이다. 학급 학생들과 처음 만난 날 '우리 반 학생이 모두 친구라는 편견을 버려라. 그러나 졸업할 때는 모두가 친구가 되어 헤어지길 바란다' 라고 훈시를 한다. 구성원들을 친구라고 정의하고 시작하면 상대방이 무관심하거나 갈등이 있을 때 서운함이 증폭되어 관계가 악화되어진 사례를 많이 경험하였기에 특별히 강조한다. 그리고, 학급 급훈은 그해 2월 대토론회를 통해 정한 학년 비전과 연결하여 학급 운영 철학을 담아 담임교사가 정하고 학급 자치 활동 시간에 나와의 약속, 친구 간의 약속, 학생과 교사와의 약속을 모둠 토의를 통해 학급 전체의 약속을 정하고 다른 반 학생들과 이를 공유하여 공동체 약속의 중요성을 인식하게 하였다. 학급 임원을 정할 때는 출마한 학생이 소견서를 작성하여 일주일 동안 학급에 게시하고 후보의 됨됨이를 관찰하도록 한 후 투표로 회장과 부회장을 선출하였으며 학생들의 추천을 받아 학급 부장을 구성하여 구성원 모두가 참여하는 학급회 조직을 하였다. 공동체에서 맡은 역할을 정하고 학부모 총회에 맞춰 부모님과도 학급 운영 계획을 공유하고 협조를 구하였다.

우리반 급훈

　자아존중감을 높여주기 위해 생일 축하를 월별로 실시하지 않고 진짜 생일날 조회 시간에 축하해 주는 시간을 마련하였더니 축하 식순 정하기, 진행자 정하기, 무대 장식하기 등을 담당 부서에서 잘 계획하여 진행하였더니 쑥스러워하면서도 밝은 표정으로 축하받던 모습이 기억에 남는다. 학년에서는 학급공동체의 단합을 위하여 '학급소개 영상 제작하기', '학급대항 스포츠 경기', '사제 간의 스포츠 경기', '학년밴드 대회', '기악합주대회', '행복 텃밭 가꾸기' 등 다양한 공동체 활동을 개최하여 서로의 마음을 맞춰가는 기회를 제공하고 아침 등굣길 음악회, 점심시간 버스킹 활동, 자기계발시기 운영 등을 통해 자신의 재능을 찾고 기르며 자신감을 찾을 수 있는 기회를 제공하여 담임들의 학급운영을 도와주셨다. 학생들의 행복지수는 교내에서 마음이 통하는 친구들과 소통하는 것이므로 늘 담임교사가 매월 다양한 방법을 동원하여 자리 배치를 해왔으나. 자율과 책임을 기르는 일환으로 2022학년도에 자

학급활동 사진

리 배치 권한을 학생들에게 일임하였다. 갈등이 발생 시에는 권한을 제한하겠다는 조건이었으나 학생들이 양보와 배려심을 발휘하여 매달 원만하게 자리 배치가 이루어졌다. 수업 중 질문을 할 때 '나의 언어로 설명할 수 있어야 비로소 아는 것이다'라는 점을 강조하였다. 그런 환경을 조성해 주는 것이 자리 배치의 주된 목적이므로 구성원들끼리 상호작용이 활발하여지니 교과 활동시 모둠학습이 매우 원활하여 교과 선생님들께서 우리 반 수업 후에는 힐링이 되는 수업이었다고 극찬들을 하셨고 학년말에도 학교가 즐겁다면서 졸업식 날까지 허용되던 가정학습이나 체험학습도 사용하지 않고 끝까지 함께하는 모습을 보게 되어 뿌듯하였다. 이듬해에도 학생들을 믿고 자율적으로 자리를 정하도록 하였더니 믿음을 저버리지 않는 좋은 결과를 얻었다. 교사가 노파심을 좀 더 내려놓고 신뢰를 느끼도록 해주면 아이들은 기대를 저버리지 않는다.

2. 자기주도학습 습관을 길러야

결대로자람학교 운영 원리의 학습자 중심이 되어야 하므로 스스로 계획하고 실천하며 자신만의 학습 방법을 찾아가도록 지도하는 것이 중요하다. 학기 초에 학습플레너를 나누어주고 사용 방법을 지도한 후 개인 상담을 통해 점검하였다. 상담 결과, 공부하는 방법을 모르고 공부 습관이 되어있지 않은 학생들이 의외로 많음을 확인할 수 있었다. 1회 고사가 진행되기 4주 전에 고사 준비 계획서를 학급구성원 전체가 작성하도록 한다. 성적이 우수한 학생에게는 자기계발서를 선물하여 스스로 부족한 부분을 참고하도록 하였고, 특히, 성적이 중하 수준에 있는 학생들에게는 공부의 필요성과 방법, 학습원리 등을 자기계발서의 팁을 응용하여 지도하고 학습 방법 개선을 권면하여 동의한 경우에 요일을 정하여 계획서 작성법을 구체적으로 지도하였다. 고사 후에는 자신의 성적과 공부 방법에 대한 피드백을 통해 학습방법을 개선하여 2회 고사를 준비하도록 지도하면서 자전거의 주행 원리를 예를 들어 초기에 성과가 나타나지 않아도 실망하지 않도록 격려하면서 자기주도학습을 경험하도록 도왔다.

성적향상 프로젝트 예시   자기주도학습설문지   성찰 일지 양식   습관 달력 양식

* 출처: 강성태 66일 공부법,이토록 공부가 재미있어지는 순간, 자기주도학습실천노트 등 참고

3. 소감

결대로자람학교를 운영하는 동안 학생 수가 타교보다 많다 보니 개인 상담 횟수가 적어 더 세심하게 지도하지 못했던 점이 가장 큰 아쉬움으로 남는다. 그러나, 학생 자신의 나다움을 찾아주기 위하여 교과 교사들이 배움중심수업과 전문적학습공동체로 끊임없이 토론하고 연구하였으며 이 모든 과정이 학급에서 이루어지므로 학급 운영에 대한 담임교사의 운영 방식과 교육철학은 맞물린 톱니바퀴와 같은 중요한 존재임을 강조하고 싶다.

삶과 연결되는 우리

교사 박재인

    나는 연성중학교의 진로교육과 1학년 진로와 직업 교과를 맡고 있다. 저마다 다른 '결대로 성장'을 위하여 우리 아이들이 '좋아하는 것'과 '잘하는 것', '하고 싶은 것'을 마음껏 도전할 수 있도록 기회를 주고, 그 도전이 미래로 이어질 수 있도록 용기를 주는 우리 연성중학교의 행복했던 시간을 기억하고자 글을 남긴다.

1. 나, 너, 우리

    연성중학교와 만나게 된 2022년 2월의 겨울이 기억에 남는다. 코로나19로 얼굴의 절반을 마스크로 덮고 있던 때였다. 코로나19의 매서운 기세로 나도 연성중학교 최초로 감염자가 되었던 날이기도 했다. 발령받아 오기 전까지는 코로나19 청정지대였었다. 어쨌건 인사 발령을 받고 연성중학교로 인사를 와야 하는 2월에 감염으로 격리 대상자가 되어서 학교에 오지 못했다. 이런 나의 건강을 염려해 주시던 선생님들이

학교 밖 진로 프로그램 연계
이모티콘 제작 스토리
2022, 2023년

학교 밖 예술 공연 연계
뮤지컬, 연극 프로그램
2022, 2023, 2024년

계셔서 코로나의 고열과 근육통도 이겨낼 수 있었다. 지금 다시 돌아보니, 그때부터 '우리'가 있었다.

　사실 나는 연성중학교로 발령 받기를 엄청나게 바라고 있었다. 1순위로 희망하던 연성중학교에 오게 되어서 너무나도 기뻤던 순간이 생각난다. 단정한 학교의 느낌, 정리되어 있는 교실 모습, 밝게 맞이해주던 학교 선생님과 학생들의 첫인상들이 아직도 아련하다. 어찌나 학생

마을 연계 '블루카펫'
학교폭력 예방 프로그램
2023, 2024년

들이 인사를 밝게 해주던지… 분명 그들에게 나는 모르는 외부 사람일 텐데… 답답한 마스크를 경쾌하게 뚫고 나올 만큼 밝은 목소리로 '안녕하세요!'라고 인사하는 모습이 따뜻하게 다가왔다. 내가 누구인지가 그들에겐 중요한 게 아니었다. 모르는 사람도 반갑게 어른으로 대접하며 인사해 주는

그 모습을 통해 결대로자람학교만의 '다름'을 알게 되었다.

결대로 자라는 '다름'을 가진 연성중학교 학생들에게 '나다움'을 알고 '서로를 존중'하고 연결된 '우리'의 삶을 그려주고 싶었다. 그래서 '우리'를 더 넓게 학교 밖의 마을로 연결할 수 있는 학교 행사들을 추진했다. 이 행사들이 의미 있는 순간들로 남을 수 있었던 건, 나의 능력이 아닌, 학생들의 '결대로자람'의 원동력이 있었기 때문이었다. 학교 밖의 기관들과 연계한 행사 속에서 우리 아이들은 학교에서의 배움이 학교 밖으로 연결되는 성장을 이룰 수 있었다.

2. 진로 체인지 메이커

나는 연성중학교에 오기 전에는 송도에 있는 학교에서 국어 교사였다. 국어 수업도 너무 즐겁고 행복했지만 새로운 것에 도전하는 것을 좋아하는 성격 덕분에 '진로' 교과로의 전과를 계획하게 되었다. 예전 근무하던 학교 학생들과 다양한 동아리 활동, 진로 연계 활동 등을 하다 보니 '진로' 교과 수업이 더욱 기대되었다.

특히, 나의 '국어' 교과와 '진로'를 융합한 교과 활동과 창의적체험활동 등을 기획할 수 있다는 생각에 들떠있었다. 그런데, 막상 진로 교과 수업을 하려고 보니 꽤 긴 시간을 국어 교사로 학생들 앞에

스터디 카페 운영
2023, 2024년

당신을 응원합니다!

잔반이 없으면 간식이 떨어진다

섰던 나로서는 첫 수업이 너무나도 부담스러웠다. 긴장을 벗기 위해 스스로 '할 수 있다!' 등을 되뇌어도 보았지만 쉽게 긴장이 풀리지 않았다. 재미있게도 그 긴장의 순간을 평온함으로 바꿔준 건 2022학년도 1학년 학생들이었다. 바른 삶의 자세와 적극적인 수업 참여 자세, 상대의 말을 경청할 줄 아는 마음으로 수업에 참여하는 학생들이었다.

그 결대로 성장하는 모습은 학급과 학년, 학교 차원의 공동체 결대로 자람교육을 통해 더욱 빛을 내게 되었다. 시키지 않아도 '하고 싶어요, 해보고 싶어요!'라고 스스로 참여하고자 찾아오는 학생들 덕분에 '체인지 메이커(change maker)'의 활동을 기획 운영하게 되었다. 내 삶의 문제, 우리 삶의 문제, 학교의 문제, 학교 밖 사회의 문제에 대해 적극적으로 고민해 보고 해결하고자 노력하는 학생 사회 참여 활동인 '체인지 메이커' 진로활동은 연성중학교의 결대로 성장을 학교 밖의 삶으로 이어나갈 수 있는 연결고리가 될 수 있었다.

2023학년도에 처음 시작했던 연성중 스터디 카페도 '체인지 메이커' 진로활동에서 시작되었다. 지금은 미라클실에서 점심시간에 주기적으로 운영되는 학교의 자랑이 되었다. 당시에는 시험 기간에 1층 진로활동실에서 스터디 카페처럼 음료와 간식을 지원하고 공부를 할 수 있는 공간을 마련하는 이벤트성 행사로 시작하였다. 이 행사의 기획과 운영은 학교에서 공부 공간 부족이라는 문제 상황에 대한 인식과 해결 방법을 찾는 과정에서 시작되었다. 그 외에도 사회의 기후 위기 문제를 해결하고자 '급식을 남기지 말자'라는 캠페인으로 연결하는 행사, 학기 초와 방학에 세운 계획을 이루는 과정을 응원하는 '네 꿈을 응원해!' 등의 행사 등을 오로지 학생들의 힘으로 이루었냈다.

살면서 우리는 많은 기회의 순간들을 맞이하게 된다. 그중에서 의미 있게 다가오는 많은 삶의 순간들도 있는데, 그 순간들을 무성의하게 흘려보내지 않으려면 보이지 않는 힘이 필요하다. 새로 도전할 수 있는 힘을 기를 수 있었던 교육의 순간들을 우리 연성중학교 학생들과 나눌 수 있어서 너무나도 행복했다.

믿음과 기다림의 힘

교사 조아라

1. 학생들과 함께하는 교사의 성장

교육 현장에서 교사로서 학생들을 지도하는 과정은 하루하루가 도전이자 배움의 연속이다. 학생들과 함께하는 시간은 단순한 교육을 넘어, 교사인 나 자신도 끊임없이 성장하게 만드는 여정이라고 생각한다. 그중에서도 학생들을 믿고 기다리는 순간들이 그러한 성장을 이끄는 중요한 경험이라는 것을 느낀다. 특히 2023년, 1학년 학생들과 함께했던 1박 2일 캠프는 나에게 큰 깨달음을 주었다.

2. 학생들의 잠재력과 자율성의 발견

캠프는 특별한 장소가 아닌 학교 내에서 진행되었으며, 학생들은 직접 텐트를 설치하고, 삼겹살을 이용한 요리 경연을 벌이는 등 모든 과정을 스스로 이끌어 나갔다. 텐트를 한 번도 설치해 본 적 없는 학생들이 많을 텐데 과연 잘할 수 있을지, 요리할 때 불을 사용해야 하는데 위험하지는 않을지 걱정이 앞섰다. 그러나 나는 학생들에게 기회를 주기로 마음먹고, 그들이 스스로 해낼 수 있다고 믿고 기다리기로 했다.

텐트 설치를 완료하고 있는 모습

학생들은 각자 맡은 역할을 분담하여 텐트를 설치하기 시작했다. 처음에는 약간의 실수가 있었지만, 서로 협력하며 해결해 나가는 모습이 인상적이었다. 텐트 설치를 마친 후에는 삼겹살을 굽고 기타 재료를 준비하며 요리를 이어갔다. 그 과정에서 학생들이 예상보다 훨씬 더 능숙하게 불을 다루고 안전하게 마무리하는 것을 보고 나는 그들의 잠재력에 놀랐다.

특히, 요리 경연에서 가장 인상적이었던 점은 학생들 간의 협력과 창의성이었다. 각 조별로 자신만의 아이디어를 담은 요리를 완성했고, 그 과정에서 책임감과 문제해결능력을 자연스럽게 발휘했다. 이 모든 과정을 보며 나는 교사의 역할이 모든 것을 해결해 주는 것이 아니라, 학생들이 스스로 해낼 수 있도록 믿고 기다려주는 것이라는 중요한 깨달음을 얻었다. 그 믿음 속에서 학생들은 자신의 힘을 발견하고 성장하며, 나 또한 그들을 통해 교사로서 한 걸음 더 나아가

요리 경연, 재료 준비 및 조리하는 모습

운동장에 설치를 마친 텐트

게 되었다.

첫날 모든 프로그램이 끝난 후, 학생들은 텐트 안에 누워 도란도란 이야기를 나누었다. 그 모습을 보며 '이 아이들도 여전히 천진난만한 어린 아이들이구나' 라는 생각이 들었고, 그들의 해맑은 모습에 마음이 따뜻해졌다.

다음 날 아침, 텐트를 해체할 때도 학생들은 부속품 하나 빠뜨리지 않고 텐트를 깔끔하게 정리했다. 텐트의 건조 상태를 일일이 확인하면서 함께 돕는 학생들의 모습을 보며 이번 1박 2일이 단순한 캠프가 아닌 우리 모두에게 소중한 경험으로 남을 시간이라는 것을 느꼈다. 또한 평소 수업 중에는 미처 발견하지 못했던 학생들 한 명 한 명의 강점을 발견할 수 있는 계기가 되기도 했다. 수업에서는 보이지 않았던 협동심, 책임감, 그리고 통솔력 같은 다양한 자질들이 돋보였고, 이를 통해 학생들을 더 깊이 이해할 수 있었다.

3. '앎과 삶의 주도성' 그리고 의미 있는 시간과 미래에 대한 기대

캠프를 마치며, 나는 앞으로도 학생들에게 더 많은 자율성과 신뢰를 부여해야 한다는 다짐을 하면서 교사로서 새로운 통찰을 얻었다. 물론 교사가 지녀야 할 책임감과 안전에 대한 우려는 여전히 존재하지만, 학생들에게 자율성을 부여하고 그들이 문제를 스스로 해결할 수 있도록 돕는 것은 때로는 내 걱정보다 더 큰 교육적 효과를 발휘한다는 것을 배웠다.

무엇보다도 이 경험을 통해 모든 학생들이 각자의 '나다움'을 찾으며, 책임 있는 시민으로 성장할 수 있도록 '앎과 삶의 주도성'을 기르기 위한 교육적 목표에 조금이나마 가까워지지 않았나 생각한다. 1박 2일 캠프는 우리 모두에게 의미 있는 시간이었고, 앞으로도 학생들과 함께 만들어갈 수많은 순간을 기대하게 만들었다. 학생들은 스스로 과제를 해냈다는 성취감을 얻었고, 나는 그들이 스스로 성장할 힘을 지니고 있음을 믿게 되었다. 이러한 깨달음을 바탕으로, 앞으로도 학생들의 잠재력을 끌어내기 위해 노력하며, 교사로서 나의 성장도 학생들과 함께 걷는 길 위에서 계속될 것이다.

평생학습, 마음으로 하는 공부

질문이 중요해지는 시대가 왔다. AI에게 적절한 질문을 하면 꼭 필요한 정보를 쉽게 얻을 수 있고 이러한 방식의 업무가 더 빠르고 정확하기 때문이다. '공부를 왜 하는가?' 라는 질문에 주위에서는 곧잘 '시험 성적을 올리기 위해서!'라는 답변이 돌아온다. 그러나 막상 학교를 졸업하고 마주칠 학교 밖 세상에서는 시험 위주의 공부, 성적 올리기 위한 여러 가지 방법들만 가지고는 많은 문제를 해결하지 못한다. 즉, 학교를 졸업해도 끊임없이 생각하고 자신을 성찰하며 앞으로 나아가야 하는 것이다. 학습을 대하는 태도를 바꿀 필요가 있다. 바로 머리로만 아는 지식이 아니라 따뜻한 마음과 냉철한 판단력을 가진 실천적 지식인으로 길러져야 하는 것이다.

어찌 보면 공부를 하는 이유는 어떤 개인적 이익을 위함만이 아니다. 우리 사회의 발전을 위한 것이기도 하다. 만약 우리의 선조들이 자신만의 이익을 추구하며 살았다면 지금의 대한민국은 어떤 나라가 됐을지 생각해 보면 안다.

쉬는 날에 가끔 도서관에 가면 꼭 보는 책이 있다. 바로 독립투사의

300— **연결** – **연**성중학교 **결**대로자람학교

사진과 그분들의 친필을 실어놓은 책이다. 그분들의 얼굴에는 우리나라의 독립을 위한 바람이 가득 담겨있다. 그리고 기꺼이 자신의 하나밖에 없는 목숨조차 바친 분들이시다. 그분들의 모습과 글을 보고 읽으며 나는 가슴이 뛰기 시작한다.

마음으로 하는 공부, 이것은 시험이라는 틀에 갇혀 우리가 잊어가고 있는 소중한 어떤 것이라고 생각한다. 아래에 그분들 중에 한 분을 묘사한 시로 이 글을 마치려 한다. 비록 짧은 인생이었지만 우리는 그 이름을 생각할 때마다 마음에 무엇인가 꿈틀거림을 그리고 그것이 정말로 큰 힘을 가지고 있음을 느낄 수 있다.

빗방울

이인용

내려가기만 한다
그것도 수직으로 한없이
나는 내려가기만 한다

아무것도 존재하지 않을 것 같은
그곳에 다다르기 전
다행히 무언가와 마찰이 있어
사연이 있을 듯
물방울과 섞이었다

그 눈물은
소중한 것을 잃어버린

홀로 거리에 멈춘 여인의 생각에서 나온것인데
자신 안에 슬픔이 가득하다 하였다

내려가기만 한다
그것도 수직으로 한없이 함께
우리는 내려가기만 한다

우리는 그렇게 여인의 뺨을 타고
흐르며 무언가를 공유하였다

그녀의 턱선에 다다라 그녀가
슬퍼하는 이유를 알게 되었고

울먹이는 가슴에 떨어져 산산히 부서질 때
그녀의 생애가 겪어온 날들과
그 슬픔의 이유를
깊이 이해하게 되었다

우리의 마지막 목적지에 다다르기 전
그녀가 하늘을 바라보려 할 때에
그녀의 슬픔이 또다시 씻겨 내리고 있음을 보았고
그녀를 그렇게 내버려 둘 수 밖에 없었다.

우리는 결국 하나가 되어

한없이 내려가기만 하리라

그러나 그녀의 기억 속에 슬픔과 함께

또한 기쁘게 공존하리라

같이의 가치

교무실무사 김지은

정들었던 학교를 떠나 연성중학교에 처음 왔을 때에는 이전 학교보다 더 좋은 학교는 없을 거라는 생각이 있었다. 편안하고 익숙하고 정들었던 공간을 떠나 새로운 곳에 적응하는 일은 언제나 시간이 조금 필요한 일인 것 같다. 물론 지금은 더없이 좋은 교장선생님과 교감선생님을 비롯 가족처럼 챙겨주시는 부장님들과 세상에 둘도 없이 좋은 동료들을 만나 행복한 학교생활을 하고 있다.

꽃을 보고 떠올리다

연성중학교는 나에게 두 번째 결대로자람학교인데 결대로자람학교가 지닌 공통의 특성은 있지만 학교마다 분위기는 사뭇 다른 것 같다. 이전 학교에서는 수업계와 학적을 담당했었는데 전입 학생 중 외국인이 많기도 하고 학업

힘내라고 건넨 사랑   행복한 고백

중단이나 미인정 결석 학생도 워낙 많은 탓에 주로 아이들에게 도움을
주는 입장이었다. 그러나 연성중학교에 와서는 수업계와 고사계를 담
당하게 되었고, 더 이상 학생들에게는 직접적으로 도움을 주는 일은 없
을거라 생각했는데 반대로 내가 도움을 받고 있게되었다.

  첫 만남은 학기 초 교무부장님께서 정말 예쁜 학생들이라며 OO이와
OO을 소개해 주셨다. 매일 변경되는 시간표를 학급에 게시해 주는 봉
사활동을 맡은 학생들이었다. 점심 식사 시간 이후 한 시쯤이면 아이
들이 교무실로 오는데, 밝은 얼굴을 하고서는 바뀐 시간표가 많으면 좋
겠다고 말하는 것으로 보아 이 봉사활동을 즐기고 있는 모습이었다. 이
아이들은 수행평가나 시험공부 등 여러 가지 이유로 핑계를 대거나 오
지 않을 법도 한데 둘 중 한 명이라도 꼭 빠짐없이 찾아오는 성실함을
보여주었다. 혹여 내가 휴가를 가거나 점심 식사를 늦게 해서 자리에
없을 경우에도 다음 쉬는 시간이나 다음 날 아침에라도 꼭 찾아오는 책
임감도 보여주었다. 단순히 점수를 채우기 위함이 아닌 맡은 일을 성실

졸업 축하해

하게 해내는 책임감과 봉사를 즐기는 순수한 마음이 너무 예뻤다. 어떤 날은 예쁜 손글씨와 함께 빵이나 음료를 두고 가기도 하고, 또 어떤 날은 떨어진 예쁜 꽃을 주워 와서는 예쁜 꽃을 보니 생각이 났다는 감동의 말도 사랑스럽게 적어놓고 가기도 했다. 또, 어떤 날은 반갑게 찾아와서는 보고 싶었다고 말하는 ○○이는 여전히 사랑스럽기만 하다. 고민을 들어주기도 하고 기쁜 일은 같이 축하해 주기도 하고 응원을 해주기도 하면서 그렇게 정들었던 아이들과의 시간은 빠르게 흘러 졸업식을 맞이했다. 졸업식 날이 되어 아쉬운 마음과 고마웠던 마음이 들어 내가 직접 그 마음을 담아 풍선 꽃다발을 만들어 축하해 주었는데, 이 아이들은 정성스럽게 써내려 간 편지와 꽃다발을 들고 와서는 오히려 나에게 사랑을 안겨주고 갔다.

어쩌면 어른들은 아이들에게 사랑받는 존재가 아닐까? 라는 생각이 들었다. 아이들을 사랑하고 돌보는 것은 어른인 것 같지만 사실은 아이들에게 무한한 사랑을 받고 살아가고 있는 것은 어른들이구나! 라는 생각이 든다. 연성중학교에 와서 가장 특별한 점은 세상에서 가장 사랑스러운 중3 그 아이들을 만난 일이다.그리고 현재도 세 명의 사랑스러운 학생들을 매일 만나고 있다. 학교는 그렇게 아이들을 사랑하고 또 아이들에게 사랑받는 곳인 것 같다.

그렇게 세상에서 가장 사랑스러운 중3 아이들을 만났다.

　월요일 아침은 단톡방에 도장판이 올라오는 날이다. 일주일간의 미션 성공 여부에 따라 성공 도장을 받는 날인데 '참 잘했어요' 도장을 받는 학생들의 마음을 조금은 이해할 수 있는 날이기도 한다. 이게 뭐라고 "굿 잡" 도장에 상당한 뿌듯함을 느낀다. 매주 열심히 미션을 성공시키고 있는 연성중학교 '교만 동호회' 회원들의 이야기다.

　교만 동호회는 연성중학교 교직원 동아리 활동 중 교내 만보 걷기 동호회다. 2023년에 시작되어 2년째 꾸준하게 활동하고 있다. 만보 이상 걷고 난 후 단톡방에 앱이나 캡처화면으로 인증을 하는 방식인데 매일 저녁이 되면 앞다투어 인증샷이 올라온다. 오늘은 쉬어볼까? 라는 마음이 들었다가도 자극을 받아 열심히 걷게 된다. 교만의 미션은 일주일에 만보를 최소 두 번 이상 성공하고 인증하면 매주 월요일 회장님께서 "굿 잡" 도장을 주신다. 물론 실패한다면 귀여운 옐로우카드를 받을 수도 있다. 묘하게 영향력이 있는 도장판! 어쩜 이렇게 모든 인원이 열심

2023년 도장판

2024년 도장판

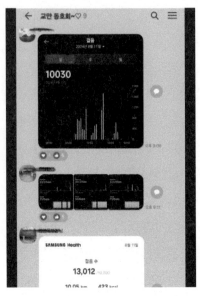
걷기 일일 인증 단톡방

히 걸을 수 있을까? 그것도 1년 반이라는 시간 동안 꾸준히 진행 중이다. 일주일 내내 도장판을 초록으로 물들이는 회원님들도 계신다. 한달에 한번 정도 모두 함께 걷고 식사를 하기도 하고 인천생명사랑 밤길걷기 등 의미있는 대회에 참가하기도 했다. 걷는 것이 별거 아니라고 생각할 수도 있지만 오랫동안 꾸준하게 성실하게 회원 모두 미션을 수행한다는 사실은 꽤나 의미가 있다고 생각을 한다. 이것은 그만큼 단합력과 팀워크가 좋다는 뜻이라고도 생각한다. 그리고 더 큰 장점은 모두 걷기를 즐긴다는 것이다. 어느 집단이든 구성원의 의견을 하나로 모은다는 것

교만! 별보다 반짝이다

생명사랑 밤길걷기

영흥도 십리포 걷기　　　　　　　　읽걷쓰 참여

은 가장 어렵고 힘든 일이다. 그리고 그것을 지속하기란 더 어려운 일
이다.

　이렇게 한가지 면만 본다고 하더라도 연성중학교의 분위기는 더할
나위 없이 좋은 것 같다. 부모가 행복해야 자녀가 행복하듯이 교직원이
행복해야 학생도 행복할 수 있다고 생각한다. 물론 가장 첫 번째로는
학생이 행복해야 학교가 행복하다. 그런 점에서 결대로 자람 학교로서
연성중학교는 모든 구성원의 행복지수가 가장 높은 학교가 아닐까 생
각한다.

행복의 비결

당직전담실무원 이순덕

　살아생전 법정 스님은 '행복'에 관하여 이렇게 말하였습니다. '행복의 비결은 필요한 것을 얼마나 갖고 있는가가 아니라, 필요한 것에서 얼마나 자유로워져 있는지다.' 이 평범한 진리를 저는 최근에 느끼고 있습니다.

　젊은 날 ○○이라는 기업에 입사하여 퇴직할 때까지 저는 여느 직장인들처럼 월급, 승진을 최고의 목표로 삼고 살아왔습니다. 아버지라면 누구라도 그러하듯이 나 개인의 꿈도 있었지만, 가장으로서 소중한 가족의 울타리 역할을 해야만 했기 때문입니다. 물론 그렇다고 구두쇠처럼 무작정 아끼고 베풀지 않았다는 말은 아니고, 때에 따라 나보다 어려운 친구에게 도움을 주고, 더불어 사는 지역사회에 봉사도 하며 살았습니다. 그런데도 저는 크게 행복하다는 걸 느끼지 못하였습니다. 회사에서 직위가 올라가고, 또 내 집은 마련되었으며, 아이들도 잘 성장하여 어찌 보면 남 부러운 거 없는 인생이었습니다. 그런데도 저의 마음은 행복으로 채워지지 못하였고 늘 뭔가 비어있는 듯 허전했습니다.

　'우물쭈물하다가 내 이럴 줄 알았어.'라는 버나드 쇼의 묘비명처럼 저는 '그래, 남들도 이렇게 사는데 아무렴 어때?' 하는 안일한 마음으로 정년퇴직을 맞이하였습니다. 그러다가 정말 운 좋게 제2의 직장인 연성중학교에 당직원으로 선발되었습니다. 제가 중학교 다닐 때는 선생님들이 돌아가면서 숙직 근무를 했으나, 지금은 교육청에서 전문 숙직 요원을 모집하여 운영하는 걸 처음 알았습니다. 가족과 친구들의 축하를 받으며 저는 새로운 환경에 적응하려 노력하였습니다. 아무리 당직 근무자라 해도 이곳 역시 상하관계가 존재하는 직장이라고 생각되어 처음엔 저도 예전 ○○에 입사하여 신입 사원이 된 것처럼 무척 긴장하고 모든 걸 조심스럽게 행동하였습니다. 그러기를 한 달여, 저는 이런 게 저만의 기우였음을 금방 깨달았습니다. 직장으로서 학교 분위기는 제가 다녔던 ○○ 분위기와는 확연히 달랐습니다. 뭐랄까, 선생님들은 직장 체계 안에서 오롯이 경쟁과 이익을 추구하는 그런 분들이 아니었습니다. 5년간 근무하며 제가 받은 느낌은 선생님들은 타인에 대한 배려가 많으시며, 아이들에게 잔잔한 애정과 관심을 주는 마치 가족과 같은 정겨운 분들이었습니다. 특히 교장 선생님은 고맙게도 저의 생일까지 챙겨 주시고, 날씨가 추운 날엔 당직실 방이 춥지 않은지… 요즘처럼 더운 여름날에는 에어컨 작동이 잘 되고 있는지 세심한 마음으로 늘 따뜻하게 저를 대하여 주셨습니다.

무엇보다 작년 12월 무척이나 추운 날씨에도 제 딸의 결혼식에 교장 선생님 등 여러 선생님이 멀리 서울까지 참석해 주셨습니다. 너무도 감사하여 지면을 통해 다시 한번 고마움의 인사를 드립니다.

현재 저는 제2의 인생을 찾은 기분이며, 매일 즐거운 마음, 최선을 다하겠다는 마음으로 근무에 임하고 있습니다. 가끔 학교 화단에 피어 있는 봉선화, 해바라기를 볼 때 저는 법정 스님의 말씀을 떠올립니다. 더는 욕심 내지 않고, 억척스레 살지 않는 지금, 이 순간이 너무도 자유롭고 매우 행복합니다. 지금은 방학이라 학생들이 없습니다. 가끔 햇볕이 내리쬐는 텅빈 학교 운동장을 보며 아득했던 내 어린 날의 학교 시절이 생각나 감회에 젖습니다.

　'그때만큼 지금 나는 행복한가?' 묻는다면, 제 대답은 Yes! 입니다.

　연성중학교 개교 30주년을 진심으로 축하하고, 건강할 때까지 맡은 일에 최선을 다해 열심히 살아가는 학교 구성원이 되고싶습니다.

행복한 꿈들

1. 네 꿈을 펼쳐라!

연성중학교에 운 좋게 배정되어 설레는 중학교 첫 등교가 엊그제인 것 같은데, 벌써 2학년 여름 방학이 끝나가고 있고 나는 2학기를 맞이할 준비를 하고 있다. 시간이 정말 빠르게 지나간 것 같고, 이 소중한 시간이 다시 안 온다는 사실이 정말 아쉽다. 지난 1년 반을 되돌아 보니 참 많은 일이 있었다. 뿌듯한 일도 있고 아쉬운 점도 있다. 중학교에 입학하고 잊지 못할 많은 추억을 쌓았다. 체험학습, 체육대회, 연성제와 같은 큰 행사도 정말 즐거웠지만, 나는 학급에서의 사소한 일상이 더 소중하고 기억에 남는 것 같다. 특히, 1학년 때 우리 학급에서만 진행한 프로그램이 많았다. 자기 주도 학습 프로그램에서는 배움 공책 쓰기 활동과 '네 꿈을 펼쳐라'라는 프로그램이 있었다. 자기 주도 학습 프로그램은 학생들이 주도적으로 학업 능력을 스스로 관리하고 발전시키도록 도움을 줬다. 그 중 나는 '네 꿈을 펼쳐라'라는 프로그램이 제일 기억에 남는다. 이 프로그램은 이름에서 알 수 있듯이 자신의 꿈을 펼쳐 자신이 좋아하고 잘하는 것을 친구들에게 공유하는 활동을 한다. 예를 들어, 잘 다룰 줄 아는 악기를 연주하거나 연기를 잘해서 연극을 하거나 관심 있는 분야에 대해 친구들에게 잘하는 방법을 강연하는 등 여러 가지가 있다. 자신이 잘하는 것을 소개하여 친구들이 자신에 대해 더 잘 알게 되고, 친구들은 자신의 발표에서 그 분야에 잘할 수 있는 방법을 배울 수 있어 서로서로 도와줄 수 있다.

첫 순서에서는 한 친구가 노래를 불렀다. 첫 순서라서 아마 많이 떨렸을 텐데 자신 있는 모습으로 불렀다. 처음에는 긴장한 듯했지만, 노래를 계속 부를수록 자신감이 붙는 것이 목소리를 통해 알 수 있었고 멋지게 완곡했다.

두 번째 순서는 세 명의 친구가 준비한 연극이었다. 그들 중 한 명이 쌍둥이 동생인데, 2주 전 부터 인기 있는 개그를 재밌게 각색하여 대본을 쓰는 작업에 열중하는 것을 봤다. 그리고 평소에도 이 친구들은 유머 감각이 뛰어나서 기대가 되었다. 개그의 주제는 커플의 500일 기념과 관련있었고 소품도 놓치지 않고 많이 준비했다. 연극에서는 웃음을 자아내면서 진지한 연기를 펼쳤다. 친구들의 야무진 연기 덕분에 몰입해서 연극을 감상할 수 있었고 정말 인상적이었다. 연극 곳곳에 웃음 포인트를 넣으면서 우리에게 큰 즐거움을 줬다. 각 연출과 소품을 열심히 준비한 것이 너무나 잘 보였다. 연극이 끝나고 소품인 젤리를 친구들에게 나누어 주면서 좋은 시간을 보냈다.

세 번째 순서는 나였다. 앞서 공연한 친구들이 너무 잘해서 내 강연이 너무 재미없을까 걱정했는데 생각보다 좋아해 주어서 다행이었다. 나는 과목 중에서 영어를 제일 좋아하고 자신이 있다. 그래서 나는 내가 영어 실력을 쌓는데 도움이 된 것들을 친구들에게 공유했다. 핵심적으로 영어를 배울 때 필요한 태도와 영어 실력을 자연스럽고 재밌게 향상하는 방법을 소개했다. 언어를 배우는 단계에서는 당연하게 실수를 할 수도 있고, 어려움을 겪을 수 있다. 완벽한 문법과 다양한 단어들을 처음부터 사용하기 어렵다. 하지만 이것에 부끄러워하지 않고 자신감을 갖고 적극적으로 말하는 것이 정말 중요하다. 영어를 배우는 것은 인내심도 필요하다. 지금 공부한 것이 당장 엄청난 결과가 나타나지 않을 수 있지만 계속 공부하면 분명히 나타날 것이다. 그리고 영어 실력을 향상 시키는 방법으로 일기 쓰기, 영어로 된 동영상 시청, 책 읽기, 영어로 대화하기 등을 추천했다. 영어로 일기 쓰는 것은 내가 초등학교 입학 전부터 꾸준히 써왔다. 예전에 썼던 일기를 보면 문법이나 단어 스펠링이 다 틀려서 읽으면 정말 웃기다. 하지만 계속 쓰면서 작문 실력, 문법이나 스펠링도 자연스럽게 늘었다. 지금 쓴 일기와 예전 것과 비교만 해도 영어 실력 향상 과정을 한 눈으로 확인할 수 있다. 영어로 된 영상을 시청하기도 영어 실력을 향상시킬 수 있는 방법이다. 꼭 교육 목적의 동영상은 아니어도 자신이 관심이 있는 분야의 영어 동영상을 시청해서 영어 듣기를 연습할 수 있다. 회화 같은 경우에는 상대방과 영어로 소통하는 기회가 있어야 늘 수 있기 때문에 강연 끝나고 친구들과 영어로 대화하는 것을 연습하도록 도와주었다.

다음 두 순서에서도 친구들이 모두 강연을 했다. 한 친구는 독서, 다른 친구는 수학에 관한 강연을 진행했다. 독서에 관한 강연을 한 친구는 독서 중요성과 독서가 개인에게 미치는 영향을 열정적으로 설명해서 독서에 대한 새로운 시각을 갖게 됐다. 수학 강연은 수학에 대한 두려움을 덜어주고 복잡한 문제를 쉽게 접근하는 방법, 수학이 일상생활에 활용된 예시 등을 설명해줬다.

마지막 세 명의 친구들은 악기 연주를 했다. 나는 다룰 줄 아는 악기가 거의 없기 때문에 악기를 잘 다루는 사람을 너무 존경한다. 두 명의 친구는 한 명은 기타, 다른 한 명은 베이스를 연주했다. 내가 처음 들어보는 곡이지만 두 친구가 각자의 악기로 곡을 멋지게 소화했다. 마지막 한 명은 피아노를 연주했다. 급식실로 가는 복도에 있는 피아노를 연주했고 우리는 바닥에 앉아서 감상했다. 건반 위의 손이 안 보일 정도로 움직여서 진짜 놀랐다. 친구의 연주는 복도 가득 울려 퍼졌고 집중하고 피아노 치는 모습이 너무나 멋있었다.

나는 '네 꿈을 펼쳐라'라는 프로그램이 선생님이 아니라 친구들을 통해 배움을 얻고 서로의 꿈을 응원할 수 있는 기회가 되어서 정말 좋았다.

이별

2학년 문희원

내가 중학교 2학년이 되면서 만난 담임선생님은 역사 선생님이셨다. 담임선생님은 선생님으로서 우리들에게 카리스마 있고 정당한 이유로 우리들을 혼내기도 하셨다. 하지만 대부분은 거의 유쾌하신 편이셨다. 역사 수업을 하실 때에도 수업에 빠져드는 느낌이 들어 체육 수업 때보다 역사 수업이 더 재미있었다. 그 덕분에 나는 첫 중간고사에서 역사 100점을 받고 기말고사 때도 97점으로 높은 점수를 받았다. 이 선생님께 이런 역사 수업을 들을 수 있게 해준 우리 학교에게 참 고마웠다. 또 담임선생님으로서도 우리 반 친구들이 선생님께 신박한 질문을 해도 항상 유쾌하게 우문현답 해주셨다.

이번 1학기 동안이 가장 감사한 것이 많았다. 그런데 1학기를 마치고, 방학식 때 담임선생님이 건강이 안 좋아지셔서 방학식 날을 마지막으로 우리 반과 이별하게 되었다. 우리 반은 이러한 사실을 그 당일 날 1교시에 알게 되어 30분 만에 롤링페이퍼와 허술한 꽃병, 칠판에 가득 채운 글씨 등의 이벤트를 열심히 준비했다. 2교시에 담임선생님 시간이 되고 나서 선생님이 교무실에서 이벤트를 준비한 사실을 아시고는 눈물이 나시는지 10분 정도 뒤에나 들어오셔서 우리가 직접 준비한 것들을 보셨다. 우리는 선생님과 함께 갑작스럽지만 이 한 순간 순간을 소중하게 보냈다. 방학식이 끝난 후 그 순간 스피커에서 방송이 나왔다. 담임선생님과의 이별을 모두에게 알리는 방송이었다. 이별 노래도 부르고 감사했다는 멘트도 나왔다. 그 방송을 들은 2학년 학생의 대부분이 우리 반 앞으로 모였다. 다들 우리 반 친구들이 갑작스럽게 선생님과의 이별 소식을 들었을 때의 표정과 똑같은 표정을 짓고 있었다. 모두들 담임선생님을 둘러싸고 대화를 했다. 그리고 우리는 담임선생님과 마지막 단체 사진을 찍고 그렇게 담임선생님과 이별을 했다.

내 중학교 생활 중 최고로 좋은 선생님이셨고, 선생님의 역사 수업은 최고였다. 다시는 최고의 담임선생님과의 학교생활과 최고의 역사 수업을 못 듣는다는 사실이 너무 너무 슬펐다. 담임선생님은 떠날 때 박수를 받아 마땅하신 분이셨다. 비록 담임선생님과는 이별하게 되었지만 끝까지 좋은 추억으로 마무리 하게 되어서 내 인생에서 정말 손꼽을 만한 1학기였다. 1학기라는 짧다면 짧고 길다면 긴 시간 동안 학교에서 선생님과 보낸 시간이 정말 감사한 시간이었다. 학교에서 지냈던 경험 중 학교에 고마웠던 시간도 많이 있었지만 이번 담임선생님을 만나 좋은 추억을 만든 경험은 학교에 가장 고마운 잊지 못할 경험인 것 같다. 2학기 때 오실 새로운 선생님과도 의미 있는 시간 보내서 무탈하게 3학년이 되어 좋은 추억으로 남기고 싶다.

다양한 선들 위에서

학교라는 곳에서 학생들은 다양한 활동들을 하면서 성장하기 마련이다. 그리고 그곳에서 하는 다양한 활동 중 하나가 바로 연탄 봉사였다. 연탄 봉사라는 활동은 사실 나에게 있어서 기대감이 있는 활동이었다. 연탄 봉사는 멀리서 이야기만 들을 수 있었던 활동이었을 뿐 직접 해볼 수 있는 기회가 오기란 쉽지 않기에 설레임이 있었는지도 모르겠다. 그래서 처음 이야기를 선생님을 통해 전해 들었을 때, 가슴이 뛰었던 기억이 있었다. 하지만 봉사 활동은 기대감보다는 진지함이 더욱 필요한 것은 사실이다. 그렇기에 점점 연탄 봉사 활동이 실제로 다가오기 시작하자 진지함 역시 커져 갔다. 그와 동시에 긴장감도 함께 높아졌다.

연탄 봉사 당일에 친구들과 함께 지하철에 올랐을 때 긴장감과 기대감이 공존하는 복잡 미묘한 감정 속에서 나는 지하철이 출발하기를 기다렸다. 처음에 내가 생각한 연탄 봉사 활동 장소는 시골이었다. 물론 그것은 나의 편협한 시선 때문이었다. 그렇게 조금은 나만의 시선을 가진 채로 시골을 상상하며 가던 내가 도착한 곳은 내 생각과 너무나도 다른 풍경이 펼쳐졌다. 처음 내린 곳에서 내가 본 것은 나에게 그리고 우리에게 너무나도 익숙한 크나큰 건물들이 가득 들어선 도시 풍경이었다. 다시 말해 여느 도시들과 같이 아파트만이 가득한 그런 곳 말이다. 내가 생각한 곳과는 너무나 다른 공간이었기 때문에 당혹스러움이 가득한 가운데 나는 그저 선생님을 기다릴 뿐이었다. 그리고 마침내 선생님이 오셔서 나와 친구들을 데리고 가신 곳은 지하철에서 내린 곳과는 그리 멀지 않은 장소였다. 그리고 그곳에서 나의 눈에 들어온 아파트와 공원 풍경은 기존에 가지고 있던 나의 상상을 비껴가기에 충분했다. 폭이 그렇게 넓은 곳은 아니었지만 그럼에도 불구하고 다양한 나무들과 함께 길이 나 있었고 주위에는 기찻길이 있었다. 사실은 나무로 만든 기찻길이었지만 그래도 전에 그곳이 기차가 지나다니던 공간임을 알리는 것처럼 예쁘게 만들어진 그런 기찻길은 공원을 한층 더 아름답게 만들어 주었다. 바로 그 옆에 연탄을 가득 실은 트럭이 우리를 반갑게 맞이하고 있었다. 그리고 마침내 내 마지막 눈길이 향한 곳은 바로 우리가 연탄을 날라야 하는 집들이 모여있는 동네였다. 세월을 보여주는 듯한 집들이 가득 찬 곳, 내가 생각했던 시골의 모습과 어느 정도 비슷한 곳이 정말 이상하게도 아파트와 함께 공존하고 있었던 것이다. 다소 이질적이었고 이상했다. 서로 다른 느낌의 두 공간이 함께 있었고 기찻길은 원래 기차가 다니던 길이 아니라 마치 두 공간을 나누기 위해 존재했던 것처럼 다가왔다.

많은 생각을 할 틈도 없이 일은 정말 순식간에 시작되었다. 나 역시 주어진 일에 몰두하다 보니 일은 순식간에 마무리 되었다. 모두가 다같이 함께 협동했던 덕분이었을까? 정말 빠르게 일은 정리되었고 우리는 이제 그 장소를 떠나야만 하는 상황이 되었다.

이 때 다시 한 번 나의 눈에 들어온 그 장소는 처음 왔을 때의 그 느낌이 아니었다. 정말 이상한 일이었다. 처음 그 곳에 갔을 때의 느낌과는 사뭇 다른 정겨운 생각이 들었고 그런 생각의 변화가 일어난 내 마음에 스스로 물음표를 던지고 있었다. 이런 느낌은 무엇일까?

시간이 정말 많이 흐른 지금 이 글을 쓰겠다고 결심하고 생각한 결론은 간단하다. 그 때 그 기찻길이 만든 선 속에서 나는 이제껏 하지 못했던 생각을 하게 된 것이다. 다시 말하자면 무의식 속에서 나는 선을 그으며 나의 위치를 생각하면서 살아왔던 것이다. 그리고 우습게도 나는 나의 위치를 분명 아파트 쪽에 가깝다고 생각했던 것 같다. 사실 선이란 것은 우리들의 삶에 늘 존재한다. 옛날부터 우리는 항상 선에 따라 할 수 있는 행동이 달랐고 지금의 우리는 38선이라는 분단된 조국에서 살고 있지 않은가. 그토록 선에 대해 가장 가깝게 지내는 우리나라에서는 선에 대한 자기 편견을 가지고 있지 않나 생각해본다. 선이 있다면 그것을 없애는 것이 가장 완벽한 방법이지만 우리는 그 사실을 분명히 알고 있음에도 불구하고 자신의 위치를 빠르게 선으로부터 파악하고 자신이 선으로부터 안정적인 위치에 있다고 한다면 그 선을 빠르게 잊고 지내기도 한다. 그리고 기찻길이 만든 선과 그것을 중심으로 분리된 아파트가 많은 도시와 세월이 느껴지는 집들로 가득 찬 그런 동네가 분명히 같은 공간에 있음에도 불구하고 나는 거기에 대한 깊은 생각을 하지 않고 살아왔던 시간들이 있었음을 고백할 수 밖에 없다. 실제로 그곳에서 연탄을 나르는 동안 공원에서 운동하시던 분들의 시선이 향하는 곳은 우리였을 뿐 분리된 공간에 대해 서로를 그다지 신경 쓰지 않는 모습을 볼 수 있었다. 우리는 그동안 선에 너무나도 익숙해져 버린 것이 아닐까 조심스럽게 반성해본다. 그렇다고 이 모든 것이 다 잘못되었다고 말하고자 하는 것은 아니다. 그곳에 아주 잠깐 있었던 나도 금방 그 선의 의미를 잊은 채 나의 위치부터 파악하려 했으니 말이다. 하지만 그 선을 만 듦에 있어서 모두가 동의했을 수도 있다. 모두가 원하는 선 속에서 분리 된 것이라면 그것은 정당한 선이라 할 수 있을 지도 모른다. 그러나 분명 이런 선은 우리나라 곳곳에 그리고 우리 주변에서도 쉽게 찾아볼 수 있을 것이다. 선은 어디에서나 존재하니 말이다. 이런 나의 생각은 그저 나의 이기적이고 이상한 생각을 세상 사람들에게 일반화시키고자 하는 욕심에서 나온 정말 잘못된 생각일지도 모른다. 하지만 이것이 나의 욕심일 뿐이라 하더라도 나는 그리고 우리는 선으로부터 자신의 위치를 파악하는 것이 아닌 먼저 선에 경계를 없애기 위한 노력을 하는 것이 우선이 되어야 하는 것이 아닌가 하는 생각이 든다.

선, 그곳에서 너무나 오랫동안 있었던 우리이기에 이것에 나의 생각마저 잠식되어 지금도 끊임없이 선을 만들고 있는 것이 아닐까?

교실을 넘어 더 넓은 세상 속으로

3학년 조연서

1. 종소리 사이로: 평범한 날들이 만든 성장

여느 때와 같이 교실에서 울려 퍼지는 종소리로 수업 시작을 알립니다.

모두 깔깔 웃던 10분의 쉬는 시간과는 달리, 45분의 수업 시간은 유독 길게만 느껴집니다.

그러나 이 길고 평범하게만 느껴지는 시간들이 모여, 나를 성장하게 만든 날들이 되었습니다.

2. 나의 학교 생활: 성장과 도전의 여정

제 생각에 학교생활의 중요한 전환점 중 하나는 중학교 1학년 때 학생자치회에서 활동했던 경험인 것 같습니다. 결대로자람학교의 장점은 학생들이 참여할 수 있는 자치회, 동아리 활동들이 활발하다는 점인데, 학교의 이런 분위기 덕분에 거부감 없이 학생자치회 활동에 도전하게 되었습니다. 처음에는 어떤 일을 책임지고 해결해 나가는 것을 좋아하는 성격이었기에 그저 즐겁기만 했지만, 점점 그 책임감의 무게를 실감하게 되었습니다. 내가 과연 잘 해낼 수 있을까 하는 불안감과 조바심이 들었던 것 같습니다. 하지만, 항상 저를 믿고 지지해 주시는 선생님과 곁에서 함께 해준 친구들이 있어서 잘 이겨낼 수 있었다고 생각합니다.

이러한 경험들로 저는 또래 친구들끼리의 의견을 조율하고, 갈등을 해결하며 학생 스스로가 주인이라고 생각하는 학생자치회의 진정한 의미를 배웠습니다. 힘들었던 순간들도 정말 많았지만, 친구들과 함께 만든 학교의 작은 변화들은 정말 큰 보람으로 다가왔습니다.

또한, 2학년과 현재 3학년까지도 학생자치회 생활을 이어오며 경험을 쌓고, 또 그 안에서의 배움들이 저를 더욱 풍요롭게 만들어 주었습니다. 특히 3학년이 되어 1, 2학년 후배들과 활동하게 된 것이 가장 기억에 남습니다. 후배들과 함께 행사를 계획하고 가르쳐 주는 과정에서 선배인 제가 후배들을 이끌어야 하는 시간이 정말 많았고, 이런 과정을 통해 후배들도 성장하였지만, 그만큼 저도 선배로서의 주도성을 키우고 한 단계 더 성장했던 것 같습니다. 비록 과정들이 순탄치만은 않았지만, 그 과정에서 얻은 경험들과 지혜는 정말 큰 자산이 되었습니다. 이 경험을 통해 단순히 선배로서의 역할을 넘어, 주도성이란 것이 정말 중요한 것임을 깊이 생각해 보게 되었습니다.

3. 함께 걸어온 복도 끝에서: 친구들과의 추억들

마지막으로, 3년 동안 친구들과 함께 한 추억이 저의 성장에 중요한 부분이었습니다. 다양한 취미와 성격을 가진 친구들과 함께 시간을 보내면서, 좋은 일이 생겼을 때는 진심으로 축하해 주고, 슬플 때는 함께 슬퍼하며 다시 일어설 수 있게 도와줄 수 있는 소중한 존재인 진정한 친구의 의미를 배웠습니다. 때로는 사소한 오해로 갈등이 생기기도 했지만, 서로의 진심과 대화를 통해 문제를 해결해 가면서 우정은 더욱 돈독해졌습니다.

가끔 학교에 일찍 와서 고민을 털어놓기도 하고, 매시간 함께 다니며 사소한 일들로도 크게 울고 웃었던 이 모든 경험들은 잊지 못할 중학교의 소중한 추억이 될 것입니다. 친구라는 존재는 내가 더 넓은 세상으로 나아갈 수 있도록 변함없이 응원해 주는, 소중한 존재인 것 같습니다. 서로가 서로에게 힘이 되어준 이 시간이 앞으로 만날 수 있는 여러 어려움을 극복하는데 큰 도움이 될 것이라고 믿습니다.

4. 모두 함께라서 더 빛났던 순간들

결국, 이 모든 경험들은 내가 학교에서 배운 가장 소중한 자산입니다. 여느 때와 같이 종소리가 울리면 시작되는 평범한 하루 속에서, 저는 성장하고 도전하며 내일을 준비했습니다. 결대로자람학교 생활은 단순한 학업을 넘어, 저를 성숙하게 만드는 다양한 경험들로 가득 차 있었고, 이러한 경험들은 미래 제 인생의 중요한 밑거름이 될 것입니다. 매일매일의 작은 순간들 속에서 배운 교훈과 삶의 지혜들, 그리고 함께 나눈 소중한 추억들은 나를 더 강하게 만들었고, 나의 가치관과 인생의 방향을 결정하는 데 큰 영향을 미쳤습니다. 학생자치회 회원으로서의 책임감, 후배들을 통해 얻은 주도성, 친구들과의 추억 등 모두 나를 더 성장시켜 주었습니다.

앞으로의 삶에서도 이 기억들은 저에게 큰 힘이 될 것이며, 그동안 쌓아온 경험들이 내 안에 깊이 새겨져 앞으로의 도전과 성장에 원동력이 될 것입니다. 학교에서의 소중한 시간들은 단순한 추억에 그치지 않고, 내가 어떤 길을 가든지 그 속에서 배운 것들을 실천하며 살아가는 데 큰 도움이 될 것입니다. 이 모든 경험들은 나를 더욱 넓은 세상으로 나아가게 해주었고, 앞으로도 끊임없이 배워가고 성장하는 삶을 살아가도록 이끌어 줄 것입니다. 중학교에서의 하루하루가 제 인생에 소중한 추억과 성장이 되었음을 깊이 감사하며, 앞으로도 그 가치를 잊지 않고 소중히 지켜나갈 것입니다.

5일간의 몽골 여행, 뜻 깊은 기억들

3학년 김다인

1. 낯선 여행지, 낯선 사람들 그리고 새로운 경험

올해 초, 저는 반 게시판에 붙어있던 '몽골 칭길테구 탐험대' 안내서를 보게 되었습니다. 자세히 들여다본 안내서의 내용은 여름방학 중 몽골 여행을 떠날 학생을 모집한다는 것이었습니다. 저는 평소 새로운 경험이 견문을 넓혀주고 세상을 바라보는 시각을 더 풍요롭게 해준다는 생각을 갖고 있었기에 이 체험이 저를 더 성숙한 사람으로 만들어 줄 수 있겠다고 생각했습니다. 그 후 저는 1차 서류 심사와 2차 대면 면접을 거쳐 '몽골 칭길테구 탐험대'에 합격하게 되었고, 여름방학이 시작된 후 얼마 지나지 않아 몽골로 떠나게 되었습니다. 그리고 그곳에서 저는 그동안 해보지 못했던 수많은 일들을 경험할 수 있었습니다. 낯선 사람들과 낯선 공간에 놓여 있는 것은 조금 힘들고 불편하기도 했지만 일상에선 겪을 수 없었던 새로운 일들이 너무 재미있고 신기했습니다. 그렇기에 저는 그중에서도 가장 인상 깊었던 일들을 이 기행문을 통해 말해보려 합니다. 가장 먼저 떠오르는 것은, 몽골의 전통 가옥인 '게르'

몽골의 밤하늘

(말타기 중 보이는) 몽골의 푸른 초원

를 방문했던 일입니다. 사실 저는 게르에 방문하기 전까지는 게르가 편의나 위생이 갖춰지지 못한 곳일 거라는 선입견을 가지고 있었습니다. 하지만 막상 방문한 게르는 제 생각보다 훨씬 편리하고 살아가기에 필요한 모든 것이 다 갖춰져 있었습니다. 또한 게르에서 먹은 몽골의 전통음식들은 제 예상보다 훨씬 맛있는 것들이 많이 있었습니다. 저는 이러한 모습을 보고 앞으로는 어떤 것이든 함부로 판단하지 말아야겠다는 생각을 하게 되었습니다. 그 다음으로는, 몽골에서 말을 탔던 것이 매우 인상 깊은 경험이었습니다. 물론 말을 타는 것은 한국에서도 할 수 있는 일이지만 제게 몽골에서의 말타기가 특별히 인상 깊었던 이유가 두 가지 있습니다. 첫째로는 몽골에서 말을 탈 때 볼 수 있는 푸른 초원과 산들이 정말 아름답기 때문이고, 두 번째로는 몽골의 말타기 체험 시간이 매우 길기 때문입니다. 제가 체험했던 코스는 언덕을 올라갔다가 돌아내려오는 코스로 약 20~30분 정도가 소요되었는데, 긴 시간 동안 여유롭게 말을 타며 풍경을 감상할 수 있다는 것이 정말 좋았습니다. 그럼 마지막으로, 제가 몽골에서 가장 기억에 남고 감동적인 경험이었던 것은 바로 '별 보기'입니다. 몽골에 가기 전, 저는 몽골에 대한 여러 정보들을 찾아보았었는데 그중 가장 유명한 것이 바로 몽골의 밤하늘에 대한 내용이었습니다. 그리고 몽골 여행의 4일 차 저녁, 친구들과 숙소 너머 언덕에 올라 바라본 밤하늘은 제가 상상했던 것보다도 정말 훨씬 더 아름다웠습니다. 지난 여행의 피로가 그 밤하늘 하나로 모두 날아가는 기분이 들기까지도 했습니다. 함께 여행한 다른 학생들, 그리고 지도자분과 함께 언덕 위에 누워 바라봤던 밤하늘은 아마도 제가 평생 잊지 못할 기억이 되어버린 것 같다는 생각이 듭니다.

2. 몽골 여행이 준 선물

온통 낯설지만 새롭고 재미있는 일들이 가득했던 5일간의 몽골 여행은 저에게 많은 것들을 선물해주었습니다. 그중에서도 가장 고마운 선물은 함께 여행했던 이들과의 새로운 인연이 만들어졌다는 것입니다. 그곳에는 저를 포함하여 20명의 학생들이 함께했고, 또한 3명의 한국 지도자분들과 여럿의 몽골 관계자분들이 5일간 함께했습니다. 처음엔 조금은 서먹했던 저희는 1~2일 만에 급속도로 가까워졌고, 그 덕에 몽골에서의 여행은 제게 더욱 재미있고 아름다웠던 기억이 되었습니다. 처음은 어색하기만 했던 지도자분들과는 함께 장난도 치고 많은 대화를 나눌 수 있었고, 서로의 이름조차 몰랐던 학생들과는 그날의 일정이 모두 끝난 밤에 숙소에 모여 놀기도 했습니다. 평소 조용한 분위기를

몽골 칭기즈칸 광장

선호했던 저이지만, 그때의 그 시끌벅적한 느낌은 신기하게도 정말 기분 좋은 경험이었습니다. 또한 이번 '몽골 칭길테구 탐험대' 프로젝트를 통해 몽골인 친구들을 만나기도 했는데, 서로 다른 언어와 문화를 가지고 있음에도 마음이 잘 통하는 느낌이 정말 신기했습니다. 몽골인 친구들과 함께 여러 장소를 구경하며 다양한 활동을 하고 있으면, 어쩌면 언어가 통하지 않아도 정말 가까운 친구가 될 수 있을 것이라는 생각이 들었습니다. 그만큼 몽골인 친구들은 저희를 충분히 존중하고 이해해주었고, 몽골인 친구들과 함께했던 경험은 제게 깊은 인상과 많은 기쁨을 안겨주었습니다. 비록 멀리 떨어져 있는 탓에 다시 만나기는 힘들겠지만, 언젠가 기회가 된다면 꼭 보고 싶은 친구들을 사귀게 되어 정말 기분이 좋습니다. 늘 같은 일상을 보내는 탓에, 새로운 사람들을 만나고 가까워지는 게 너무 오래전 일이 되어있었는데 이렇게 수많은 사람들을 만나고 친해졌다는 사실이 정말 뜻 깊고 앞으로도 이 같은 경험을 할 기회가 있다면 꼭 또 도전해보고 싶은 마음이 듭니다. 그리고 이뿐만이 아니라, 몽골 여행은 한가지의 선물을 더 저에게 주었습니다. 바로 아름다운 자연의 풍경을 감상할 수 있게 해주었다는 것입니다. 몽골의 면적은 한반도의 약 7.4배가량으로 정말 넓지만 인구수는 약 300만 명 가량 밖에 되지 않아서 발전되지 않은 자연 그대로의 공간이 많았습니다. 수도에서 조금만 벗어나도 푸른 초원과 높은 산들이 정말 많았습니다. 저는 평소 풍경을 구경하는 것에 그다지 관심이 없는 편이라 풍경이 좋은 곳을 일부러 찾아간 적이 없었지만, 이번 여행을 통해서 '사람들이 아름다운 풍경들을 찾아다니는 이유'에 대해서 알게 되었습니다. 그래서 저도 아름다운 풍경을 찾아다니고, 그것을 감상하는 취미를 갖게 되었습니다. 이처럼 저에게

몽골 거북이 바위

색다르고 특별한 경험들을 통해 다양한 새로운 인식들을 심어준 몽골여행에게 저는 너무 감사한 마음이 들고 이번 일이 저에게 많은 도움이 되었던 만큼 앞으로도 이 같은 기회가 있다면 꼭 참여하려고 합니다. 그럼 마지막으로, 제 글이 다른 사람들의 새로운 경험을 향한 용기를 조금이라도 더 북돋아 줄 수 있기를 바라며 이 기행문을 마치겠습니다.

연성을 넘어 몽골까지

3학년 이서아

1. 나의 연성중학교

　중학교 첫날, 새로운 환경, 친구들 그리고 새로운 담임 선생님을 만나는 날이었다. 그래서인지 설레고, 기대되고, 또 한편으로는 걱정이 앞섰던 날이었다. 걱정과 달리 친구들과도 빨리 친해진 나는 학교생활이 일찍 재밌어지기 시작했다. 1학년 때는 영재반 수업에서 2인 1조로 모둠을 구성해서 자유 탐구를 하는 수업이 있었는데 적혈구 삼투압을 주제로 탐구했었다. 그 주제로 발표를 준비하면서 직접 피를 뽑아 현미경을 사용해 관찰도 하고, 적혈구 모양이 잘 나오지 않아 학교에 남아서 과학 선생님의 도움을 받아 실험도 했었다. 직접 실험 주제를 정하고 실험 결과를 도출해 보고서와 ppt를 작성하는 것을 모두 직접 해보는 경험이 새로웠다. 또, 적혈구는 책으로만 봤었는데 내 피를 직접 뽑아 적혈구를 보니 신기해서 더욱 기억에 남는다. 과학대제전에서는 '간이 분광기 조립을 통한 다양한 광원의 스펙트럼 비교'라는 주제로 부스 운영을 했었는데 스펙트럼에 대한 설명과 원리 설명을 해주고 간이 분광기를 실제로 만드는 걸 도와주는 역할을 하였다. 부스 운영은 처음이기도 했고 어린애들도 많이 와줘서 점심시간 빼고는 시간 가는 줄 모르고 열심히 설명해 주고 도와줬더니 다음 날 몸살이 났다. 그래도 간이 분광기를 완성하고 스펙트럼을 관찰한 사람들이 신기해하고 좋아하는 모습에 뿌듯하고 보람 있었다. 이외에도 진로 체험의 날에는 비록 굉장한 연습 부족으로 처참했던 춤 무대였지만 지금 생각해 보면 웃기면서도 창피한 기억으로 남는 일도 있고, 담임 선생님과 신청한 친구들과 방과 후에 여러 가지 활동을 했던 학급 컨설팅도 기억에 남는다. 2학년 때는 첫 시험을 보는 학년이었는데 혼자서 도서관을 다니면서 공부해서인지 공부하는 게 가장 재미있었던 시기였다. 동아리나 학교 활동들에도 참여를 많이 했는데 수학 동아리에 들어가고, 자소서와 면접을 통해 과학 동아리에도 들어갔다. 과학 동아리에서는 연성제 전에 부스 운영으로 산성을 이용하여 색이 변하는 레몬에이드 만들기를 했었다. 에이드를 만들기 위해서는 정확한 양의 재료를 넣는 것이 중요했는데 실수를 좀 해서 아쉬웠지만 완성해서 에이드 색이 변하는 걸 관찰하고 맛있게 먹는 친구들을 보니 뿌듯했다. 연성제는 중학교에서의 첫 축제였는데 친구들과 선생님의 공연이 모두 너무 멋져서 놀랐었다. 2학년 때는 사실 후회되는 일, 속상했던 일도 많았고 인간관계 때문에 혼자 힘들어서 많이 아쉬웠던 해였다. 그래도 지금 생각해보면 그런 경험들을 통해 새로운 것을 많이 깨달을 수 있었고 어떻게 이겨낼 수 있는지 고민도 많이 하면서 스스로 성장할 수 있었던 해였다. 3학년은 마지막 학년인 만큼 졸업사진도 학기 초부터 찍기 시작했는데 사진을 찍을 때도 내가 벌써 중학교를 졸업한다는 것이 실감이 나지 않았다. 체육대회를 준비하면서 우리 반 친구들 몇 명과 체력 기른다고 주말 아침에 만나서 같이 청량산도 오르고, 비록 체육대회 결과는 안 좋았지만 같이 입장곡 노래를 만들고, 친구들이랑 응원 팻말을 만들고, 체육대회 종목을 연습했을 때와 같은 준비기간이 너무 재밌었던 것 같아 만족스러웠다. 아직 한 학기밖에 지나지 않아 많은 걸 같이 하진 않았고, 학기 초부터 같은 반 친구들이랑 장난치다가 사고 쳐서 선생님한테 혼나는 일이 많긴 했지만 남은 2학기는 해야 할 것과 하지 말아야 할 것을 잘 구분하면서 더욱 즐겁게 보내고 싶다.

2. 몽골

　3학년 학기 초 몽골에 갈 학생 공고를 보고 색다른 경험이 될 것 같아 자기소개서 작성과 면접을 통해 가게 되었다. 4월에는 몽골 분들이 한국에 와서 2명씩 짝으로 송도를 구경했다. 처음으로 몽골 분을 만나니 어색해서 무슨 말을 해야 하지 생각했는데 잘 웃으면서 받아주셔서 편하게 대화할 수 있었고 내 짝이었던 몽골 분은 가방도 들어주고 몽골 게르 열쇠고리도 줘서 고마웠다. 7월이 되고 몽골로 가는 날이 왔다. 우리나라는 인천공항에서 나오면 버스 정거장이며, 차들로 혼잡한 반면 몽골은 공항에서 나오니 바로 초원이 보여 첫 시작부터 새로웠다. 첫날에는 칭길테구 구청가서 칭길테구 부구청장님을 만났다. 둘째 날에는 징기스칸 박물관을 구경했는데 층이 많고 넓어서 힘들면서도 처음으로 몽골 박물관에 와보니 신기했다. 박물관에선 우리나라와 비슷하게 생긴 유물과 몽골 전통 의상들이 가장 기억에 남는다. 지역 아동 개발 단체에 방문해서 선물도 받고 몽골의 여러 간식도 맛보았다. 몽골 간식으로는 아룰이라는 몽골의 발효 유제품, 몽골 초콜릿과 음료 등 다양한 음식이 있었다. 아룰은 처음 먹어보았는데 시큼한 맛이 강했다. 체육 스포츠 위원회에 방문한 후 스케이트를 탔는데 스케이트 타기는 처음이라 무서웠지만 타다 보니 익숙해져서 쉬지 않고 재밌게 탔다. 그 후엔 앙상블 공연을 관람했다. 앙상블 공연에서는 몽골 가창 예술로 한 사람이 두 사람의 목소리를 내는 듯한 기법인 흐미, 몽골 전통 악기 연주와 무용을 관람할 수 있었다. 공연 중 한 사람이 물구나무서기를 해 발로 화살을 쏘는 부분이 있었는데 그 자세를 하고 목표물에 명중하는 모습을 보고 신기해서 가장 인상적이었다. 셋째 날에는 4월에 만났던 몽골분들을 다시 만나 몽골의 넓은 풍경들을 보며 발전 센터에 갔다가 징기즈칸 광장에 방문했다. 이 광장의 주인공인 담딘 수흐바타르 동상이 가운데에 있고 광장의 한 켠에는 앉아있는 칭기즈칸 동상이 있는 구조였다. 구경 후 몽골 짝과 헤어질 때 짝이 몽골 전통 음식과 초콜릿으로 채워진 선물을 줬는데 난 준비한 게 없어서 너무 미안했고 고마웠다. 넷째 날에는 일찍부터 테를지로 이동했는데 도착했을 때 건물들도 없고 진짜 뻥 뚫린 초원과 언덕들을 보면서 내가 살면서 이런 풍경을 볼 수가 있구나라는 생각이 들어서 너무 기쁘면서도 눈에 많이 담고 싶어서 주변을 계속 구경했다. 게르에 들어가서는 유목민도 만나고 아룰 이외에 다양한 몽골 유제품을 먹어보았다. 몽골 전통 체험 이후 말을 탔다. 날씨가 흐려서 걱정했는데 그래도 말을 탈 수 있어서 다행이었지만 말을 타보는 건 처음이라 긴장도 많이 했는데 경험해보니 시원하고 말을 타면서 보는 몽골 풍경이 이뻐서 더 타고 싶었다. 밤에는 별을 보러 언덕 위로 올라갔다. 직접 내 눈으로 보는 건 처음이라 너무 신기했고 깜깜한 하늘에 빛나는 별들만 보니 아무 생각도 나지 않고

"와" 소리만 났던 것 같다. 별을 보면서 같이 가신 선생님이 안아주시면서 별 이쁘다 이런 얘기하다가 선생님이 마지막에 그리고 넌 너무 사랑스러워라고 해주셨다. 그 얘기 듣고 갑자기 너무 울컥해서 울었다. 지금 생각해보면 그 깜깜하던 밤에 별을 보다가 그 말 듣고 혼자 몰래 운 거 생각하면 웃기지만 학기 동안에는 장난식으로 말한 말들이었겠지만 상처되는 말을 많이 들었는데 몽골에 와서 간만에 기분 좋은 말을 들으니 갑자기 눈물이 났던 것 같다. 다음날 아침 우리는 공항으로 가서 비행기를 타고 한국으로 돌아왔다. 4박 5일이라는 시간이 일정을 들을 때는 긴 시간이라고 느껴졌는데 직접 몽골을 가니까 진짜 눈 깜박하니 한국에 돌아온 느낌이었다. 그래도 몽골에 가서 정말 많은 걸 깨달은 것 같은데 우선 새로운 도전을 하는 것도 중요하다는 것이다. 원래는 새로운 시도를 잘 못하는 성향이었는데 몽골에 와서 여러 새로운 경험들을 해보고 나니 내가 걱정했던 것보다 가능한 일이 많았고 그 과정에서 행복감을 느꼈다. 그리고 나한테 좋은 말을 해주는 사람이 가끔은 나에게 필요하다는 것과 나도 다른 사람한테 그런 사람이 되고 싶다고 생각했다. 몽골에 갔다 와서 그때 사진들을 봐도 정말 행복한 시간이었고, 가장 다시 돌아가고 싶은 순간인 것 같다.

'우리 함께' 달리는 꿈의 열차
(3학년 6반 & 연성디베이트클럽 롤러코스터 제작기)

서채영(3-6), 최가율(3-6), 이연우(3-6), 정유진(3-6)
우희찬(3-7), 송연우(3-3)

1. 그때는 몰랐다. 엉뚱한 상상을 하면 어떤 일이 벌어지는지를…

"선생님! 연성제 때 롤러코스터 운행하면 어떨까요?"

1학기 기말고사가 끝나고 부반장인 연우가 담임 선생님(한제성)께 제안했다. 엉뚱한 소리를 다 한다 싶었는데 선생님께서는 "그게 가능할까?"라고 되려 진지하게 질문하셨고, 연우는 가능하다며 롤러코스터를 만든 다른 학교 영상을 보여 드렸다. 그때까진 연우의 엉뚱한 질문인 줄만 알았다. 우리에게 어떤 일이 벌어질지도 모른 채.

며칠 후 선생님께서는 연우의 제안대로 롤러코스터 제작에 도전해 보자고 하셨고, 방학 동안 제작 팀, 공간구성 인테리어 팀, 챗GPT 팀으로 나눠 스터디 그룹을 만들어 공부하기로 했다.

설계도 제작 과정

2. 여름방학 - 롤러코스터 제작을 위한 시작

롤러코스터 제작

(최가율) 여름방학, 각 스터디 그룹은 화상으로 공부를 시작했다. 나는 우주 공간 인테리어 팀이었고, 팀원들과 모임이 가능한 시간을 투표해서 정하고 집이 아닌 외부에 있는 친구들도 제시간에 맞춰 한 명도 빠짐없이 회의에 참여했다. 첫 회의 시간, 어떤 우주공간을, 어떻게 제작할지 이야기를 나누고 각자가 알아보고 싶은 우주 공간을 조사해 오기로 했다. 다음 회의 시간에 의견을 나누고 블랙홀에 대한 내용이 가장 좋다는 의견이 많아서 블랙홀의 정의, 원리 등을 조사하기 시작했다. 그 후 인테리어 팀과 제작 팀이 함께 화상으로 회의를 했고, 블랙홀을 롤러코스터에 어떻게 표현할지 구상했다. 블랙홀에 빨려 들어가는 것을 표현하기 위해 롤러코스터가 하강하는 부분에 터널을 설치하고, 어두운 색의 커튼이나 종이를 붙여 우주를 표현하기로 했다.

3. 이대로 롤러코스터는 하늘로 날아가 버리는 건가?

(이연우) 개학하고 바빠지면서 오히려 롤러코스터 준비는 더 어려워졌다. 선생님께서 '롤러코스터 제작은 어디까지 진행되었니?'라고 물으시

롤러코스터 운행

면 부랴부랴 팀원들을 모아 의견을 물어봤지만 다들 자신이 없는지 회의 참여에도 소극적이었다. 문제는 설계도였다. 어떻게 그려야 하는지, 길이는 어떻게 재야 하는지, 합판은 어디서 주문해야 하는지 등 막막하기만 했다. '이대로 끝나는 건가?' 싶었는데 담임 선생님께서 제작 팀 인원이 부족한 것 같다고 하시면서 토론부 친구들과 함께 해 보라고 하셨다. 인테리어 팀, 챗GPT 팀도 제작 팀으로 모두 합류시켜 주셔서 아침 조회 시간 전, 점심 시간 등에 모여서 회의를 했다. 회의만으로는 부족해서 교실에서 합판을 받칠 책상과 의자를 직접 옮겨 뼈대를 만들기로 했다. 친구들이 달려들어 높이, 길이 등을 재고 곡선 구간 회전각, 위치 에너지 등을 머리를 맞대어 계산했다. 이렇게 복잡한 계산식이 필요할 것이라곤 제안할 땐 미처 알지 못했다. 친구들이 길이를 재고 계산한 것을 바탕으로 드디어 설계도를 그릴 수 있었다.

(서채영) 선생님께서 설계도대로 주문하면 합판값이 예산의 2배가 넘는다고 말씀하셨다. 청천벽력 같은 소리였다. '낭비'라며 대부분의 친구들이 제작을 멈추자고 했다. 준비도 덜 된 상태라 완성도 못할 것 같아 빨리 포기하는 게 나을 것 같았다. 그때 한 친구가 소리쳤다. "그래도 도전해 보자!" 간절한 외침에 친구들은 마음을 돌렸다. 합판을 주문했는데 커다란 나무판자들이 중앙 현관 앞에 펼쳐져 있었다. '하! 이걸 어떻게 옮기나?' 막막했는데 누군가 "들자!" 하고 외치니 반 친구들이 하나둘씩 힘을 합쳐 순식간에 5층 교실로 옮겼다. 합판만 문제가 아니었다. 합판과 합판을 이을 방법, 못의 길이, 추락 방지를 위한 가드를 세우는 일 등 알지 못하지만 해결해야만 할 일들이 계속 튀어나왔다. 그때마다 누군가 "일단 해 보자!"며 시도한 후 시행착오 끝에 좋은 방법을 찾아내 해결하였다. 가드를 세우기 위해 나무를 톱으로 잘라야 했는데 톱을 사용해 본 경험이 없어서 위험해 선생님께서는 반대하셨다. 하지만 달리 방법이 없자 친구들이 '일단 해 보자.'며 열심히 톱질해 합판을 잘라 주었다. 또 카트를 회전 영역에서 수동으로 돌려야 했는데 힘든 일인데도 참여자가 많아 교대로 할 수 있었다. 축제 전날, 40명 가까이 되는 친구들이 책상 고정 팀, 톱질 팀, 전동드릴 팀, 디자인 팀 등으로 나누어 역할을 맡아 늦은 시간까지 바쁘게 움직였고 포스터 제작, 제성 패스, 보물찾기 등 재미있는 아이디어들도 많이 나왔다. 힘들 텐데 신기하게도 아이들의 표정은 신나 있었다. 그렇게 문제들을 하나씩 해결하니 상상 속의 롤러코스터가 어느새 완성되었다.

5. 상상을 현실로 만드는 힘 – '우리 함께'

(우희찬) 처음에는 호기심이었다. 학교가 끝나고 집에 가려는데 6반에서 무언가를 만들고 있었다. 들어보니 롤러코스터를 만든다고 했다. 신기해서 계속 구경하다가 얼떨결에 도와주게 되었고, 자연스레 제작에 참여하게 되었다. 나는 톱질을 담당하였는데, 처음부터 난관에 봉착하였다. 톱질을 처음 해 봤을뿐더러 톱날 상태가 좋지 않아서 더욱 힘들었다. 하지만 친구들과 합심하여 닥치는 대로 이렇게도 해 보고 저렇게도 해 보니 요령이 생겨 금방 할 수 있었다. 우리가 자른 나무들로 롤러코스터를 구상하고, 직접 만드는 친구들을 보고 정말 대단하다고 느꼈다. 그리고 점차 완성 되어가는 롤러코스터를 보며 뿌듯함과 성취감을 느꼈다. 축제 당일까지 톱질을 해서 힘들었지만 우리가 같이 만든 롤러코스터를 타고 즐겁게 웃는 아이들을 보니 내 입가에도 미소가 번졌다.

(송연우) 처음 롤러코스터 축제 부스를 준비한다는 말을 듣고는 '롤러코스터? 그게 가능한가?' 하는 생각이 들었다. 하지만 합판을 사서 직접 길이를 재고 톱질하고 있을 줄 누가 알았겠는가! 물론 초반엔 어려움도 많았다. 곡선의 각도나 경사의 각도, 안전성이나 자재 주문이 늦어지는 등 난항을 겪었다. 하지만 뛰어난 친구들과 함께라 완성할 수 있었던 것 같다. 제작의 현장에선 열정을 느낄 수 있었다. 한 쪽에선 카트의 하중에 대해 칠판에 적고 지워가며 토론이 이뤄지고 있고, 다른 쪽에선 책상을 쌓아 기본 구조를 수정하고 있었다. 3D 설계도를 그리면 제작에 도움이 될 것 같아 컴퓨터로 설계도를 그려 친구들과 공유하고 추가할 내용들을 점검했다. 할 수 있는 일을 스스로 찾으며 친구들의 마음이 하나가 되어 결과물을 만들어 내는 그 순간 속에 내가 있다

는 게 신기했다. 그렇게 우리의 마음을 담은 롤러코스터는 무사히 완성되었다. 축제 당일 아침까지 수정을 거친 우리의 롤러코스터는 나에게, 그리고 많은 친구들에게 잊을 수 없는 추억을 선사해 주었다.

(정유진) 챗GPT로 롤러코스터 제작 방법에 대해 물었다. '이렇게 복잡하고 어려운 것을 우리가 만들 수 있을까?'라는 의문이 생겼다. 이제 자신 있게 대답할 수 있다. "해냈다! 우리 함께!"라고.

제6장
교육공동체로 연결

▼ 1학년 박태린 학생 작품

'나는 나답게' 결대로자람학교의 행복!

전 연성중학교 교장 김영주

    우리가 익히 들어 온 말 중에 '한 아이를 기르려면 온 마을이 나서야 한다'는 아프리카 속담이 있습니다. 이는 사회의 건강한 가치가 모여 협력과 소통 그리고 무엇보다 자라나는 아이들의 성장을 도모하고 자신의 역할을 잘 할 수 있는 사회구성원으로 키우라는 기대와 정성을 나타내는 말이라고 생각합니다. 오늘날 사회가 복잡하고 다양한 사고와 가치가 혼재되어 있는데, 학교 내에도 구성원 각자의 요구가 때로 거칠게 쏟아져 나와 그 말이 가진 의미가 때때로 버겁다고 느껴질 때가 있었습니다. 교직 생활 마지막 2년을 연성중학교에서 보낸 나는 조금은 가슴 떨리고 때로 감동하고 '그래! 이렇게 변화가 시작되는 거지!' 하는 희망의 봉오리를 보았습니다.

    연성중학교는 2021학년도부터 행복배움학교를 운영해 왔고, 지금은 결대로자람학교를 운영하고 있습니다. 처음 운영할 때 우려나 걱정이 없을 수는 없지만, 선생님들의 의지와 노력이 눈물겨웠는데 무엇보다 수업을 통한 교사의 전문성 신장과 배움과 성장을 위한 여러 형태의 인프라 구축에 무엇보다 협력하고 적극적으로 임하는 모습을 보면서 흐뭇함을 느꼈습니다. 동시에 목표를 정하고 그것을 하나하나 조직하여 이루어나가는 모습을 보면서 학생을 위해 고생도 마다 않는 어머니의 정성이 전해졌습니다.

선생님들의 훌륭한 노력 중 첫째는, 전문적 학습공동체를 통한 교사의 전문성 신장을 위한 것이었습니다. 교사 간의 갈등을 서로 소통하고 협력하는 분위기로 만들어 가는 것이 쉬운 것이 아님에도 잘해 나갈 수 있었던 것은 그것이 학생들에 대한 기대와 성장을 위한 정성과 노력이라고 생각했기 때문이었습니다. 둘째는, 교사들이 수업을 공개하고 동료들과 그 수업에 대한 나눔과 성찰을 한 경험은 협력과 소통으로 한층 성장하는 자신들의 모습에 뿌듯함을 갖는 계기가 되었습니다.

수업을 통해 학생들의 성장을 도모하는 선생님, 학생과 소통하며 가정과 협력하는 학교, 교내의 물리적 환경정비와 행정의 효율성, 이 모든 것이 학교 수업과 무관하지 않습니다.

교사가 하루하루 행복감을 느낄 수 있는 조직문화가 형성된 것은 훌륭하신 최용필 교장선생님을 비롯한 교사들이 부단히 노력하고 사랑과 정성을 기울이며 '나는 나답게' 성장할 수 있게 헌신한 덕분이었습니다.

연성중학교가 지역사회에서 관심이 높고 선호도가 높은 학교인데 이는 그동안 선생님들이 열정을 갖고 부단히 노력해 온 결과이고, 학교의 모든 구성원 간의 신뢰가 바탕이 되어 오늘의 안정된 학교 분위기를 형성하는 원동력이 되었다고 생각합니다.

학교가 학생들이 훌륭한 사회구성원으로 자라 자신의 삶을 당당하게 살 수 있게 정성을 기울이는 곳이라면, 결대로자람학교라는 마을을 통한 선생님의 헌신과 노력은 아이들 각자의 마음 모습대로 스며들어 고유한 자신의 모습으로 잘 자라게 하리라 믿습니다. 아이들은 성숙을 이루기 위해 몸과 마음을 바르게, '나는 나답게' 자랄 때 각자 훌륭한 사회구성원으로 우뚝 서리라 믿습니다.

앞으로도 결대로자람학교 운영이 더욱 가치롭고 밝게 빛나는 행복한 시간이 되길 진심으로 기원합니다.

행복한 학교에 발을 내딛다.

교사 양영환

연성중학교, 학생 학부모 교사의 교육공동체가 잘 어울려져 있어서 학교 밖으로 늘 좋은 소리만 들렸던 학교라서 많은 교사들이 근무해 보고 싶은 학교로 소문이 나 있었다. 다른 많은 교사들처럼 나 또한 마음의 한 편에는 한 번쯤은 연성중학교에서 근무해 보고 싶다라는 생각이 로망처럼 자리 잡고 있었다. 그런데 그 기회는 말없이 다가와 벌써 4년째 연성중학교에서 행복한 나날을 보내고 있다.

1. 생활지도와 안전에 허우적거리면서 행복을 만나다.

연성중학교. 생활지도와 안전 업무는 전 근무학교에서 해 왔던 업무라 학교라는 장소만 바꿔서 업무를 하게 됐다. 예전부터 이 업무를 하면서 지금까지 나름대로의 꺾이지 않은 몇 가지 소신이 있었다. "생활지도가 만사형통이다.", "백 마디의 말보다는 한 번의 행동이 더 큰 울림을 준다.", "쪼잔한 기본생활습관 지도가 아이들의 성장에 자양분이 된다." 등 어찌 보면 소신이라기 보다는 쓸데없는 고집이고 또한 시대의 흐름에 뒤떨어지는 진부한 사고방식이지만 그래도 아직까지 내가 교육 현장에 남아 있는 이유이자 버팀목이 되어 주는 힘이다. 여덟 번째 근무하는 학교에서 내 소신이 꺾이지 않기를 간절히 바라고 또 바라면서 학생들의 생활지도와 안전 업무에 임했다. 교문에서 학생 등교 맞이를 하면서 연성중학교의 생활이 시작이 되었다. 소문대로 학생들이 예의 바르고 성실함을 느낄 수가 있었다. 그런 모습들의 학생들을 등교 맞이 할 때마다 '역시 연성중학교에 잘 왔구나.'라는 자부심으로 가득 찼다. 물론 연성중학교에 대한 기대치가 높아서인지 눈과 마음에 담지 말아야 할 모습들 또한 많았다. 예를 들어 등교 시 착용해야 할 복장이 있음에도 불구하고 제멋대로 사복 등을 착용하면서 오히려 떳떳하게(?) 처신하는 모습, 등교하면서 새침떼기처럼 눈도 마주치지 않고 다른 선생님 앞을 그냥 지나치는 모습, 정해진 등교 시간이 많이 지났는데도 불구하고 아랑곳하지 않고 느긋하게 등교하는 모습, 실내화를 착용하고 등교하면서 잔소리 듣기 싫어서 담을 넘어 오는 모습 등을 보여준 학생들도 있지만 이런 학생들도 똑같이 등교맞이 및 생활지도를 하면서 '오늘은 이런 학생들을 한 명이라도 덜 만나고, 예의 바르고 성실한 학생들을 한 명이라도 더 만나겠지?'라는 부푼 기대를 갖게 됐다. 왜냐하면, 등교 맞이를 하는 날이 쌓일수록 매일 내 소신을 확인하고 테스트하게 만든 학생들의 변화를 실감하게 됐다. 사복이 아닌 교복 입었다고 이름표까지 내밀면서 자기 이름 꼭 기억해 달라는 학생, 새침떼기처럼 눈도 마주치지 않았던 학생이 먼저 다가와 인사를 해 주는 학생, 실내화가 아닌 운동화를 신고 왔다고 내 앞에까지 와서 끈 풀린 운동화를 자랑 삼아 내밀어 준 학생, 지각할까 봐 땀범벅으로 교문까지 뛰어

오는 학생. '오늘은 어떤 학생 누구를 만나고, 누구의 예쁜 이름을 한번 더 기억할까?'라는 행복한 마음이 자꾸만 커졌다. 3년동안 교문에서 학생 등교맞이를 하면서 가장 기억에 남은 학생은 현재 3학년 박○○ 학생이다. 이 학생은 항상 정해진 복장을 착용하고, 등교 시간도 일정하면서 교문 건너편 부수지 공원에서 횡단보도를 건너와 가장 먼저 교통자원봉사해 주신 할아버지께 허리 굽혀 인사를 하고, 교문 앞에서 안전을 책임지고 계신 지킴이 선생님 앞에까지 가서 허리 굽혀 인사를 하며, 교문을 통과하면 교장선생님이 학생 등교맞이 하고 계시는데 그 앞에까지 가서 허리 굽혀 인사를 하는 학생이다. 이런 학생들이 시간이 지날수록 많아짐에 내 자신의 행복 지수도 충전되는 느낌을 받으면서 또 하나의 지혜를 얻는다. 생활지도와 안전 업무를 하면서 학생들을 믿어주고 기다려 주는 그런 마음을 간직해야 함을 말이다.

2. 행복한 학교는 누구도 선물할 수 없다. 우리가 함께 만들 수 있을 뿐!

내 자신의 거울이 되어 준 학생, 따뜻한 인생의 오솔길로 인도해 주신 선생님들과 같이 학교라는 공간에서 생활하면서 보다 더 큰 행복을 꿈꾸기 위해 학생 학부모 교사의 둥글둥글한 교육공동체를 오늘도 내일도 상상해 본다.

내가 좋아하는 시 한편으로 연성중학교에서의 행복한 넋두리를 마무리하고자 한다.

"저것은 넘을 수 없는 벽이라고 고개를 떨구고 있을 때

담쟁이 잎 하나는 담쟁이 잎 수천 개를 이끌고

결국 그 벽을 넘는다."

-도종환, '담쟁이' 중에서-

행복으로 자라나는 생태전환교실

교사 이재봉

2022년 연성중에 오면서부터 생태전환교육, 탄소중립실현을 위한 환경 조성을 위해 생태환경동아리를 구성하여 활동하고 있다. 그리고 자유학기(주제, 동아리) 활동을 교과와 연계하여 기후위기대응과 탄소중립을 위해 생태전환교육을 지속적으로 교육하고 있다.

1. 2023년 생태전환교육 학생동아리

학교 본건물 앞 화단에 동아리 학생들과 함께 꽃잔디, 베고니아, 수국을 심었다. LOVE 문구에 맞추어 화단을 가꾸고, 꽃이 피면 아이들이 관찰할 수 있도록 하였다. 또, 해바라기와 코스모스도 심었는데 동아리 학생들은 본인 심은

옥상텃밭 가꾸기

지구의 날 페트병 화분 만들기

거라 더 애착을 가지고 관찰하기도 하였다.

교실에는 공기정화식물인 스킨답서스와 오션을 심은 화분을 배치하여 반 학생들이 생태전환교육에 좀 더 익숙해지도록 하였다. 또한 옥상텃밭과 1층 플랜트박스에는 봄작물인 상추, 오이, 고추, 허브식물, 수세미, 호박 등을 심고 가꾸면서 자연과 동화될 수 있게 하였다. 옥상텃밭은 때로는 파릇파릇 작물들을 보며 힐링이 되는 장소가 되기도 하고, 때로는 학생들과 이런 저런 이야기를 하며 상담을 하기도 하는 장소가 되기도 하였다. 1학기 말에는 동아리 학생들과 함께 가꾸며 키운 상추 등을 수확하여 삼겹살 파티에 맛난 쌈채소로 이용하기도 하였다.

4월 과학의 달 행사에는 빈 페트병에다 상추, 바질, 로즈마리 등을 심어 가정으로 가져가 키우도록 하였는데, 이는 가정에서도 탄소중립 활동에 참여하도록 하기 위함이었다.

1학기가 끝나는 여름 방학식이 있던 날, 화단에서 재배한 봉숭아 꽃으로 손톱에 물들이기 행사를 진행하여 학생들의 감수성을 높이기도 하였다. 또, 학교 옥상텃밭에서 재배한 수세미 작물로는 천연수세미를 만들어 친구들에게 나누어 주는 등 학생들이 자발적으로 행사를 진행하기도 하였다. 이렇게 좀 더 자연과 가까워지는 생태전환교육활동에 적극 참여하고 있다.

동아리 어느 한 학생은 초등학교때부터 학교폭력과 왕따를 당하여 학교 생활이 힘들었고, 또 중학교에 들어와서도 재미가 없었다고 한다.

그런데 학교텃밭 자율동아리에 들어와 활동하면서부터는 학교에 가는 재미가 생겼다고 한다. 옥상텃밭에만 가면 즐겁다고 한다. 땀 흘려 여러 작물을 심고 물을 주며 커가는 과정을 관찰하면서 선생님과 많은 상담을 할 수 있어 좋았다고 한다.

천연 수세미 만들기

학교텃밭 동아리 학생들과 생태전환교육의 일환으로 옥상텃밭 가꾸기 활동을 통하여 노작의 즐거움과 더 나아가 기후변화에 대응하여 실천하는 힘을 기를 수 있어서 뿌듯한 마음이 든다.

2. 2024년 생태전환교실

작년에 교실에 두었던 스킨답서스와 오션을 가져다 분갈이 작업을 하고, 아가페, 제라리움, 스파트필름 등 공기정화식물을 더 추가하여 각 학급에 두었다. 더 다양한 식물을 보며 학급 아이들이 생태전환교육에 더 친숙해지질 바라면서.

학교 담장 넝쿨 장미

작년에 이어 학교 본건물 화단에 해바라기, 꽃잔디, 베고니아 등

교실 정화식물 재배

옥상텃밭 구축

학교 본건물 화단

액상비료 만들기

옥상 수생생물기르기

빗물 저금통

을 문구에 맞추어 심었다. 올해는 자유학기 '지구를 지켜라 동아리'와 '학교텃밭 자율동아리' 학생들이 함께 LOVE, ㅈㅗㄴㅈㅜㅇ ON(존중 ON_2024 학교비전) 의 문구에 맞추어 베고니아를 심었다. 또 동편 화단 출입구쪽에는 넝쿨장미를 심어 5월에 학교담장에 학교 교화인 장미가 무성하게 피었다. 이를 보며 학생들이 등하교 시간에 학교를 사랑하는 마음을 가지도록 하였다.

올해는 작년과 같은 옥상텃밭에 에너지 전환시설인 자전거 발전기와 수생생물이 자라는 큰 물통에 태양열에너지를 이용한 거품발생기를 설치하였다. 그리고 빗물 저장장치인 빗물 저금동을 실치하여 비가 오면 받아둔 물로 옥상텃밭에 물을 주도록 하였다. 또, 급식실에서 나온 계란껍데기 2,000개

자전거 발전기

를 이용하여 액상칼슘비료를 만들고, 깻묵 30Kg을 구매하여 액상깻묵비료를 만들어 봄작물을 재배할 때에 사용하기도 하였다. 또한, 옥상텃밭 가운데에 큰 물통 3개를 두어 생태습지를 조성하였다. 금붕어, 부레옥잠, 연꽃 등 수생생물을 키우며 학생들이 생태전환교육활동을 하도록 하였다.

2학기에는 가을작물인 배추와 무, 쪽파를 재배하여 학부모님들과 함께 김장담그기를 할 계획이며, 행정복지센터와 연결하여 어려운 가정에 기부하는 등 지역사회 연계활동도 함께 할 예정이다.

1학년때부터 학교텃밭 활동을 하고 있는 어느 한 학생은 옥상텃밭에서 가꾼 상추와 고추 등을 직접 수확해서 가족들과 함께 먹으니 더 맛있었다고 했다. 직접 심고 가꾼 채소들이라 더 맛있었다고 하며 삼겹살 파티도 하고 선생님과 함께 텃밭 활동하는 것이 즐거워 학교에 오는 재미가 생겼다고 했다. 이런 이야기를 들을 때마다 생태전환교육활동인 텃밭 활동을 하며 흘린 땀이 헛되지 않은 것 같아 힘이 더 생기는 것 같다.

행복 배움 성장

교무실무사 김채연

2022년 3월, 결대로자람학교 2년차인 연성중학교로 발령받았다. 초등학교에만 있었던 나는 중학교의 대한 생소한 분위기와 새로운 업무에 부담이 되어 두근두근 긴장이 많이 되었다. 다행히 선생님들 상호 간에 친절과 탄탄한 조직 문화 속에서 안정적이고 따뜻한 분위기였고, 적응하는 데 주변 선생님들의 도움을 많이 받았다.

코로나19로 인해 대부분의 학교 행사가 취소되는 일이 많았지만 시간이 지나면서 다시 멈춰있던 규제들이 서서히 풀려가고 있었다. 그리고 그해에 연성중학교는 겨울방학 기간 동안 공사 예정이었다. 초등학교에서 근무하던 마지막 겨울방학을 공사로 곤혹을 치른 터라 "이젠 공사하는 학교 안가야지!" 하고 내신서 작성할 때 심사숙고하여 선택한 학교가 바로 연성중학교였다. 그런데 여기서도 같은 공사를 한다고 했다. 내진보강 및 창호, 외벽 리모델링 공사를 진행하는 동안 별관에서 근무하며 어수선한 생활이 이어졌다. 그러나 정신없는 상황이 끝나고 정리가 되면서 모든 과정들이 익숙하게 자연스럽게 흘러갔다.

이후 그동안 축소 또는 취소되었던 학교의 다양한 행사들이 재개되었다. 전문적학습공동체 수업디자인 및 수업공개, 결대로자람학교 운영 평가회 등 많은 행사가 진행될 때마다 항상 함께 준비하느라 정신없었다. 그러나 그 행사들이 잘 마무리되는 모습을 보면 뿌듯하고 같이 참여하는 것이 즐거웠다.

그렇게 1년, 2년을 보내고, 2023년 미래교실을 만든다고 하였다. 예전에 학교 급식실로 이용했었던 공간을 기술실로 사용하고 있었는데, 이 기술실을 리모델링하여 미래교실로 만든다고 했다. 교직원, 학부모, 학생으로 구성된 TF팀도 꾸려졌고, 투어를 통해 보고 경험한 것들을 면밀히 분석하여 설계에서부터 모든 과정들을 함께 협의하고, 결정하여 미래교실이 완성되었다.

지금의 '미라클실'이다. 미래교실 이름짓기 공모를 한다고 했다. 교직원과 학생 대상으로 투표를 거쳐서 미래교실에 맞는 이름를 지어주는 이벤트를 진행하였다. "연미래실", "연미래홀", "연공자실", "미래드

미래교실 이름 공모

림", "온새미로실", "미라클" 등 다양한 이름이 많이 나왔다. 투표결과는 "미라클 = 미래+클라스". 미라클실에서 수업을 받으면 기적같은 일이 일어날 수 있다는 뜻을 가진 새로운 특별실이 탄생하였다.

미라클실 개관식 준비

드디어 개관식~~ 학생회, 학부모, 교직원이 모여 개관식을 했다. 이후, 학생 자치활동 및 동아리 활동, 프로젝트 학습, 발표학습, 개인 독서 활동, 진로동아리 활동, 디지털 정보 검색 활동, 학생 쉼터 등 다양한 형태의 교육활동과 휴식이 가능한 다목적 공간으로 활용하고 있다.

결대로자람학교는 존중과 공존의 교육을 통해 모든 학생들이 나다움을 찾으며, 책임 있는 시민으로 성장할수 있도록 '앎과 삶의 주도성'을 길러주고, 학생들이 자신의 결을 찾고 그 결을 따라 성장할수 있도록 도와주는 학교라고 생각한다. 나도 학교 구성원으로서 학생들이 더 잘 배우고 성장할 수 있도록 돕고 싶다.

내가 영양사를 하는 이유

영양사 유미혜

학창 시절 난 그다지 전공에 큰 흥미를 느끼지 못한 학생이었다. 식품영양학을 전공했지만, 영양사로 일할 생각은 없었다. 그러나 졸업 후 내 의사와는 달리 기업의 영양사로 일하게 되었다. 결혼하며, 출산과 육아를 겪으면서 경력 단절을 경험하게 되었고 아이를 키우며 가정에 집중하던 시간이 지나 다시 일을 찾기 시작했을 때 학교 영양사라는 새로운 길을 걷게 되었다.

학교 급식은 일반적인 단체 급식과는 여러 면에서 차이가 있다. 기업이나 공공기관에서 제공되는 단체 급식은 주로 급식 인원이 유동적이고, 비용 효율성을 중시한다. 반면에, 학교 급식은 급식 인원이 고정되어 있으며, 이익을 따지지 않고 영양과 교육적인 면이 중시되면서 아이들에게 매일 식사를 제공해야 한다. 학교 급식은 학생들을 대상으로 하면서도 다양한 연령대가 식사를 하고, 이를 감안한 식사를 학생들이 의무적으로 먹어야 한다는 특성 때문에 불만이 생길 수 있다. 이 점은 학교 영양사로서 나에게 또 다른 과제가 되었다.

학교에서 영양사로 일하면서 예전에는 학부모로서 단순히 한 끼 식사로만 생각했던 급식이었지만, 이제는 내가 직접 그 급식을 책임지는 입장이 되면서 더욱 그 중요성을 인식하게 되었다. 급식은 단순히 배를 채우는 한 끼 식사가 아니라, 성장기 아이들에게 중요한 영양 공급원이며, 건강한 식습관을 형성하는 데 큰 역할을 한다는 것을 깨달았다. 특히, 학부모로서 내 아이의 급식을 바라보는 시각이 변화하였다. 이전에는 일주일 21끼 중 5끼 정도로 그다지 큰 비중을 두지 않았던 학교 급식이었지만, 이제는 그 5끼가 아이들의 하루 영양과 건강에 얼마나 중요한지 깊이 깨닫고 아이가 급식에 대해 불만을 토로할 때는 "학교만큼 깨끗하고 좋은 식자재를 사용하는 곳은 없다."고 설명해 주게 되었다. 실제로 학교 급식은 엄격한 위생 관리와 신선한 재료를 사용하기 때문에 안심하고 먹을 수 있는 한 끼 식사이다.

하지만 학부모의 시각과 영양사의 시각은 또 다르다. 학교 영양사로서 가장 중요한 것은 위생적으로 안전한 급식을 제공하는 것이다. 특히, 급식을 준비하는 조리실무사들의 안전 또한 매우 중요하다. 급식을 준비하는 과정에서 위생 관리를 철저히 하고, 조리실무사들이 안전하게 일할 수 있도록 환경을 조성하도록 하였다. 이러한 위생과 안전을 기반으로, 학생들과 선생님들의 만족도를 높이기 위해 꾸준히 노력하고자 했다. 학생들의 요구를 충족시키면서도 영양학적으로 균형 잡힌 식단을 구성하려고 애쓰고 있다. 하지만 이 과정에서 항상 고민과 딜레마에 빠지게 된다. 특히, 다양한 영양소가 풍부한 채소나 생선 같은 건강에 좋은 식재료를 활용하여 식단을 자주 제공하고 싶지만, 학생들이 좋아하지 않고 버리는 모습을 보면 안타깝기도 하고 어떻게 하면 먹을까 하는 생각을 한다. 이런 상황에서는 어릴 적 내 모습을 떠올리며, 아이들에게 "한 입만 먹어 보라."고 권유하기도 한다. 다행히도 그런 권유를 받아들여 먹어주는 착한 아이들을 보면 작은 감사와 만족을 느끼게 된다.

급식을 준비하면서 나는 어떻게 하면 아이들이 더 맛있게 먹을 수 있을지를 끊임없이 고민한다. 예를 들어, 생선을 조림으로 제공하고 싶지만 아이들이 조금이라도 더 먹을 수 있도록 구이나 튀김, 강정 등으로 좀 더 고려해 본다. 이는 단순히 조리법의 변화를 넘어 아이들이 좋아하지 않는 식재료도 더 맛있게 먹을 수 있는 방법을 찾아보려는 노력의 일환이다. 요즘 아이들이 무엇을 잘 먹는지 알아보고, 식문화 변화에 뒤처지지 않으며 건강한 급식이 되도록 접목할 수 있는 방법을 찾아보는 일은 쉽지 않지만 노력해야 할 나의 과제다. 그러나 때로는 학생들의 요구에 빠르게 반응하지 못할 때도 있다. 그럴 때는 점심시간에 아이들과 이야기를 많이 나누며 그들의 생각을 이해하려고 노력한다. 이 과정에서 꼭 급식에 관한 이야기뿐만 아니라, 생활 속의 다양한 이야기를 나누면서 이해의 폭을 넓히고, 내가 앞으로 해야 할 방향을 찾을 수 있게 된다. 아이들에게 다가가다 보면, 다양한 학생들과의 소통이 이루어진다. 맛있다고 이야기 해주는 학생들, 시험 기간에 성적 이야기를 나누는 학생들, 먹고 싶은 음식을 요청하는 학생들 등등 그들과의 대화는 나에게 큰 보람을 안겨준다. 학생들과 소통하면서 그들의 요구를 이해하고, 이를 급식에 반영하려는 노력이 학교 영양사로서의 출근하는 힘이 된다.

우리 학교 급식실

방학식 날 너무 바빠서 학생들에게 방학 잘 보내라는 인사를 전하지 못한 것이 마음에 남아 있다. 특히, 몸에 상처를 입어 걱정됐던 한 친구에게 "방학 잘 보내고, 개학 때 예쁘게 보자."고 말해주지 못한 것이 아쉬웠다. 그래서 난 개학날이 매우 기다려진다. 그 친구를 다시 만날 생각에, 그리고 방학 동안 신나게 지내다 돌아온 아이들의 즐거운 수다가 기다려진다.

▲ 1학년 이지한 학생 작품

연성중학교 상담실은 언제나 열려있습니다

교사 이정원

1. 상담실 시설

2월에 처음 인수인계를 위해 찾은 연성중학교 상담실은 매우 아늑하고 넓었다. 새 공간의 느낌이 나도록 책상과 의자가 최신의 것이었고, 원목으로 잘 짜인 수납공간들은 편안하고 정돈된 느낌을 주었다. 사용하는 동안 청결함만 잘 유지해 준다면 학교와 학생들에게 사랑받는 공간 중 하나가 될 수 있을 거란 생각이 들었다. 무엇보다 마음에 들었던 것은 개인 상담을 위한 방이 사무 공간 한쪽에 따로 마련되어 있었다는 점이다. 아직도 개인 상담실이 없어 사람들이 드나드는 개방된 사무공간에서 상담교사가 상담도 하고 교육도 하는 학교들이 많이 있는 것으로 안다. 그런 의미에서 냉장고와 전자레인지가 갖춰진 주방까지 있는 연성중학교 상담실은 그야말로 최상급의 시설을 갖추고 있다고 생각했다. 20명 이상 앉을 수 있는 'ㄱ'자 형태로 된 메인 공간 가운데에는 컴퓨터와 모니터가 설치되어 있어 출근하자마자 잔잔한 음악을 틀어놓거나 상담실을 방문하는 학생들에게 공지사항을 띄울 수도 있었다. 정면에는 큰 칠판도 있어서 각종 행사를 위한 꾸미기를 하거나 다음 행사를 위한 아이디어를 적어놓기도 하였다. 나는 상담실 공간이 마음에 들었다. 구경 오신 다른 선생님들도 부러워 하시곤 했는데 무엇보다 상담실에는 채광이 잘 들었다. 학교의 가장 양지바른 곳에 있는 연성중학교 상담실은 본관 4층 가장 동쪽에 있다. 푹신하고 나란히 줄 세워져 있는 연두색 소파 너머 유리창 밖을 내다보면

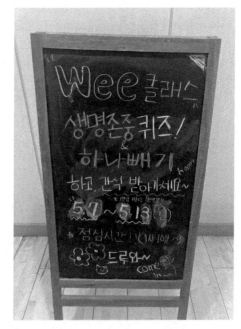

Wee 클래스 행사 안내

등하교하는 학생들을 언제나 지켜볼 수 있다. 그리고, 식당 건물과 본관을 잇는 구름다리 위 옥상에 마련된 학교 텃밭에 심겨있는 각종 채소가 자라는 모습도 구경할 수 있다. 창 오른쪽에는 운동장이 한눈에 내려다 보인다. 점심식사 후 학생들이 운동장을 뛰어다니는 모습을 구경하는 것이 나의 소소한 취미였다.

공간에 대한 기억은 오래간다. 어떻게 하면 상담실을 더 다채롭고 풍부하게 운영할 수 있을까 고민하며 애정을 가지고 쓸고 닦았던 공간에 대한 기억은 오래도록 내 마음 속에 좋은 추억으로 남아있다.

연성중학교 또래 상담부원들은 한 달에 한 번 창체 시간에 정기 모임을 하고 비주기적으로 모임이나 행사도 진행하며, 교내에서 또래 상담자로서의 구실을 하기 위해 배우고 활동하고 있다. 올해는 1, 2, 3학년 총 26명의 학생이 활동하고 있으며 학년마다 부장과 차장을 선출하여 조직력을 높였다. 상담교사는 이 또래 상담부의 지도교사로 일 년 동안 학생들에게 또래들과 대화하는 방법, 또래 상담자로서의 윤리, 상담실로 연계하는 방법 등을 가르친다. 또래 상담부원들을 지도하기 위해 나 또한 학기 초에 전국 또래 상담 지도교사 연수를 이수했다. 직접 프린트물도 제작하고 대화 기법도 가르치며 동아리원들을 성장시키는 동시에 나도 성장함을 느낄 수 있었다. 학기 초 어떤 동아리가 되었으면 좋겠냐는 나의 물음에 많은 부원은 '놀기도 적당히 놀고, 또래 상담에 대해 배우는 것도 분명히 있는 동아리'라고 답하였고, '꼭 그렇게 해주겠다.' 는 약속을 지키기 위해 노력했던 것이다.

또래상담 동아리 면접장

더불어 연성중학교 또래 상담부는 교내 학생들과 친목을 다지고 위로와 공감을 통해 학교생활에 잘 적응할 수 있도록 돕기 위한 다양한 행사도 기획하고 있다. 나는 학기 초부터 단체 채팅방을 열어 행사에 관한 다양한 아이디어를 제시할 수 있도록 하였다. 동아리를 처음 지도할 때부터 나의 꿈은 부원들의 적극적이고 창의적인 의견을 최대한 끌어내어 행사를 기획하고, 그렇게 기획된 행사의 성공적인 운영 경험을 맛보게 해주는 것이었다. 생각보다 훨씬 더 아이들은 적극적인 모습으로 모든 행사에 이바지하고 싶어 했다. 4월에는 생명존중 주간을 맞아 생명존중 OX 퀴즈 행사를 진행하였고, 6월에는 학업중단예방 주간을 맞아 친구에게 응원엽서 쓰기 행사를 운영하였다. 나는 행사에 참가하는 학생들의 동선 짜기부터 동아리 부원과 행사에 참여하는 학생들이 먹을 간식 등을 넉넉히 품의하느라 한동안 정신없이 지냈다. 덕분에 '연성중학교 또래 상담부는 행사 때 먹을 걸 많이 준다더라.' 라는 소식이 교내에 퍼질 정도였다. 올해 1학기까지 또래 상담동아리가 주관하는 행사에 참여한 전교생은 300여 명에 이른다. 이 모든 과정에 또래 상담부원들의 헌신과 노고가 있었음은 물론이다. 행사 기간 결석하는 부원 없이 모든 부원이 제 역할을 하려고 노력하는 모습을 보았고, 운영의 자율성 속에서 작은 문제들을 스스로 해결하려고 애쓰는 모습도 보았다.

또, 한편으로는 학생들이 처리할 수 없는 일들에 관하여 빠른 도움과 명확한 의사결정을 내려주려고 지도교사로서 노력했다. 이처럼 또래 상담동아리 부원들은 다양한 행사를 통해 자기 주도적인 역량을 기르고 학교적응에 어려움을 겪는 학생들에게 학교 적응의 기회를 제공하고 있다. 앞으로도 다양한 친목 행사를 통해 연성중학교 또래 상담부가 교내 구성원들로부터 사랑받는 모범적인 동아리가 되기를 지도교사로서 언제나 바라고 있다.

3. 개인상담

연성중학교 상담실은 상담교사와 약속을 잡으면 365일 언제나 상담을 진행할 수 있도록 열려있다. 정말 많은 학생이 다양한 주제로 상담실을 찾아왔다. 상담실을 찾는 학생들의 상담 주제는 학업, 교우관계, 진로, 이성 문제 등 다양하다. 이들의 고민을 듣고 있다 보면 요즘 학교가 처한 어려운 현실이 그대로 반영된 듯하다. 과중한 학업 부담, 친구들과의 갈등, 자기에 대한 부족한 이해 등 학생의 어려움은 곧 학교의 어려움 그 자체가 되기도 한다. 그중에서 상담실은 학생들이 본인이 가지고 있는 적응의 어려움을 가장 많이, 가장 크게 표출할 수 있는 공간이다.

상담교사로서 때로는 공감하고 때로는 소신껏 직언하며 학생들이 어려움을 표출할 수 있게 도왔다. 어려움의 답은 어디 있느냐고 물어온다면 나 또한 쉽게 답변하지 못할 때도 있다. 중재와 화합과 용서는 그렇게 한순간에 일어나지 않기 때문이다. 시간이 필요하고 애매함을 견디는 용기가 필요하다. 상담실을 찾는 학생들에게도 그걸 요구하기도 한다. 바쁘게 돌아가는 학교 일상 속에서 여유를 찾고 한 발짝 뒤로 물러나 문제를 나와는 분리된 문제 그 자체로 바라보는 일은 절대 쉽지 않지만, 치유와 화해를 위해서라면 반드시 해내야 하는 작업이기도 하기에 나는 종종 개인상담을 위해 상담실을 찾은 학생들에게 이와 같은 마음의 구조를 설명하곤 하였다. 다행스럽게 연성중학교 학생들은 어렵고 고차원적인 이야기에도 귀를 기울일 줄 아는 듯하다. 많은 학생들이 상담 말미에는 스스로 문제를 진단하고 마음과 환경의 변화를 다짐하는 모습을 보았다. 상담교사로서는 기분 좋은 변화라 생각한다. 또한,

이 일을 하는 보람을 느끼기도 한다. 연성중학교에 근무했던 한 명의 상담교사로서 크고 작은 갈등에도 여전히 연성중학교를 좋아하고 아끼는 마음을 유지하듯이, 재학생들도 학교를 사랑하고 아끼는 마음을 가져주었으면 한다. 학교의 구성원으로 반드시 나의 자리가 있다는 것을 믿으면, 크고 작은 갈등은 언젠가는 지나가게 마련이고 그 후에는 개개인의 마음에 각자의 성장이 분명하게 있을 것이기 때문이다.

가자, 밀양으로!

연화중 교사 정경진

연성중에서의 시간들을 떠올려 보면 생각나는 일들이 많다. 두 아이의 출산으로 휴직과 복직을 하며 2016년부터 2023년까지 오랜 시간 머무르며 함께 근무했던 좋은 선생님과 예쁜 아이들이 떠오른다. 그중 가장 기억에 남는 일을 꼽으라면 2년 동안 학교스포츠클럽 배드민턴 활동을 함께 했던 아이들과의 시간이다. 돌이켜보면 처음 배드민턴부를 맡았을 때는 일이 이렇게까지 커질(?) 줄 모르고 시작했던 것 같다. 학교스포츠클럽 대회는 어느 학교나 체육 교사라면 한 종목씩 맡아서 참가하는 경우가 대부분이었고, 2학년 교과 수업으로 배드민턴 수업을 했으니 관심 있고 소질 있는 학생들을 선발해서 준비해 보자는 마음이었다. 그렇게 처음 2022년에 'YS 배드민턴부'의 활동이 시작되었다. 8월 말에 예정된 교육장배 대회에 참가하기 위해 5월부터 방과 후 연습을 시작했고, 여름 방학에도 연습

2022 교육장배 대회 우승 시상

2022 교육감배 대회 준우승 기념 촬영

은 거의 매일 쉬지 않고 계속되었다. 학교 공사로 인해 길어진 여름 방학 덕분에 우리는 방학 동안 하루 3시간 이상, 두 달 동안 꾸준히 연습하며 실력을 쌓아갔다. 그 결과 처음 참가 했던 교육장배 학교스포츠클럽 대회에서 17개 참가교 중 우승이라는 믿지 못할 성적을 거두었고, 동부교육지원청 소속교 대표로 교육감배 대회까지 참가하며 2위의 성적으로 한 해의 활동을 마무리했다. 교육감배 대회에서 1위를 했다면 전국대회까지 갈 수 있는 상황이었는데 아쉬운 마음이 들었고, 내가 좀

더 열의를 갖고 지도했다면 하는 생각에 아이들에게 미안한 마음도 들었다.

아쉬운 마음도 잠시, 우리는 2023년에 새로운 부원을 선발하고 다시 합을 맞추며 땀을 흘렸다. 새로운 부원 선발 과정에서 어

2023 교육장배 대회 결승 경기

2023 교육장배 대회 우승 시상

려운 일도 있었지만 서로의 의견을 들어주고 이해하며 양보하는 마음을 통해 조금씩 한 팀이 되어갔다. 그렇게 우리의 두 번째 도전은 순탄하게 잘 시작되는 듯 싶었지만, 지도교사로서 객관적으로 평가할 때 작년보다 전력이 약하다고 판단되어 올해는 좀 힘들 것 같다는 생각이 들었다. 3복식으로 진행되는 경기 방식인데, 3복식이 1, 2복식에 비해 약하다고 생각되어 경기 오더가 정말 중요하다는 생각이 들었지만, 막상 대회에 참가해서는 나의 생각보다는 아이들의 긴장을 고려해서 오더를 냈다. 작년에 한 번 참가 경험이 있어서 올해는 긴장을 덜 할 것이라는 예상과 달리 처음처럼 오들오들 떨고 있어서 최대한 학생들의 의견을

2023 교육감배 대회 우승 교장선생님 시상　　　2023 교육감배 대회 우승 기념 촬영

| 제16회 전국 학교 스포츠클럽 축전 경기 모습 | 제16회 전국 학교 스포츠클럽 축전 기념 촬영 |

물어보고 부담을 덜 느낄 수 있도록 오더를 냈다. 오더는 잘 맞지 않았다. 중요한 라운드에서 예상을 비껴가는 오더가 계속됐고, 마지막까지 손에 땀을 쥐게 했다. 결승전에서 이길 것이라 확신했던 2복식이 패하면서 마지막 3복식에서 승패가 갈리는 상황이 됐을 때 아마 나를 포함한 아이들도 같은 생각을 했을 것 같다. '아, 어렵겠구나!' 속으로는 이렇게 생각했지만 내색할 수 없었다. '아직 끝나지 않았다, 해보자, 해보자!' 라고 이야기했고, 마지막 3경기가 시작되었다. 우리는 한마음으로 코트 옆에 자리해서 응원했다. 24:18로 먼저 매치 포인트에 도착했지만 안심할 수 없었다. 끝까지 긴장의 끈을 놓을 수 없는 상황에서 2점을 더 내준 뒤 마지막 1점을 따내며 25:20으로 승리했다. 모두 얼싸안고 승리의 기쁨을 누렸고, 다시 한번 교육감배 대회에 참가할 수 있는 자격을 얻게 되었다. 본선 경기 8강부터는 운이 많이 따라줬다고 생각했고, 다음 경기인 교육감배 대회에서 우승할 때도 운이 좋았다고 생각했다. 그런데, 지나고 나서 생각해 보니, 두 번의 우승은 결코 운이 아닌 그동안 아이들의 노력과 열정으로 이루어 낸 성과란 걸 알게 됐다. 방학에도 쉬고 싶은 나를 괴롭히며(?) 열정적으로 연습했던 시간, 함께

▲ 2학년 정예진 학생 작품

땀 흘리며 서로 가르쳐주고 합을 맞췄던 과정을 생각하면 얼마나 절실하게 연습하고 배드민턴을 좋아했는지 알 수 있다.

꿈에도 그리던 전국대회, 밀양을 가게 됐을 때 행복해하던 아이들의 모습이 떠오른다. 여행 가듯 부모님의 배웅을 받으며 기차를 타고 도착한 밀양에는 아주 멋진 배드민턴 전용 코트가 우리를 기다리고 있었고, 경기에서 붙은 상대팀 뿐만 아니라 다양한 팀과 연습 경기를 해 보며 친구도 사귀고 서로 격려와 응원을 해주는 시간을 보냈다. 비록, 밀양에서 좋은 성적을 거두진 못했지만 배드민턴이라는 운동을 통해 2년 동안 함께 땀 흘리는 과정 속에서 친구, 선후배의 우정과 협력을 도모할 수 있었고, 학교 대표로 대회에 참가하면서 애교심과 책임감을 기를 수 있는 계기가 됐다고 생각한다. 또한 함께 연습해 주시며 도움을 주신 여러 선생님과 사제 간의 친목을 도모하고 예의를 배울 수 있는 시간이기도 했다. 작년을 끝으로 다른 학교에 근무하게 됐지만 졸업생과 재학생들과 가끔 만나서 함께 운동하는 시간을 보내며 서로의 안부를 묻곤 한다. 연성중에서의 좋은 기억은 체육 교사로서 아이들과 함께 호흡할 수 있었던 가장 행복한 시간이었다고 생각한다.

우당탕탕 SPARK(영어 자율동아리) 활동기

2학년 한소희

1. 대화가 동아리로

새 학기의 첫 시작, 두려움 반 설렘 반으로 교실에 들어갔다. 이미 방학동안 친구들과 반배정 결과를 확인해보니, 나만 이 반에 배정이 되어있었다. 그래도 다행인 것은 금방 친구들을 사귈 수 있었던 것이었다. 전에 한 번씩 만난 적이 있기도 했고 서로 친해지고 싶어 했어서 금방 친해질 수 있었다. 그렇게 매일 쉬는 시간마다 이야기를 하며 지내고 있었는데 영어 동아리가 없어서

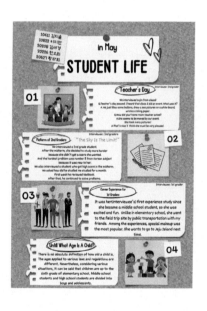

아쉽다는 말이 나왔다. 그때가 한창 자율 동아리 홍보 포스터가 게시판에 붙어있을 때여서 그런 것 같다. 일단 어떤 활동을 하는 동아리를 만

들지 결정을 먼저 했는데 영어 토론, 영어 신문 등 많은 의견이 나왔고 우리는 영어 신문을 우리 동아리의 활동으로 정했다. 이제 본격적인 자율 동아리 만들기가 시작되었다.

2. 동아리 만들기 A to Z

가장 먼저 할 일은 학년 부장 선생님께 가서 동아리 기한을 묻는 것이었다. 동아리를 만들 수 있는 기한이 길다면 길고 짧다면 짧아서 우리는 일단 영어 동아리에 들고 싶은 친구들을 찾았다. 그렇게 나를 포함해 총 5명의 친구들이 모이게 되었다. 그러고 나서 담당선생님을 어떤 분께 부탁드릴지 생각해보다가 1학년 때도 수업을 해주셨고, 2학년도 영어 담당 선생님이신 '조아라 선생님'께 영어 동아리 담당 선생님을 부탁드리기로 했다. 우리가 영어로 신문을 만들어 게시판에 게시하는 형식의 동아리라고 설명을 드렸고, 선생님께서는 흔쾌히 수락을 해주시고 동아리를 만들기 위한 종이 한 장을 주셨다. 그 종이에는 동아리 이름, 활동 기간, 목표 등이 적혀있었는데 우리는 다 같이 어떻게 쓸지 의논하며 종이를 채워나갔다. 동아리 이름을 정하는 것이 가장 큰 고민이 들었던 것 같다. 그래도 임팩트 있으면서 좋은 뜻을 가진 이름이 나와서 매우 만족했다. 그 다음에는 포스터를 만들기 시작했다. 구글 폼도 만들고 그 QR을 포스터에 넣으면서 꽤 그럴싸한 포스터가 나왔다. 여기서 넘어야할 큰 산이 있었는데… 조례 시간에 반마다 돌아다니면서 동아리 홍보를 해야 하는 것이었다. '우리 동아리 홍보를 위해 그 정도쯤은!' 이라고 생각하며 누가 몇 반을 들어갈 지 나눴다. 우리는 1, 2학년을 대상으로 만든 동아리이기 때문에 5명이서 총 19반을 나눠서 들어가야 했다. 나는 1학년 1~4반을 맡아 동아리 홍보를 하게 되었다. 정말 들어가기 전까지는 막 심장이 쿵쾅거리면서 긴장이 되었는데 막상 해보니 1학년들 반응도 나쁘지 않았고 조금 빠르게 말한 것만 빼면 꽤나 만족스러운 발표를 했다. 그렇게 우리가 정한 동아리원 모집 마지막 날…. 무려 9명의 학생이 신청을 했다! 괜히 막 뿌듯하고 한 편으로는 너무 적게 신청할까봐 걱정했는데 그렇지 않아 마음이 놓였다. 그러고 나서 우리는 동아리장을 뽑고 동아리 OT를 하기로 했다. OT를 준비하면서도 함께 의견을 나눴다.

3. 동아리 처음 만남의 날

드디어 OT를 하는 날이 다가왔다. 그냥 간단하게 앞으로 어떻게 동아리 활동을 진행할지, 어떤 방식으로 신문을 만들 건지 설명을 하면 되는 것이었다. 알던 친구들도 있었고, 처음 보는 친구들도 있었지만, 가장 긴장이 되었던 건 아무래도 1학년이 있어서이지 않을까 싶다. 이제 이 학생들이 다 같이 신문을 만들고 그 신문을 게시판에 게시한다니 정말 설레고 가슴이 두근거렸다. 처음 동아리를 만들었던 친구들 5명 중 3명이 발표를 했고, 모둠까지 나눴다. 이제 모둠까지 다 정하고 나니 정말 우리가 동아리를 만들었다는 게 실감이 났다. 동아리장이라는 자리가 꽤나 큰 책임감을 느끼게 했고 그 책임감은 동아리 활동을 정말 즐겁고 편안하게 해야겠다는 다짐으로 이어졌다. 무엇보다 동아리원들의 의견을 제일 중요시하며 모두의 말에 귀기울여 들어야겠다고 다짐했다.

4. 신문 만들기의 여정과 결과

우리의 동아리 활동은 세 모둠으로 나눠서 이루어졌는데, 각 모둠마다 1,2학년이 섞여있었다. 그래서인지 조금 어색한 감이 있어서 간식을 준비해 모둠원들끼리 서로 친해질 겸 얘기도 하면서 어떤 주제로 신문을 만들지 의논해보라고 했다. 그렇게 동아리 활동이 계속되고 첫 중간이 끝난 5월 말에 우리는 신문을 만들게 되었다. 일단 우리 모둠은 캔바라는 앱을 사용해 편집을 했는데, 생각보다 훨씬 좋은 신문이 나와서 정말 뿌듯했다. 무엇보다 모둠원들이 자신이 맡은 일을 잘 해내주어 고마웠다. 그렇게 완성본을 담당선생님께 보내고 선생님께서 프린트를 해주셨다. 그렇게 친구와 함께 게시판에 신문을 붙이고 나서 영어 동아리를 시작하고 가장 뿌듯했던 순간이 아니였을까 싶다.

5. 동아리를 하고 느낀점

동아리를 만드는 과정, 신문을 만드는 과정에서 친구들과 서로 의견을 나누며 그것을 바탕으로 이런 활동을 했다는 게 가장 의미 있는 점이 아닐까 생각한다. 동아리를 만드는 것도, 다른 친구들과 이런 활동을 하는 것도 처음인데 새로운 경험을 하면서 스스로 성장하는 시간이었던 것 같다. 앞으로 2학기 때도 동아리 활동을 하게 될 텐데 2학기에는 더 나은 결과가 나오지 않을까 기대를 해본다.

연성캠프 1박 2일

2학년 박소민

1. 설렘의 연성캠프

중학교에 들어오니 초등학교와는 다른 교과 수업에 동아리 활동 등 정말 너무나 달랐다. 처음 교복입고 긴장하던 난 점점 학교에 적응하고 학교 수업과 행사에 열심히 참여하려 노력하며 학교생활을 즐겼다. 그럴수록 학교생활은 즐거움으로 차곡차곡 쌓여갔다.

그러던 어느 날 학교에서 캠프를 한다는 소식을 들었다. '운동장에서 캠프?', '친구들과 1박 2일?' 듣자마자 너무 설레고 기대가 되었다. 연성다방 동아리에서 선생님과 동아리 친구들이 행사의 진행을 맡았다. 나도 연성다방에 속해 캠프 행사를 함께 준비 할 수 있었다. 나의 설렘과 기대가 더 커져 준비하는 기간 동안 힘듦보다는 기쁨으로 시간이 지나갔다. 학교 주변 주민들에게 우리가 직접 정성을 꾹꾹 눌러 담아 편지도 쓰고 집집마다 찾아가 현관 앞에 붙이며 양해를 구하는 것도 처음 겪는 새로운 경험이었다. 캠프에 필요한 크고 작은 준비를 연성다방 친구들과 선생님과 함께 만들어갔다. 그러면서 캠프를 위한 조별 저녁 콘

테스트를 위한 메뉴도 의논하며 상품을 받고자 열을 올렸다.

　기다리던 연성캠프 입성!

　운동장 가득히 텐트를 치고 짐을 풀었다. 저녁 메뉴 콘테스트에 모두들 지지고 볶고 맛있는 냄새와 우리의 웃고 떠드는 소리도 너무나 경쾌하게 들려왔다. 집에서는 엄마께서 늘 해주시는 것만 먹다가 친구들과 직접 만들고 함께 먹으니 맛이 없을 수가 없었다. 연성다방에서 준비한 여러 게임과 행사들로 저녁 연성 캠프의 밤은 더 빛났다. 원어민 선생님과의 게임도 정말 즐거웠다. 선생님들과 우리 모두가 하나가 되어 웃고 즐기는 시간이었다. 자는 것도 아까워 텐트 속에서 친구들과 속닥속닥 수다가 끝이 없었다. 어느새 나도 모르게 스르르 잠이 들었는지 눈을 뜨니 날이 밝아 있었다. 친구들과 함께 맞이한 아침이 아쉽기만 했다.

1박 2일 연성캠프!

우리가 주인공이 되어 우리를 위해 준비하고 즐겼던 짧은 캠프를 오랫동안 잊지 못할 것 같다. 준비하면서 겪은 경험으로 나 또한 조금 더 성장한 것 같았다. 함께해서 느끼는 기쁨은 물론 연성다방이 잘 준비해 마무리 된 것 같아 보람 있었다.

연성캠프 또 기다려진다.

행운을 가져다 주는 것

2학년 김지유

누구나 한 번쯤 어렸을 적에 부메랑을 던져보았을 것이다. 부메랑은 던지면 다시 자신에게 돌아오는 유명한 장난감이다. 나 또한 어렸을 적에 부메랑을 던지는 것을 즐기곤 했다. 던진 부메랑이 다시 나에게로 다가올 때면 나는 마치 행운이 다가오는 듯한 느낌을 받았다. 그래서 부메랑 던지는 것을 좋아했는데 연성중학교에 입학하고 플라잉디스크부를 만난 후 디스크를 던질 때 비슷한 느낌을 받았다. 플라잉디스크를 던질 때마다 나에게 행운이 따라줄 것 같고 좋은 일이 많이 생길 것 같았다. 그래서 더 플라잉디스크부에 관심이 가고 호기심이 생겼다.

나는 동아리에 가입하기 전에도 플라잉디스크부에 관심이 많았었다. 아침에 교실에서 창문 너머로 선배들이 플라잉디스크를 날리며 경기하고 패스하는 모습을 많이 봐왔다. 그때는 플라잉디스크라는 운동을 들어본 적이 없어서 신기한 마음에 연습하는 모습을 많이 보곤 했다. 그렇게 시간 날 때마다 보다 보니 플라잉디스크부가 점점 더 매력 있고 멋있게 느껴졌다. 그래서 많이 고민하다가 친한 친구와 함께 용기 내서 담당 선생님께 가보았더니 흔쾌히 받아주셔서 놀랐지만 한편으로는 너무 기뻤다.

그렇게 플라잉디스크부에 가입하고 팀원들과 매일 연습하다 보니 서로에 대해 잘 알게 되었다. 공부를 잘하는 학생, 춤을 잘 추는 학생, 운동을 잘하는 학생, 노래를 잘 부르는 학생처럼 어쩌면 좋아하고 잘하는 것이 각기 다른 학생들이 플라잉디스크라는 공통점을 통해 만나서 어울리며 운동하기를 즐겼다. 플라잉디스크라는 운동이 팀원들과 함께하는 팀플레이 운동이다 보니 협동하며 서로에 대해 알아갔다. 이렇게 함께 연습하면서 지내니까 플라잉디스크부 모두 실력이 늘고 정신적으로도 성장하며 서로 유대감도 쌓여 갔던 것 같다. 또한 팀원들끼리 더 돈독해지고 서로에게 의지할 수 있어 학교에서 좋은 교우관계를 형성할 수 있었고, 담당 선생님과도 많이 친해지는 계기가 되었다. 사실 플라잉디스크부가 밴드부와 댄스부처럼 흔한 동아리는 아니다. 우리 동네 주변에도 플라잉디스크부가 많지 않다. 그러나 연성중학교에서는 플라잉디스크와 같이 흔하지 않은 일들을 다양하게 경험해 볼 수 있는 기회가 많이 주어지는 것 같아서 좋았다.

우리도 운동부인 만큼 플라잉디스크 대회가 있었다. 첫 대회라서 많이 떨렸지만 동부 대회, 시 대회는 순탄하게 잘 이겼다. 그래서 전국 대회의 가능성을 살짝 엿보았다. 전국 대회는 2박 3일로 진행되었는데 우리는 첫 경기가 오전 9시

플라잉디스크부 창단 첫 메달

여서 새벽 5시부터 일어나서 준비해야 했다. 잠도 6시간밖에 못 자고 버스 이동시간도 기본 1시간이라서 우리 팀의 컨디션이 별로였는지 전국 대회에서의 결과는 좋지는 않았었다. 방학에도 꾸준히 나와서 연습하고 상대 팀의 전략도 찾아보며 노력했지만 우리의 노력과 반대되는 결과에 처음에는 많이 실망하고 아쉬웠다. 그럼에도 불구하고 우리 팀원들은 좌절하지 않고 다음 기회를 바라보며 포기하지 않고 노력했다. 그래서 나도 이번 전국 대회를 통해 우리의 단점과 장점을 파악해서 더 나아갈 수 있는 기회가 생겼다고 생각하며 전보다 더 열정적으로 플라잉디스크에 임했다. 담당 선생님도 단점은 보완하고 장점은 키워가며 우리를 정말 많이 도와주셨다. 이렇게 열심히 하는 플라잉디스크부의 모습이 정말 멋있었다.

이러한 마음을 갖추고 연습하는 것을 2학년이 된 지금까지 빠짐없이 해왔다. 정말 포기하지 않고 노력하니까 기회가 다시 찾아온 것 같이 8월 말에 대회 일정이 또 다시 잡혔다. 이번에는 지난번 전국 대회와는 다른 결과를 얻고 싶어서 모두 진심을 다해 연습하고 있다. 그래도 한편으로는 가볍게 즐긴다는 마음도 있었다. 담당 선생님께서 이 플라잉디스크 대회뿐만 아니라 우리 플라잉디스크부 중 몇 명을 데리고 핸드볼 대회도 나갈 거라고 하셨다. 처음 소식을 들었을 땐 조금 당황하기도 했지만, 매일 아침 열심히 연습하고 즐기는 우리에게 새로운 도전과 다양한 가능성들을 아낌없이 주시는 연성중학교의 지원이 든든하게 느껴졌다. 그래서 우리도 연성중학교의 응원 아래 꿈을 향해 한 걸음 더 나아갈 수 있었다.

사실 초등학교에서는 제대로 된 동아리가 별로 없었다. 방송부가 있긴 했지만 그마저 별로 일을 하지 않았다. 그래서 내가 좋아하는 운동

플라잉디스크부

도 초등학교에선 체육 시간을 제외하면 많이 즐길 수 없었는데 중학교에 입학하고 나서 보니 연성중학교에는 정말 많은 동아리들이 있었다. 그래서 학교 생활을 즐기면서 보낼 수 있었던 것 같다. 내가 처음에 창문을 통해 바라본 플라잉디스크부의 모습에 반해서 가입했던 것처럼 또 다른 신입생들도 우리 플라잉디스크부가 활동하는 모습을 관심 있게 보고 망설임 없이 우리에게 다가와서 좋은 경험을 나누었으면 좋겠다.

나에게 연성중학교는 플라잉디스크와 같은 행운을 가져다주는 곳이다. 플라잉디스크부를 제외하고도 연성중학교에는 꿈이 자라날 기회가 많다. 그러므로 연성중학교의 학생들 모두 내가 플라잉디스크부를 만난 것처럼 행운을 만나길 바란다.

나와 함께한 연성다방

2학년 이준우

중학교에 입학했을 때, '내가 과연 학교생활을 잘 적응할 수 있을까?'라는 걱정이 되었다. 그래서 학교생활을 잘 적응하는 방법을 주변에 묻기도 하고, 인터넷으로도 찾아보았다. 여러 가지 조언이 있었는데, 그 중에서 학교 자치활동 동아리에 가입해 활동해보라는 권유가 제일 많았다.

학교에 입학해 여러 동아리들을 눈여겨보는 와중에 나의 눈에 딱 들어와 마음을 사로잡은 동아리가 있었다. 그것은 바로 지금 2학년이 되어서도 계속하고 있는 〈연성다방〉이다. 당시 기억을 더듬어 보면, 〈연성다방〉을 모집한다는 포스터도 눈에 잘 띄었던 것 같다. 특히 〈연성다방〉 담당 선생님이 1학년 부장선생님이셔서, 1학년 친구들뿐만 아니라 선생님과의 교류도 활발해져 학교생활을 더 잘 할 수 있을 것이라는 기대 때문이였다. 〈연성다방〉은 '연성다모여방'의 줄임말로, 학교내의 다양한 프로그램을 준비하거나 기획, 진행, 도움이 등의 활동을 하고 있다. 작년에는 1학년 학생자치회이고, 올해는 연성중 학생자치회이다.

우리학교는 '결대로자람학교'로 이른바 '혁신학교'이다. 때문에 학생들의 자주성이나 주도성을 기를 수 있는 학생회가 많이 활성화되어 있었다. 그러기에 〈연성다방〉에서 하는 활동이 다른 학교에 비해서 더 폭넓을 수 있었던 것 같다. 그리고 다른 학교는 모르겠지만 우리 학교는 자율적으로 운영이 되어서, 강제적이지 않은 점이 좋은 것 같다. 만약에 강제성이 있었다면 내가 빨리 지치고 흥미를 잃었을 것 같다.

나는 이곳에서 친구들과 의논하면서 '지구의 날', '별밤캠프', '귀신의집' 등 다양한 행사를 기획했고, 덕분에 많은 경험을 얻으며 발전할 수 있었다. 행사와 관련된 의논을 하면서 친구들이 내가 미처 생각하지 못한 것을 말해주기도 해서 다양한 관점으로 보는 힘도 얻었다. 이런 경험 때문인지 요즈음의 꿈은 사업을 기획하고, 구성하는 직업을 찾아보게 되었는데, 방송국 PD 등의 일들이 무척 재미있을 것 같다는 생각이 들었다.

1. 연성다방- 지구의 날

지구의 날은 〈연성다방〉이 처음으로 하는 행사이다. 지구의 날은 에너지, 환경보호를 하자는 취지로 4월 22일에 불을 끄고, 지구의 날을 기념해 자신만의 방식으로 지구를 보호하고 있는 사진이나 영상을 제출하는 행사이다. 나는 간단한 행사이지만, 뜻깊은 시간을 보냈다. 영상을 찍기 위해 시나리오를 작성해야 했다. 시나리오는 이전에 유행했던 일본 애니메이션인 '스즈메의 문단속'을 패러디해서 작성했다. 몇몇 친구들과 함께 시나리오를 작성하면서, 내가 이전부터 좋아하던 글쓰기 활동을 여기서 할 수 있다는 것에 보람을 느끼고, 나의 재능을 펼칠 수 있게 되는 경험이 되었다.

2. 연성다방 – 별밤 캠프/리더십 캠프

　별밤 캠프/리더십 캠프는 내가 인생에서 새로운 경험을 한 행사였다. 그것은 바로 부모님과 헤어져 학교에서 1박 2일 동안 운동장에 텐트를 치고, 친구들과 함께 다양한 활동을 하는 것이다. 학교에서 자고 친구들과 추억을 남길 수 있는 것은 좋은 경험이 되었다.

　나는 가족과 함께 캠핑하는 것을 좋아했기에 텐트를 치는 것이 어려운 친구들에게 도움을 줄 수 있는 기회가 되기도 했다. 또한 집에서 가져온 테이블과 구이바다 등 캠핑 장비들로 조금이나마 친구들이 1박 2일 동안 편하게 지냈으면 좋겠다는 마음이 전해져 기뻤다.

　힘들었지만 가장 보람찬 활동은 게임을 주관하는 것이다. 별밤 캠프/리더십 캠프는 저녁 식사 후에 원어민 선생님과 〈연성다방〉이 기획한 게임들을 했다. 게임에서 중요한 것은 게임 규칙이나 방법이 복잡하지 않으면서, 서로 즐기는 방식이어야 했다. 게임을 기획하는 것이 처음이어서 어설프기만 했던 나는 친구들과 선후배와 많은 이야기를 통해서 다양한 아이디어를 도출해 내면서 쉽게 해결할 수 있었던 것 같다.

　그리고 또 잊지 못할 활동은 텐트를 정리하는 것이다. 1학년 때는 텐트를 정리하는데 문제가 별로 없었지만, 2학년 때는 새벽에 비가 와서 텐트를 정리하는데 문제가 생겼다. 텐트에 물기와 흙 등을 없애야 했기에 교실까지 옮겨 텐트를 말렸다. 힘들었지만 텐트를 정리하면서 행사의 주인 정신도 느꼈고, 땀범벅이 되어 육체적으로 힘들었지만 내가 해냈다는 보람 또한 느낄 수 있어서 좋았다.

3. 연성다방 - 귀신의 집

귀신의 집은 우리 학교 축제인 연성제 체험 프로그램 중 하나이다. 이 행사를 위해 거의 3~4개월 동안 준비했기에 내게는 애정이 가장 많이 가는 행사였다. 말 그대로 귀신의 집은 빈 교실에 무서운 장애물과 미로 등을 만들고, 중간 중간에 귀신들이 나타나 참가자들을 놀라게 하는 부스이다. 간단할 것 같지만, 준비하거나 설치해야 할 물건 등이 생각보다 많아서 힘들었다. 하지만 긴 시간 동안 행사를 구성하고 기획했던 시간들, 그리고 '설마 될까?'하면서 내놓았던 아이디어들이 하나하나 완성될 때의 그 성취감과 뿌듯함은 말로 표현할 수 없었다.

솔직히 학교 축제도 처음이고 귀신의 집도 처음이다 보니, 다른 학교에서 진행한 귀신의 집 영상들을 보면서 기획을 시작했다. 다른 학교에서 진행한 귀신의 집 영상들을 보니 어떻게 해야 무섭고, 재밌어지는지에 대해서 알 수 있게 되었다. 기획하는 동안에, '미로를 어떻게 구성하는지', '귀신을 어떻게 배치하는지' 등을 의논하면서 친구들과 함께 만들었다. 귀신의 집을 만들면서 많은 고비가 있었지만, 열심히 노력한 끝에 우리는 마침내 완성시켰다. 연성제를 하기 전에 시뮬레이션을 해봤는데, 만든 나조차도 무서움을 느낄 정도로 너무 잘 만들었다. 뿌듯하고 놀라웠다.

연성제 당일에도 놀라움은 계속되었다. 연성제가 시작하자마자 많은 학생들이 우리 부스로 왔고, 10분도 안되어 100명이 넘게 몰려와 길게

줄을 서는 장관이 펼쳐졌다. 더구나 귀신의 집을 나서는 사람마다 모두 '무섭다', '놀랍다', '재미있다' 등 많은 말로 평가해 주었다. 지난 준비 과정이 힘들었지만 학생들이 보여준 관심 덕분에 많은 행사 중 가장 기억에 남는다.

4. 연성다방 – 대만 국제교류 행사

올해 진행된 대만 국제교류 행사는 우리 학교와 대만의 다완 중학교가 양국 간의 교육과 문화 등을 간접적으로 접하면서 이해할 수 있도록 하는 행사이다. 국제교류를 한다는 말을 듣고, 처음에는 참가할지 말지 망설였다. 외국인을 만나는 것이 흔한 기회는 아니지만, '내가 잘 할 수 있을까?'라는 생각도 들었다. 하지만, 선생님께서 하신 말씀이 떠올랐다. "도전해라.", "한번, 해봐라."라는 선생님의 적극적인 참여 권유의 말씀이었다.

대만 국제교류 행사는 2학년인 나보다 경험 많은 3학년 선배님들의 주도로 진행되었다. 당일 아침 일찍부터 행사를 준비해야 했기에 학교에는 연성다방 멤버 외에는 없었다. 내가 행사를 기획하지는 않았지만 풍선을 불거나 과자를 세팅하는 등 해야 하는 일이 많았다. 힘들 수도 있지만 일을 하는 내내 재밌었다. 더욱이 3학년 선배님들이 기획한 행사를 경험하면서 내가 부족한 점을 알게 되었고, 다음번 행사 때는 그 부족한 점을 보완해 변화된 모습을 보여주어야겠다는 생각도 했다.

5. 주저없이 〈연성다방〉 추천을!!

평범할 뻔한 나의 중학교 생활은 이렇게 〈연성다방〉을 통해서 많이 달라졌다. 적극적으로 행사에 참여하거나 기획하면서 재미있는 학교생활로 이어지고 있다. 또한 초등학교에서는 나의 사고의 확장이 적었지만 연성다방에 들어오면서 대폭 크게 성장했다고 생각한다. 그만큼 나는 1년 반 동안의 중학교 생활을 너무 알차고 의미 있게 보냈다. 만약에 곧 연성중학교에 들어오게 되는 후배가 있다면 나는 주저하지 않고, 〈연성다방〉에 들어오라고 적극 추천할 것이다.

우리 학교가 결대로자람학교?

2학년 한동훈

1. 결대로자람학교란?

연성 : 인천아! 인천아! 나 궁금한게 생겼어!

인천 : 네가 웬 일로… 아니 아니 그게 뭔데? 내가 다 알려줄게!

연성 : 아니 글쎄… 우리 학교가 결대로자람학교 무려 4년차라고 하더라고, 근데 결대로자람학교가 뭐야?

인천 : 하긴… 결대로자람학교를 들어는 봤어도 그게 뭔지는 잘 몰랐을 거야. 결대로자람학교란 존엄과 공존의 교육을 통해서 모든 학생들이 나다움을 찾고, 앎과 삶의 주도성을 알려주는, 즉 책임 있는 시민이 될 수 있도록 도와주는 인천 혁신 학교 3.0의 이름이야.

연성 : 음… 그게 뭔 소리야.

인천 : 아, 그러면… 바로 본론으로 넘어 갈게.

392 연결 - 연성중학교 결대로자람학교

2. 결대로자람학교의 원리,철학

인천 : 결대로자람학교는 4가지의 철학을 가지고 있는데 그게 바로 공공성, 민주성, 다양성, 공동체성이야. 공공성이란 차별 없이 모든 학생들에게 동등한 학습 기회를 제공하기 위해 노력하여 학생들이 미래에 바른 삶을 살도록 성장하고 배울 수 있도록 해. 민주성은 민주주의의 가치를 구현하는 활동들을 통해서 민주시민성을 키우고 학교 자치를 구현해. 다양성은 학생들이 다양하게 체험활동하고 이해와 존중을 바탕으로 학교 공동체의 구성원 모두의 성장을 지원해서 학생들의 앎을 삶이 되게 하지. 마지막으로 공동체성은 연대 의식을 통해 누구라도 포기하지 않고 함께 교육받으며 학교 공동체 모두가 책임지는 학교를 만드는 것이야.

연성 : 와…. 그동안 몰랐는데 생각보다 많은 일을 하는구나? 아, 맞다 그럼 결대로자람학교를 운영하는 학교는 많은가? 우리 학교 말고도 많겠지??

인천 : 당연하지!! 근데 그건 다음 문단에 소개해줄게.

연성 : 아 왜? 무슨 학교가 있는지 궁금한데….

인천 : 괜찮아, 다음 문장이 다음 문단이거든 ㅎ

3. 결대로 자람 학교들

연성 : 오 진짜 다음 문단이네?

인천 : 그래~ 결대로자람학교를 진행하는 학교들은 인천상정중, 인천중, 함박중, 만수중, 연성중, 선학중, 백석중, 동암중….

연성 : 악!! 그걸 언제 다 말하려고…. 그럼 몇 학교가 있는거야?

인천 : 아 다 합치면… 107학교나 되네!

연성 : 우와… 생각보다 더 많구나….

인천 : 그리고 중학교는 총 22곳인데, 연성중학교는 2021년부터 시행됐어.

연성 : 그럼… 결대로자람학교를 상징하는 이미지 같은 건 없어?

인천 : 왜 없겠어~~

4. 결대로자람학교의 상징

인천 : 먼저 저 두 개의 보라색, 파란색 원은 학생들이 가진 저마다의 고유성, 나다움을 의미하고, 저 두 명의 사람들은 혼자가 아닌 교육공동체와의 모든 학생의 성장을 의미하지. 저기 밑에 있는 초록색 받침은 뭐겠어?

결대로자람학교 상징 이미지

연성 : 아마도 우리를 지원….

인천 : 맞아! 모든 교육 공동체와 학생들의 성장을 돕고 지원해 준다는 뜻이야! 마지막으로 저기 있는 저 별은 함께 행복한 삶을 위한 배움 즉 인천 혁신 미래 교육의 비전을 뜻해!

연성 : 우와! 그림 하나에도 의미가 많이 들어 있네!

인천 : 물론이지. 또한 결대로자람학교는 학생주도성을 키우기 위해서 학생들이 직접 기획 및 설계하는 교과 프로그램, 행사를 운영하고 맞춤형 교육을 해. 그리고 평화로운 학교를 위해 존엄과 공존 교육도 운영하지.

연성 : 어후! 하는 것도 참 많네….

인천 : 그러니까 너도 좀 공동체 의식을 가지고, 너다움을 알도록 해~

연성 : 당연하지~

친구들과 기차를 타고 떠난 전주한옥마을 탐방기

2학년 지호빈

1. 설렘을 싣고 떠나는: 기차여행의 시작

　전주한옥마을에 가는 교육 열차를 타기 위해 새벽 5시에 일어나 준비하고 6시에 우리는 원인재역에서 왕십리행 열차를 타고 수원역으로 갔다. 아침 일찍 일어나 정신도 없고 여러 번 환승을 해서 힘들었지만 곧 시작될 기차여행의 기대가 더 컸다. 수원역에 도착해서 우리 반의 인원점검이 끝나고 드디어 열차에 탑승하게 되었다. 각 반 마다 한 명의 담당선생님이 계셔서 오늘 여행을 소개해 주셨다.

　2시간이 넘게 걸리는 열차 안에서 다양한 레크레이션과 전주한옥마을에 도착해서 수행 해야 할 5가지의 미션에 대해서 알려 주셨다. 그리고 이번 여행에서 가장 질서를 잘 지키고 미션을 가장 많이 성공한 최우수반에게는 특별한 기념품이 있다고 하셨다. 그냥 기차만 타고 갔으면 지루했을 것 같은데 보드게임과 노래방, 반끼리 댄스배틀(?) 등 다양한 활동들로 인해 지루할 틈도 없이 눈 깜짝할 새 지나갔다. 활동이 끝나고 조금 쉬고 있을 때 전주역에 도착했다.

한복 입은 외국인들과 함께

전주한옥마을에 도착했을 때, 마을은 한 폭의 그림처럼 아름다웠다. 한옥의 기와지붕들이 푸른 하늘 아래 그림처럼 펼쳐져 있었다. 입구를 지나 마을로 들어서자, 돌담길을 따라 이어지는 한옥들이 고풍스러운 분위기를 자아냈다. 그곳에서는 시간이 멈춘 듯한 느낌이 들었다. 마치 과거로 돌아가 한국의 전통을 직접 마주하는 것 같았다. 안으로 들어가 조선을 세운 태조 이성계의 어진 즉 왕의 초상화가 봉안되어있는 경기전 앞에서 반별 기념사진을 찍으며 한옥마을 탐방이 시작되었다. 조선 시대 왕들의 어진과 검도 봤는데 고려 시대 때에는 장군이었던 이성계가 검을 들고 왜적과 싸워 승리하는 장면이 상상되었다. 다른 임금과는 달리 오직 태조 이성계만 푸른 용포를 입고 있는 게 궁금해서 선생님께 여쭤보니 푸른 용포에는 첫 임금이라는 의미가 담겨있다고 하였다. 사진 촬영 후 우리가 수행해야 할 미션은 총 5가지, 오목대에서 사진 찍기, 전동성당에서 사진 찍기, 100년 이상된 은행나무에서 사진 찍기, 한복 입은 외국인과 사진 찍기, 그리고 맛있게 점심 먹는 장면 사진 찍기였다. 산으로 이어지는 계단을 통해 이성계가 1380년(고려 우왕 6년) 남원 황산에서 왜적을 토벌하고 돌아가던 중

승전을 자축하는 연회를 열었던 곳으로 유명한 오목대로 올라가 보니 멋들어진 한옥 정자가 있었다. 잠깐 휴식도 할 겸 안으로 들어가 보니 전주한옥마을의 거리가 한 눈에 내려다보였다.

친구들과 사진을 찍고 두 번째 미션 수행지인 전동성당에 갔다. 한국 최초의 서양식 성당이라는 점에서 이곳은 전통과 현대가 만나는 장소였다. 정조 때에 일어난 최초의 천주교도 박해사건인 신해박해 당시 가톨릭 신자인 사람들이 순교했던 자리로 순교가 풀리자 그 자리에 성당을 지었다고 한다. 역사적 사실을 알고 나니 건축물이 새롭게 느껴지는 것 같았다. 역사 시간에 설명으로 들었던 고딕 양식과 비잔티움양식으로 이루어졌다는 사실도 알게 되었다.

세 번째 미션은 한옥마을의 음식점에서 맛있는 점심을 먹고 그 장면을 사진으로 남기는 것이었다. 한옥마을을 돌아다니며 두 가지 미션을 수행한 후, 우리 모두는 슬슬 배가 고파졌다. 금강산도 식후경이라고 미션과 식사를 위해 우리가 선택한 메뉴는 바로 전주의 명물 중 하나인 떡갈비였다. 우리는 맛있는 떡갈비를 배불리 먹으며 사진을 찍었다. 사진 속에는 맛있는 음식을 앞에 두고 행복해하는 우리들의 모습이 담겨 있었다. 맛있는 식사를 끝마친 후 근처에서 네 번째 미션인 100년 이상 된 은행나무 사진 찍기 미션을 수행하기 위해 돌아다니고 있었는데 등잔 밑이 어두웠던 것처럼 식당 바로 옆쪽에 있었다. 마지막 미션은 한복을 입은 외국인과 사진을 찍는 것이었다. 한옥마을

전주의 명물 떡갈비를 먹으며

연회를 즐기던 오목대 위에서

곳곳에서 한국 문화를 체험하는 외국인들을 볼 수 있었다. 한복을 입고 있는 외국인들에게 동의를 구한 후 그들과 함께 사진을 찍으며 우리는 한국 문화가 세계로 퍼져나가고 있음을 실감했다. 외국인들과의 짧은 대화 속에서 우리는 서로의 문화를 존중하고 이해하는 소중한 시간을 가졌다. 사진 속에는 자랑스러운 우리의 문화를 즐기는 세계인들과 우리들의 환한 미소가 있었다.

3. 친구들과의 추억: 돌아오는 길

기분 좋게도 우리반은 미션 수행과 질서유지 모두를 잘해내며 최우수반에 선정되어 기념 열쇠고리를 받게 되었다. 기념품을 받은 것뿐만 아니라 열심히 미션수행을 한 것에 대한 보상을 받는 것 같아서 더 뿌듯했다. 이날의 체험학습은 전통 문화를 배우는 것을 넘어 친구들과 함께한 소중한 추억을 쌓는 시간이었다. 한옥마을을 돌아다니며 함께 웃고 떠들던 순간들이 오랫동안 기억에 남을 것이다. 사진 속에는 친구들과 함께 미션을 수행하며 즐거웠던 이번 여행이 고스란히 담겨 있었다.

기차를 타고 돌아오는 길, 창밖으로 보이는 풍경은 아침과는 또 다른

▲ 2학년 지호빈 학생 작품

느낌이었다. 이번 체험학습을 통해 한국의 전통 문화를 직접 체험하고 느끼며 전통의 소중함을 깊이 깨달을 수 있었다. 이제는 단순히 교과서에서 배우는 것이 아닌, 직접 보고 느낀 전통 문화의 아름다움을 가슴에 간직하게 되었다. 이번 체험학습이 앞으로의 삶에서 우리의 전통 문화를 더욱 소중히 여기고 이를 보존하는 데에 관심을 갖게 되는 계기가 되기를 바란다. 마치 시간 여행을 다녀온 것처럼, 이번 전주한옥마을 방문은 우리 모두에게 특별한 의미로 남을 것이다.

방송부에서

3학년 김효주

얼떨결에 신청한 방송부였다. 초등학교 때 잘 봤다고 생각한 방송부 면접에서 떨어졌던 기억이 아직 남아 있었다. 그래서 원래 신청하지 않으려고 했다. 그런데 홍보하러 온 선배의 얼굴이 너무 예뻐서, 마음 속에 미련이 남아서, 정신을 차리고 보니까 면접 대기실이었다. 2년이나 지난 날이지만, 난 아직도 그날을 선명하게 기억하고 있다. 63명. 근 몇 년간 방송부 지원자 중에 우리가 가장 많았다고 했다. 면접을 보러 들어가고, 생각보다 떨렸는지 면접 내용이 기억은 잘 나지 않지만 난 합격했다. 7시가 넘은 늦은 시간에 학교를 나오며 난 기대감에 신나했다.

생각한 것보다도 방송부는 어려웠다. 방송부는 20분까지 오는 규칙이 있었다. 집이 걸어서 15분 정도 걸리는 거리였던 나는 8시 전에 도착해야만 하는 버릇이 생겼고, 그 버릇은 버스를 타고 1시간 정도가 걸리는 지금까지도 여전하다. 배우는 것 역시 쉽지 않았다. 아나운서인 나는 목소리, 멘트, 억양 같은 낯선 것들을 배웠는데 참 어색했다. 그래서 많이 실수했다. 배워본 적 없는 것은 한 달도 안 되는 기간에 배우고, 바로 전교생이 듣는 실전에 던져지니 당연한 것이었다. 지각과 실수를 기록하는 표의 최대가 10칸이었는데, 나는 실수를 뜻하는 빨간색이 9칸을 채웠다. 그때의 나는 그게 너무 스트레스였다. 그래도 열심히 했다.

방송부가 되고 방송 사고나, 스피커 소리에 예민해졌다. 학교에서 나타나는 방송 사고는 크게 두 가지 유형이 있는데, 기계 사고와 사람에 의한 사고. 둘 다 비슷한 비율로 나타나고는 한다. 기계 사고의 예로는 비가 오고 다음 날에는 마이크 소리가 안 나오거나 작아지고, 갑자기 메인 믹서의 전원이 켜지지 않는 등의 사고가 있고, 사람에 의한 사고는 아나운서가 방송을 하다가 버벅거리거나, 차임벨을 잘못 누르거나, 음원을 잘못 틀거나, 종을 잘못 맞추는 등의 사고가 있다. 그런데 나는 이런 사고들이 사실 일어날 수밖에 없는 당연한 수순들이라고 생각한다. 두 달 조금 안되는 시간 동안 배운 것들로 바로 실전에 투입되는 시스템이, 자신이 하는 방송이 전교생에게 보인다는 압박감 같은 것들이 한몫하는 것 같다.

방송부를 하면서 가장 힘든 점은 갈등과 압박감이라고 말하고 싶다. 결국 우리도 학생이고, 사람이기에 서로와 그리고 자신과 많이 부딪힐 수밖에 없는 것 같다. 예를 들자면, 말하는 방식 혹은 성격의 차이로 인해 언성이 높아진다거나, 본인 스스로에게 슬럼프가 온다거나 하는 예를 들 수 있겠다. 그리고 특히 아나운서는 목소리가 실시간으로 나가는 부서이다 보니 정말 압박감이 신입생 때는 지금보다 훨씬 심했다. 가끔 버벅거리는 등의 실수를 하면 친구들이 장난으로 던지는 말들에도 조금 부끄럽고 숨고 싶어졌다.

　방송부는 항상 행사 뒤에서 열심히 뛰어다닌다. 방송부를 소개할 때 꼭 사용하게 되는 문구다. 앞서 말했듯 우린 항상 갈등을 겪는다. 나의 그런 갈등들을 해소시켜준 건 수고했다는 선생님이나 친구들의 말이었다. 그래서 계속 움직이게 된다. 방송부에서 내가 깨달은 것도, 얻은 것도 참 많은 것 같아 졸업할 때 아쉬움이 가장 많이 남지 않을까. 내가 졸업하고 나서도 이 방송부가 건강하게 잘 유지되었으면 좋겠다.

부록

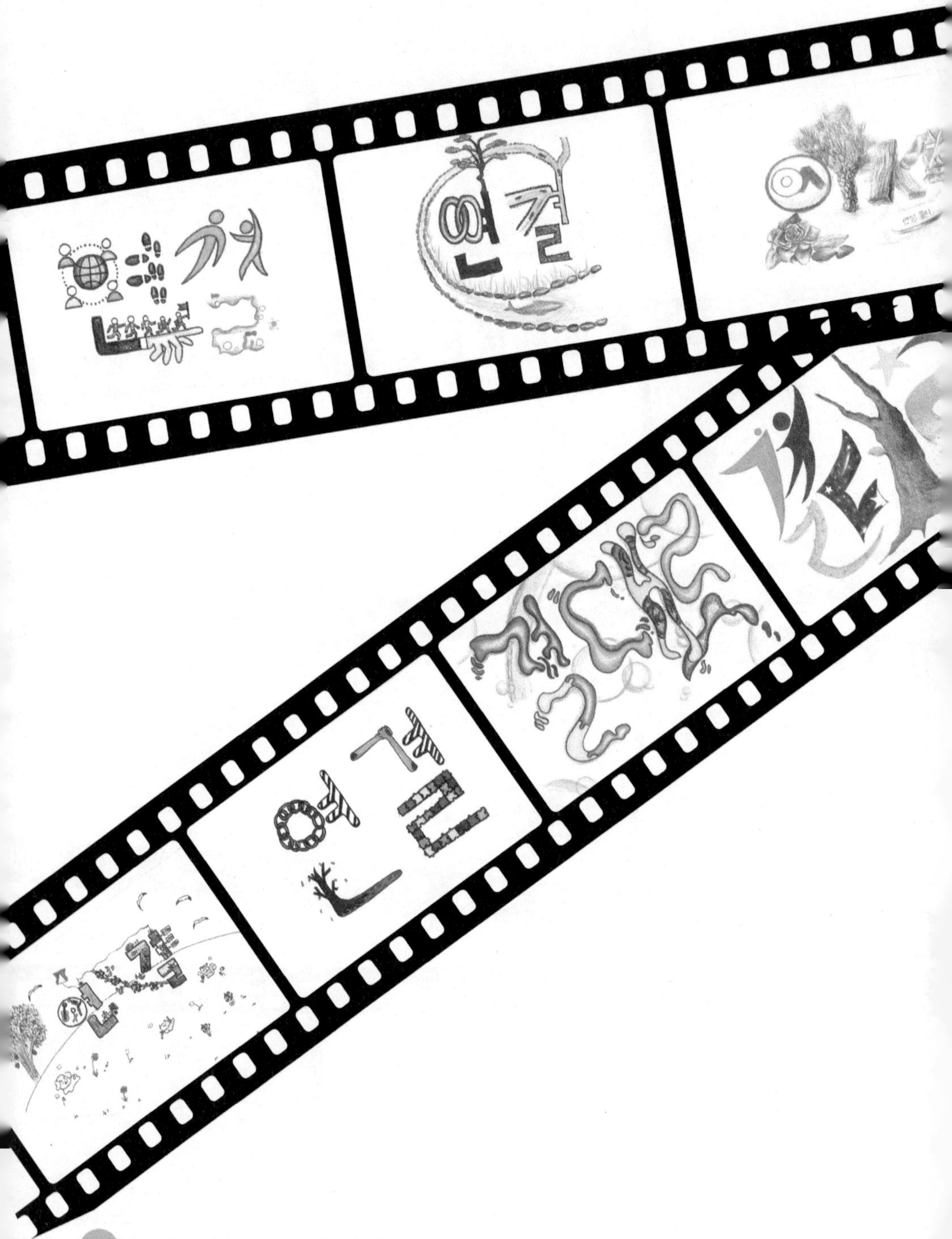
연결
연결